原　音

武俊舍　著

甘肃人民出版社

图书在版编目（CIP）数据

原音 / 武俊含著. -- 兰州 ：甘肃人民出版社，
2018. 12 (2024.1重印)
ISBN 978-7-226-05404-8

Ⅰ. ①原… Ⅱ. ①武… Ⅲ. ①中国文学—当代文学—
作品综合集 Ⅳ. ①I217.2

中国版本图书馆CIP数据核字（2018）第301258号

责任编辑：张　菁
封面设计：雷们起

原　音

武俊含　著

甘肃人民出版社出版发行
（730030　兰州市读者大道568号）
河北浩润印刷有限公司印刷
开本 710毫米×1020毫米　1/16　印张 18　插页 2　字数 296 千
2019年1月第1版　2024年1月3次印刷
印数：7151～9150
ISBN 978-7-226-05404-8　　定价：48.00元

序

在女儿进入准高三的这个暑期，我帮她整理书籍资料时，发现了她保存着的小学日记、初中短文和高中的一些文章，一本本，一沓沓。

小学的那些日记，有的只有几行字，但从中可以品读到她孩童内心世界的纯稚，可以感受到她天真学语的魅力和经典，也能够捕捉到她最原始的真实、善良和美丽。初中的那些短文，虽然不能算最优秀的初中生作文，甚至还有语言瑕疵，但题材别具一格，内容生动感人，没有华丽的语言，没有修饰的辞藻，没有做作的文风，读起来让我有莫可名状的幸福，似乎让我找回了自己那个年龄段的记忆。高中的文章，有的是学校布置的作文，有的是她自己挤时间写作的文章，记事叙事，言之有物，抒情感赋，酣畅淋漓，针砭时弊，客观深入。从她的文稿中，能够读到她对世间的感悟和逐渐理性的成熟，对这个年龄阶段的中学生来说，实属不易。

翻阅着这些文稿，看着她自小以来书写的笔迹、心理的痕迹和进步的轨迹，我一次又一次热泪盈眶。我感到这是世界上最珍贵的东西，什么金钱、名誉、地位都显得那么渺小和不齿。突然间，我想应该把这些凝聚着女儿成长历程的珍贵文字，以时间为轴线，分阶段分类别整理出来，编录成电子文稿，推荐给出版社。女儿用惊诧的目光看着我说："不行，不行，我写得不够好。"我说："你十余年积累的这些文稿，打动了我们，也一定能够打动他人。"

　　女儿即将进入高三了，备考的任务很重。于是，我和她妈妈决定担负起帮她编录电子文本的"美事"。我们整理着、编录着，看到她书写笔迹从歪歪扭扭到工工整整的变化。我们品读着、欣赏着，感受着她的语言和表达从天然流露到真知灼见的提升。我们感叹着、回忆着，沐浴着与孩子一起成长的幸福和满足。这段时间，我常常夜里失眠，回味和咀嚼着她的这些"心灵语言"。这些"语言"，在不断净化着我沧桑负重的灵魂，女儿的文字带给了我们无穷的力量。我在想，大人的世界、文人的世界，有时真的不如一个孩子。

　　在整理过程中，我们与女儿共同筛选，共同取舍，共同交流，但一个基本原则是，除对个别有严重语句语法错误进行修正外，坚持原汁原味将这些文字汇集。有的文章后面曾经有老师或我们当年的批语，也保留了下来。女儿一直留存着她与我们的往来书信，为了体现完整性，将她本人书信及我们回信均编录其中。对一些得分较低的作文，其中部分内容、部分语句有一定价值，我们也编录其中，以归原貌。基于以上考虑，我为女儿的这本文集命名为《原音》。

　　今天给女儿的《原音》作序，这是我近些年来最开心、最幸福的事。相信这本书，只是女儿的第一本文集。愿将这本书献给成长着的孩子们，启迪孩子们的智慧和思维；愿将这本书献给成长着的大人们，修正大人们的浮躁和老朽。

　　是为序。

武建成作于 2018 年 8 月 16 日

目　录

第一篇　原始纯美的语言

童年时期的人和物

小时候的情与景

萌萌的事和理

第二篇　朴实无华的记忆

单纯的痕迹

爱和美的素描

懵懂的道理

第三篇　成熟理性的美丽

苦乐的年华

第四篇　诗赋与家书

诗赋八篇

家书十八封

第一篇

原始纯美的语言

——那时，我的眼中，

只有清澈的天空，没有耀眼的霓虹。

丝丝缕缕的记忆，是温柔的晚风，是落雪的寒松。

童年时期的人和物

对我的爱

妈妈对我的爱：有一天我发烧了，妈妈很着急。我迷迷糊糊地知道，妈妈整夜都没有睡觉，一直照顾我，给我喝水吃药。我觉得妈妈很爱我。

爸爸对我的爱：爸爸一有空闲就陪我玩游戏。老鹰抓小鸡，我可开心了。晚上我蹬了被子，爸爸就给我盖上，怕我着凉。我觉得爸爸很爱我。

姥姥对我的爱：姥姥每个星期日的下午就带我去芳草园玩，让我看公园里的风景，姥姥还教我做操呢，我觉得姥姥很爱我。

（作于 2007 年 12 月 17 日，一年级第一学期）

爸爸评语：最原始的亲情，好！

爱　好

姥爷爱看京剧，姥姥爱看《还珠格格》，爸爸爱看秦腔，妈妈爱看综合文艺节目，哥哥爱看音乐演唱会，姐姐爱看《家有儿女》，我爱看《喜羊羊与灰太狼》！人人都有爱好，我的爱好对不对呀？我想，只要我把作业都写完，都学会了，看看《喜羊羊与灰太狼》，是很开心的，就是对的。如果我作业没有写完就看电视，就是不对的。

（作于 2008 年 3 月 18 日，一年级第二学期）

我的好妈妈

妈妈，感谢你的关心，你的照顾。妈妈，我好心疼你啊，你好可怜啊！碰到别人说你的时候，我真的想帮帮你。可是我胆小又害怕，还是没有帮上你。妈妈，我知道你受了不少委屈，而我也很心烦那些说你的人。妈妈，我知道你很痛心，我很抱歉，我没能弥补您的伤口，没能安慰您。妈妈，别人说你的时候，你一直忍耐，就像什么事也没有的，您真伟大。

妈妈，您这样做，一定天天都没烦恼，是吗？打"√"

是（　　　）不是（　　　）

（作于 2008 年 9 月 1 日，二年级第一学期）

爸爸批注：此短文很真情，心理描述很好，结尾很独特。

梦里的秋千

省委大院的东边有两个秋千，爸爸经常带我去荡秋千。我坐在秋千上快乐地荡呀荡，荡得越来越高，仿佛飞到了又高又远的白云上面，我快乐地飞呀飞，开始好害怕，后来越来越放松。天渐渐黑了，秋千把我送到软绵绵的白云上，白云里面又有一个更加漂亮的秋千，我又兴高采烈地坐上了秋千悠闲地荡着，看着天空，看着大地，看着高山，看着河流。我高兴地笑出声啦，醒来了，一个美丽的梦。秋千是我的世界里最好的东西啊，竟然能够进入我的梦乡……

（作于 2008 年 9 月 3 日，二年级第一学期）

妈妈评语：多么美丽的想象，多么美丽的梦啊！

小猴子

记得去年一个晴朗的夏天，是星期六，爸爸妈妈带我去五泉山动物园游玩。我非常兴奋，到了郁郁葱葱、百花盛开的五泉山公园，我们悠闲地步行进入了动物园，最吸引我的是那个猴子区。在那里，我看见了许多猴子，有大的，有小的，有静坐的，有东张西望的，有来回跳的，有爬山上树的……特别是那一群聚集在一起的小猴子，吸引了我的眼球。一只猴子拿着一个苹果高兴地吃着，一只猴子调皮地把香蕉皮扔到了另一只猴子的头上，两只小猴在一边嘲笑它。另一只猴子摸着脑袋，心里不知道想的啥。还有一只猴子盯着我们，似乎在摆姿势让我们给他照相呢。一只看起来很贪玩儿的小猴子把自己的尾巴缠在树枝上，好像在荡秋千呢……各种姿势和表情的猴子，让我看得入了迷，惹得我不停地笑。

小猴子，真的像小孩子一样，好可爱呀！从此，我喜欢的小动物中，最爱的就是小猴子啦。

（作于 2008 年 10 月 20 日，二年级第一学期）

爸爸评语：观察细致、描述简洁，神形具备，是一篇好短文！

含羞草给我带来了快乐

在我家的院子里有一株刚栽的含羞草，它挺着小胸脯站在花盆里，好像一个小卫兵，神气极了。

它长着又长又圆的叶子，碧绿碧绿的。可是它的叶子又是怎样长出来的呢？为了弄清这个问题，我每天下午放学都会去观察一会儿。

随着我一天天的观察，含羞草也一天天长大。长叶子的时候，先是在叶的顶部出现一个嫩绿的小尖，包在一个绿色的托里。过了一段时间小尖变成了叶子，嫩绿嫩绿的，饱满得很，好像一挤就要出水似的。就这样，它每天都要长出几片叶子。

我发现我喜欢上了它，我决定，每天给它浇点水，并尽量照顾它。每天我一下楼，就要用装着水的矿泉水瓶子，给它浇浇水。

在我一天天的照顾下，我又发现了一个秘密，含羞草并不是一种一般的植物，它很有灵性，特别娇羞，随便触碰一下，它都会迅速地低下头、蜷缩着藏起来。它全身上下长满了细细的茸毛，很讨人喜欢，谁见了它都想摸一摸，我也一样。

在无事可干的时候，我就和它说话，每当这时，我都特别高兴，心事像河水一样从嘴里流出来。我说它听，它从不发牢骚，而是一字一句地听我讲。我的心事它都知道，但它是一个忠实的朋友，从不泄密。

我喜欢它，它也很喜欢我，就这样，我们成了好朋友。我们的友谊是不会破灭的，它给我带来了快乐……

（作于 2009 年 8 月 30 日，三年级第一学期）

妈妈评语：语言较流畅，用词较恰当，继续努力。

我们班的"劳模"

我们班的劳模先不说是谁，我就先说一说她是怎样劳动的吧。

她是一个卫生组长，按理来说，一个组长是应该分配一些任务给组员的，可是她从来不勉强别人。就拿在教室拖地来说吧，她总是对组员说："你把第一行拖完就可以休息了，如果你不想干的话那我就来拖吧。"她打扫卫生时，那个带劲呀，能让你看得眼发直。她拖地时，三下两下就拖完两三行。有时，她的组员扫的地她看不过眼，她自己就再扫一遍。她的性格很和善，就连老师批评她，她都是笑呵呵地接受，从不闹情绪，而且每次都会及时改正。

说了这么多，这个人到底是谁呢？这个人就是我自己，没想到吧？！各位同学，你们写的《我们班的"劳模"》，一定是李老师经常点名表扬的人吧？虽然我没有被老师经常点名表扬，但是，我还是觉得我是最棒的那个孩子！

（作于 2009 年 9 月 2 日，三年级第一学期）

妈妈评语：结构较好，首尾呼应。开头悬念吸引读者往下看，很好！

续写《小摄影师》

晚上，小男孩躺在床上睡不着，妈妈见了忙问他："孩子，你怎么了？"小男孩把给高尔基照相的事情仔仔细细地说给妈妈听，妈妈听了微笑着摸了摸小男孩的头，对小男孩说："别失望，明天你再去给高尔基照一张吧！"小男孩哭着对妈妈说："妈妈，今天我耽误了高尔基的时间，我哪还敢再去拍照呀？"妈妈对小男孩说："你不要害怕，高尔基是一位伟大人物，他不会怪你的。"小男孩听了妈妈的话，擦干了眼泪对妈妈说："那我明天再去给高尔基照相吧。"妈妈笑着对小男孩说："有勇气的孩子才是我喜欢的孩子。"说着向小男孩竖起了大拇指。小男孩笑了，妈妈也笑了。

第二天，一大早，小男孩又去给高尔基照相，恰巧高尔基正在散步，他对小男孩说："孩子，过来，咱们照一张合影吧。"小男孩惭愧地低着头说："高尔基爷爷，上次我耽误了您的时间，对不起。"高尔基微笑着说："孩子，这没什么，过来，我让我的秘书给咱们照张合影。"照完合影，小男孩看了照片，便咧开嘴笑了。

后来，高尔基刚好路过小男孩的学校，看到贴在墙上的照片，开心地笑了。

从那天起，小男孩每天都开开心心地来上学，因为那校门前的墙报上有他和伟大的高尔基的合影。从那天起，小男孩在这张照片的鼓舞下，学习更加刻苦。他也成了学校的小名人！

（作于 2009 年 9 月 10 日，三年级第一学期）

爸爸评语：续写想象合理、语言流畅、逻辑性强、叙事贴切，非常好！

李老师的眼睛

我的语文老师李老师戴着一副近视眼镜，透过眼镜，能看出她有一双美丽的大眼睛。她的眼睛有时候很温柔，有时候可严厉了。她最大的特点就是目光敏锐，任何一个同学的任何一个小动作、小心思似乎都逃不过她的眼睛。我们全班六十三人，谁要是在课堂上说悄悄话或不专心学习，她一下子就能看见或感觉到。

有一次，我们正在上作文课，趁李老师转身在黑板上写字的工夫，范茄瑞和张晓瑞在窃窃私语。李老师立即转身，眼睛狠狠地盯着范茄瑞："范茄瑞，请站到后面去！"范茄瑞心里想："李老师是怎么发现的？"张晓瑞可倒好，竟然还在一边捂着嘴笑。她这一笑可不得了了，李老师睁大眼睛，大声说："张晓瑞，你以为与你没有关系啊？刚才和范茄瑞说话的正是你！也请你站到后面去。"听了这话，张晓瑞也乖乖地站到了最后面，心里嘀咕着："李老师背对着我们，都知道我们在干什么，太厉害了，难道她的后脑勺也长着一双大眼睛？"

李老师虽然上课对我们非常严厉，但是那都是对我们的爱啊！其实，更多时候李老师更像我们慈祥的妈妈，她的眼睛里还藏有不少温柔呢！特别是笑的时候，眼角微微上扬，眼神里饱含着对我们的疼爱。

这就是我最熟悉的语文老师，我最喜欢的李老师，她给我留下的一个最深的印象，就是那双敏锐的眼睛，因为那双眼睛给了我们批评、给了我们鼓励、也给了我们智慧。

（作于 2009 年 9 月 16 日，三年级第一学期）

爸爸评语：本文能够紧扣"眼睛"这个核心刻画人物，非常得体！

人小鬼大的弟弟

我有一个人小鬼大的弟弟名叫贝贝。别看他只有六岁，还挺有主意呢！连我这个做姐姐的也不得不服他的足智多谋。

有一次他来我家吃晚饭，他忽然对我说："姐姐，我会写'爸'和'舅'两个字了。"我听了以后感到非常惊奇，对他说："弟弟，你就别吹牛了。"弟弟不服地说："我就是会写。""那你就写来看看。"我说。弟弟说："写就写，不过你得答应我一个条件，如果我写出来了，你必须把你最喜欢的玩具汽车

拿给我玩。"我犹豫了一下，对弟弟说："好吧！"说着，我们拉了一下钩。弟弟找来纸和笔，便一本正经地写起来。

我本想偷偷看一眼弟弟写的"爸"和"舅"，谁知道他用自己的小手堵得严严实实的，怎么也看不见。不一会儿，弟弟写完了，我接过纸一看傻眼了，禁不住笑了起来，"怎么只写了一个'8'和一个'9'呀？'爸'和'舅'呢？弟弟你不会写就说不会写，吹什么牛吗！"弟弟指着"8"和"9"说："这就是啊！"说完，就伸手向我要玩具，我说："你又没写对，我为什么要给你玩具车呢？"弟弟说："这两个字不是吗？"我又说："这两个字明明是'8'和'9'，又不是'爸'和'舅'。""你刚才不是说这两个字明明是'8'和'9'嘛！"弟弟得意地说。"我刚才说的是8和9呀。""哈哈，你看你刚才又说了！"我恍然大悟，把我惹笑了，我辩不过弟弟，只好把玩具汽车拿给他玩。

我这个弟弟真是人小鬼大啊，我不得不服他。

（作于 2009 年 10 月 11 日，三年级第一学期）

老师评语：描写细致、记叙完整、主题突出。

蜗 牛

我发现我家楼下的花坛里有三只可爱的小蜗牛，我非常喜欢它们。还给它们起了个名字。一只叫"小懒蛋"，因为我发现它非常喜欢在树叶上睡觉，从我早上上学到中午放学回家，它还是纹丝不动地在叶子上睡觉，可是它睡觉的那片叶子是向左倾斜的，它怎么会不掉下来呢？我细心观察，原来，蜗牛的腹足上有许多黏液可以把任何东西和它粘在一起，这可能是蜗牛走得慢的原因吧！

另一只叫"多动症"，它和刚才说的那只蜗牛恰恰相反，它很好动，就像有多动症一样。有一次我把"多动症"放在花坛的边沿上，去买作业本，可等我回来的时候，它已经从花坛边跑到了地上到处乱爬，我差一点儿把它踩了一脚。唉，这个"多动症"差一点儿送了命。

最后那只小蜗牛可乖了，叫"小乖乖"。它的作息时间安排得可好了，它早上八点睁开眼睛原地轻微地活动活动，中午就开始睡午觉了，晚上九点左右就进入了甜美的梦乡。它不仅作息时间安排得好，也从来不东跑西跑，你们说这只小蜗牛乖不乖?

　　下雨天,小蜗牛们都从花坛里跑出来了,它们可不想闷得心慌。别看这些蜗牛小,可它们身上却有很多很多你意想不到的奥秘让我们去发现呢!比如,这三只小蜗牛的外壳也会变色,他们在绿色的叶子上爬行时它们的壳就变成绿色的了,可他们的壳平常的颜色却是棕褐色的。他们不停地换"衣服"是为了保护自己吧!

　　它们身上还藏着什么奥秘?让我慢慢去发现吧!

(作于 2009 年 10 月 12 日,三年级第一学期)

　　老师评语:文章细致描写了蜗牛身上的一些特点,三只蜗牛各有特色,有些发现很新奇!文章结构完整,内容具体!

猜猜她是谁

　　她,体形有点儿胖,眼睛稍微有点小,鼻梁有点塌,但是嘴巴却很大,好像一口能吃掉一个馒头似的。她是一个幽默风趣的女孩。有一次,她的同桌正忙着收作业,她就主动帮忙。她收作业时,同学都会把作业扔给她,并会加上一句:"飞碟降落了!"她不明白同学为什么会说这句话,就斜着脑袋问她的同桌,同桌说:"你真笨,他们是说作业本是飞碟。""哦,原来是这样呀。"她一边收作业本一边在嘴里嘀咕着:"啊,现在科技怎么变得这么发达了?我的天哪,连本子也变成飞碟了。"惹得大家哈哈大笑。

　　她不但幽默风趣,还特别爱笑,只要她一笑,嘴巴就会"刹不住车"了。有一次,我们在一起听同学讲笑话,讲笑话的人话音未落,她便哈哈大笑,笑得前翻后仰的,捂着肚子,还流出了眼泪,一两分钟过去了她还是合不拢嘴。我走过去对她说:"你别再笑了,小心下巴颏笑掉了。"听了我的话,她笑得更厉害了,笑得最后蹲下了,还在笑……

　　她就是我的好朋友吴昭瑾,一个一笑就合不拢嘴的女孩,一个幽默的女孩,一个很可爱的女孩。

(作于 2009 年 11 月 4 日,三年级第一学期)

　　爸爸评语:人物描写活灵活现!很好!

两只小鸡

在农场里，有两只小公鸡，其中一只小鸡长得非常美丽，他非常骄傲，一天就只关心自己的容貌，不再叫鸣了。另一只小鸡长得很难看，但是非常谦虚。美丽的小鸡看不起难看的小鸡，常常讽刺他。

"你敢和我比美吗？"美丽的小鸡傲慢地问。

"我确实没有你漂亮。"难看的小鸡回答。

"你承认了就好。"美丽的小鸡趾高气扬地说。

"我不美，但是我要为主人天天叫鸣，可你却只关心自己的美丽，而且……"

"不要再说了！哼，有什么了不起的，我比你长得漂亮，比你聪明，你真傻呀，天天叫鸣不累吗？像我这样多轻松。"美丽的小鸡大声说。

难看的小鸡不再理会美丽的小鸡了。

一天，小牛和那只难看的小鸡一起玩，美丽的小鸡刚好路过这里，他噘着嘴说："小牛哥哥，别和他玩了，他长得那么难看，和我玩吧！"小牛笑着说："他虽然不像你有美丽外表，但他有一颗比你更美丽更谦虚更爱劳动的心。"美丽的小鸡听了小牛的话，羞愧地低下头，对难看的小鸡说："对不起，小鸡，我不该小看你，以后我也要叫鸣。"

难看的小鸡谦虚地说："没关系，以后我们一起叫鸣吧！"从此他们成了一对形影不离的好朋友。

我们在生活中一定不要以貌取人，也不要因为自己不漂亮失去自信。

（作于 2009 年 12 月 2 日，三年级第一学期）

老师评语：文章语言流畅，想象合理，充分展现了自己的观点，情节完整，有说服力！

我的外公

　　我的外公今年七十多岁了，但看上去只有五十岁。他个头不高，在我的印象中一直留着短寸头，显得很精神，腰不弯、背不驼。我的外公是建筑工程师。他退休后爱好喝酒，每天中午晚上都得有酒，每顿一两盅，从不多喝，很少喝醉。特别是他的一口好牙齿，非常洁白。他经常在同龄人中炫耀，用手指头敲敲自己的牙齿，幽默地说："这是原装的。"外公最拿手的就是做饭。外公炒的菜最好吃，他讲究色香味俱全。红烧的、清炖的、醋熘的……种类太多了，说都说不完。每次到外公家吃饭，我就吃得多，因为太好吃了。

　　外公的身体和精神面貌好，得益于他对锻炼身体的重视。他每天起得都很早，除了扩胸、甩臂、跑步等基本动作，他还自己发明了几种锻炼方法。用双手搓脸搓脖子五分钟，晃动脖子五分钟，原地踮起脚尖上下运动几十次，牙齿上下之间下要扣几十次，十指分叉梳头发按摩头皮几分钟，手掌捂着耳朵用手指弹敲后脑勺几分钟……他常常对我说："人的生命在于运动，锻炼身体才更加健康。小孩子更应该多锻炼才是。"我受了外公的启发后，更加重视通过练习舞蹈锻炼身体，还注意跑步、跳绳、踢毽子、呼啦圈锻炼，外公经常陪我上完辅导课一起跑步回家，我的身体更棒了！

（作于 2010 年 3 月 8 日，三年级第二学期）

　　爸爸评语：这是你描写人物以来，最优秀的一篇作文。人物描写非常细腻、非常逼真。

企 鹅

　　我喜欢的小动物不少，那肥嘟嘟的小企鹅就是其中一种。我没有亲眼见过小企鹅，对它的认识都是来自电视或图片。它们身穿一件白色的衬衫，雪白的衬衫外面，穿着一件油光发亮的黑西服，远远看去真像一个可爱的小绅士。

　　企鹅微微张开翅膀在冰上蹒跚行走，看上去，仿佛是趔趄学步的幼儿。企鹅是一种稀罕的宝贝，它小巧玲珑，饶有风趣，无论是谁看见了它的小模样，都想在它的脸上亲一口。它退化了的短小双翼已经不能带动身躯在天空中飞翔，却能凭借它在水中游泳。

　　我曾经在电视上看见，企鹅和三四岁的小孩差不多高。我知道有三种企鹅，其中金企鹅是最好看的一种，它的嘴巴是金色的，甭提有多么可爱了！

　　还有一种企鹅颈部有圈黑色的毛，好像系着帽带子，叫帽带儿企鹅。它们个个都彬彬有礼，站在远处向我们点头，像在欢迎我们似的。

　　也不知道为什么，自从我在电视和图片上看到了企鹅，企鹅的可爱样子就一直留在了脑海里。以后要是有机会，我能够站在企鹅身边，亲眼看看它们多好啊！

（作于 2010 年 3 月 11 日，三年级第二学期）

妈妈评语：善于观察和想象，语言纯美！

小发明

　　十年后的今天，人们的环保意识很强，不再乱砍树木、不再践踏花草，到处绿树成荫，鲜花盛开，鸟儿放声歌唱，鱼儿欢快地游来游去，空气清新温润，天空湛蓝深远。最主要的是在街道和马路上看不到一点儿垃圾。你一定很惊讶是什么改变了这一切吧？是因为我发明了一台万能垃圾处理器。

　　这种机器可以将每个角落的垃圾收集处理或回收利用，从而提高空气质量、减少环境污染。万能垃圾处理器的外观像一个绿色的小汽车，它是用很薄的材料制成的，它体积小，重量轻，效率高，功能多。它下面有四个轮子，可以随时移动。打开车顶的盖子，你会看见一台带摄像头的设备，它是用来把垃圾分类的，有用的分到一个储存仓，没有用的分到碾碎压模仓。特别是碾碎压模仓可以自动把无用垃圾压成大小一样的小砖块，今后还可以砌墙铺路。这台机器还有水罐储存，当机器在城区绿化带或公园转悠时，自动感应哪个地方缺水，它就自动停下来给植物浇水。这台机器还可以随时发现路上随手扔垃圾的行人，它会报警提示行人不能乱扔垃圾。在机舱有个大屏幕，显示哪些垃圾应当送到哪儿，哪些垃圾是有害物质要特殊处理等等信息。

有这样一台处理垃圾的"万能"机器，我们周围的环境就会越来越好。嘿嘿，我的小发明是不是作用很大？这款机器你喜欢吗？那咱们就在科技展览会上见吧！我们等它为家乡环保做出大贡献呢！

（作于 2010 年 3 月 20 日，三年级第二学期）

老师评语：想象合理，描写具体，非常好！

小小的我

嗨，大家好！我是一个九岁的女生，一张瓜子脸上长着一双黑珍珠般的大眼睛，一个小鼻子和一张小嘴巴，瓜子脸左右两侧长着一双比较得体的耳朵。我的口才不错，但脾气有点儿坏，是一个个性女生。有时候我疯疯癫癫，比如在家里；有时候我斯文秀气，比如在公共场合。

我爱舞蹈。参加过很多次文艺汇演，上过两次电视，而且每次都是领舞，得过不少奖。我还有一个爱好，那就是画画，我的素描、我的山水、我的花草都有一定的基础，绘画获得过全省三等奖呢。我爱写作，随时都想把我想写的东西记下来。

我爱臭美。有一次，我吹泡泡，把泡泡吹到了头上，不肯取下来，因为泡泡很像珍珠，戴在头上很漂亮，可是最后泡泡全干了，都取不下来，只有用洗发水洗头才弄掉。

我爱笑，许多别人认为不足为笑的小事都会引起我的大笑。在家，爸妈饭桌上的一个话题都可能引起我的狂笑。有的相声小品更会使我笑得喘不上气来。在学校，老师同学们的一些动作和语言都可能使我大笑不已。为此，妈妈曾说过让我斯文一点儿，可我改不了这个天性。

我也爱哭，任何一个小小的委屈和批评都会让我的泪水在眼睛里转圈圈，电视剧里的一个情节、一个画面或收音机里的一个故事，都可能会让我落下眼泪。有时候，我感到我是一个多愁善感的女生，常常边看书边流泪。

这就是我，一个爱笑、爱哭、爱闹的女生。哎，既然爱笑，为什么还要哭呢？你说我是不是个小小的"怪女孩"？

（作于 2010 年 4 月 6 日，三年级第二学期）

妈妈评语：生动地刻画了自己丰富、纯美的内心世界，很棒，加油！

精彩的机器人表演

这周星期一，我们学校进行了一场机器人表演。你别说，这场表演还真不错。

机器人跳街舞，跳得欢快活跃、节律感非常强，还有很多踢腿和下腰的动作，我作为专门练过舞蹈的都做不出来，一个小小的机器人竟然能做出来，真是让我对它刮目相看了。

千手观音也是让我惊叹不已，几个小小的机器人竟然能跳得那么整齐，层次感非常强，动作也非常到位，比真人表演要完美得多，真人表演总会有误差的。

最可笑的是抬轿子，四个抬轿子的机器人甩着手，向前走去，配的音乐还是猪八戒娶媳妇的音乐，我笑得鼻涕差点儿都出来了。

还有机器人乐队。敲扬琴的、击鼓的、吹奏的……个个惟妙惟肖，激情飞扬的。虽然对乐队的演奏曲目我没有听懂，但我能感到机器人之间的配合非常协调。记得我在上幼儿园开联欢会时，也给鼓乐队伴奏过，但还是太有差距了。

参观这次机器人表演让我很受启发。我默默地下决心：一定要刻苦学习知识，将来提高本领，制造更先进的机器人，让机器人替我们人类做更多的事。

（作于 2010 年 5 月 6 日，三年级第二学期）

爸爸评语：善思善言，善察善悟！好！

我的表妹小丫

小丫是姑姑的女儿，她是一个活泼、懂事、可爱的好妹妹。表妹很喜欢我去她家玩儿。

有一次我去姑姑家做客，一进门，便看见妹妹在沙发上跳着、笑着、喊着，她红扑扑的小脸蛋儿，一双美丽的大眼睛，非常灵光。她看见我来了，一个蹦子跳下来，拉着我的手让我坐到沙发上，凑到我旁边，说："姐姐你终于来了，我可以给你跳舞了。"吃饭的时间到了，我和妹妹去洗手，她非要让我先洗，我拗不过她，就先洗了。吃饭的时候，她嚷嚷着要和我一起坐，并且悄悄给我说："姐姐快点吃，吃完我还要给你表演呢！"说着，妹妹大口大口地吃了起来，我被她狼吞虎咽的样子逗乐了，她抬头看着我，咧开小嘴儿咯咯地笑。

刚放下碗筷，妹妹就乐滋滋地拉着我到大卧室的床上开始蹦跶。"姐姐！姐姐！快看我跳孔雀舞了，老师刚教的呢！"她得意地对我吹嘘着，两眼放光，粉扑扑的小脸蛋儿显得格外可爱。接着她摆好姿势开始跳了起来，妹妹边跳边有节奏地哼着拍子，露出一副古灵精怪的样子。越跳越激动，脸蛋儿由粉红变成了红苹果，小屁股左右扭一扭，小胳膊往上抬一抬，小腿往后一翘一翘的，这"丑"样儿，真是可爱无比呀！看着她嘴里喘着粗气、令人发笑的小模样，我实在忍不住了。笑得我倒在床上一会儿砸枕头，一会儿又在床上

滚来滚去，气都喘不过来了。妹妹停下来，睁着亮晶晶的大眼睛，奇怪地望着我问："姐姐，你为什么笑我？是不是我跳得不好呀？"我说："谁说我们的小公主跳舞不好看了？你呀，是个小天使，谁能比过我们的小天使呢？姐姐最喜欢看你跳舞了。"妹妹听到我的夸奖又自豪地跳了起来，嘴里不停地喊着："我是小天使，我是小天使。"突然她问我："姐姐，你说谁都比不过我，那是不是也包括你呢？"我顿时语塞，一时真不知说什么好了！我终于想了一句话："只要你天天坚持练习，你一定会超过我的。"妹妹不停地点头。

妹妹还有个特点，就是特别懂事。听姑姑说，小丫特别体贴理解家里人，自己能做的事坚决不让大人操心，有时她还给大人操心呢。她自己一个人去商店买东西，能够自己坐公共汽车去学古筝，家里的垃圾袋满了她就主动收拾拿到楼下扔到垃圾桶。家里有什么好吃的，她自己也尽量少吃，也告诉姑姑和姑夫少吃些，说什么"咱们吃的时间还长着呢，多给爷爷奶奶留些"。多懂事的妹妹啊！

（作于 2010 年 9 月 6 日，四年级第一学期）

老师评语：描写人物能够抓住灵魂！总结、提炼、收尾都很好！

俄罗斯美女

在我的衣柜上，站着一位做工精美的洋娃娃，她可是漂洋过海从俄罗斯来到我家的。人们都说俄罗斯美女的美，体现在优雅，当我目睹了这位俄罗斯美女娃娃之后，我深刻地感到名不虚传。

爸爸出国回来，小心翼翼地打开包装盒，我凑到爸爸跟前，迫不及待地从盒子中捧出她，仔细地端详着、欣赏着，情不自禁地赞叹道："啊，真是太漂亮啦！"

她披着一头金色卷发，每一个发卷都十分精致柔顺，头发上戴着闪闪发亮的银色发卡，像蝴蝶造型。她面带微笑，脸颊白里微微透红，皮肤非常细腻，透露出妙龄少女所特有的淡淡的红润。她蓝蓝的眼睛，如同珍珠，水灵灵的，明亮又温柔，眼神中流露出一种灵气和纯稚。高高的鼻梁，支棱棱的，很端庄。浓密的眉毛向两侧微微弯曲，不浓不淡，刚好合适。她那粉红的嘴唇在她红润的脸蛋衬托下，显得更加动人。看着看着，我忍不住摸了摸那张小巧玲珑的面庞和金色的卷发，手感好极啦。她的脖颈同样非常细腻、光滑，如不仔细看，你会认为这是真的血肉皮肤。我痴痴地望着她，她微笑着望着我。

再看看她的身材和礼服。她大约四十公分高，外露着双臂，细细的腰，非常紧致，体态高雅，线条优美。她的双臂和双腿可自由活动，能够形成很多种姿势和造型。她的两条胳膊又细又长，和脖颈的颜色一致，白里透红，红里露粉，双手戴着纯白色的礼服手套，延伸到小臂处有刺绣精美的套边，显得既高贵又雅致。她穿着淡黄色的套裙，上衣和摆裙连为一体，晚礼服套裙上半身的花纹图案十分精美，上衣的左胸位置扎着一个大大的淡蓝色的蝴蝶结，显得很清纯。漂亮的长裙摆完全拖到了脚踝处，裙子整体上刺绣着简单、清晰的纹理，裙底边的花边是棕色带金边的，给人一种庄重大方的感觉。一双深褐色的高跟皮鞋让她显得更加高贵了，而且还可以自由地脱下或穿上。

这是我见到的最漂亮的洋娃娃，简直是一位高挑的模特缩小变成的，只觉得我仿佛走进了梦中的童话一般，与皇室花园中一位美丽高贵的公主相遇。从此以后她就成了我的"闺蜜"，成为一直伴随着我的妹妹。她温柔恬静，从不说话，但我觉得她和我可以用眼神沟通，随时和我可以对话、微笑。

（作于 2011 年 3 月 1 日，四年级第二学期）

爸爸评语：人物描写的功夫越来越深了，非常好！

我的玩具熊

在我那温暖、舒适、漂亮的床上，趴着一只胖嘟嘟、圆乎乎非常可爱的小熊，那是我六岁时的生日礼物。他已经伴随我快五年了，成了我无法割舍的朋友。

他的体形丰满。长着一身棕色的毛发，很匀称，像修剪过的一样，不长不短。身体有些发胖，很结实的样子，头顶上两只圆圆的扇形耳朵，右耳侧面戴着一朵粉红色的蝴蝶结。在那胖嘟嘟的脸上，镶嵌着一双黑葡萄般的大眼睛，圆溜溜的，显露着一种天真、一种单纯。圆润的三角形小黑鼻子把这张圆圆的小脸蛋衬托得更加饱满。嘴巴更是漂亮，那红润的小嘴巴，就像红宝石一样。他的四只小熊掌也格外好看，圆滑饱满。

他的神情很憨厚。只要你不动他，他就乖乖地趴在床上，一动也不动，憨憨的神态凝视着同一个方向，一双肉嘟嘟的小熊掌托着下巴，好像在思考一个很深奥的问题似的，让人看了就忍不住想亲一口。我亲手为他量身制作的红色小肚兜儿，感觉很时尚。他浑身上下都透着一种说不出的憨笨，我在他的脚上套了一双我小时候穿的黑色小皮鞋，稍微有些大，但他从不挑剔。

他的气质很特别。他坐立的时候，俨然一副绅士的样子，腰板直直的，很大气。也有一种随和、平易近人又不失傲气的感觉。他尾巴很短，比较收敛，显得比较低调。他陪伴了我几年，我一直想给他取个名字，思来想去，还是取个"雅绅笨笨"吧，这个比较符合他的气质。

（作于 2011 年 5 月 9 日，四年级第二学期）

老师评语：非常好的一篇作文，全班阅读。

兰州的羊皮筏子

羊皮筏子是一种外形奇特的水上漂流工具，过去是渡河用的交通工具和运输工具，现在都是作为旅游项目了。它是用八根或九根木椽子钉成一个长方形的木排，然后把整张羊皮扎成皮囊，充好气，再一个一个按次序用绳子绑在木排上制成的。一般每架木排上有 12 个或 15 个羊皮气囊不等，一般可以至少乘坐五六个人，大的羊皮筏子可以乘坐 10 人左右。羊皮筏子在下水前立在河岸边，样子像一个怪兽。

今天我就给大家介绍一下乘坐羊皮筏子的感受。我和爸爸妈妈来到黄河边，面对奔流直下的黄河水，面对渺小的羊皮筏子，我的心怦怦直跳。这是我第一次坐羊皮筏子，心里不免有些紧张，手都捏出汗来了。划羊皮筏子的人叫"筏子客"，他看出了我的紧张，走到我身边，微笑着对我说："小姑娘，不要害怕，羊皮筏子是很好玩的，一点儿也不危险。"爸爸妈妈也在旁边鼓励我说："只要你稳稳当当坐好，抓紧筏子的木椽和木杆，就不会有危险，因为它始终不会沉到水里面。"我看到在黄河里还有一架羊皮筏子在漂动，上面还有小孩子呢，我的紧张感渐渐消除了，反而有些迫不及待想体验一下。爸爸妈妈向我竖起了大拇指，我们便在筏子客的帮助下坐上了筏子，刚开始有些晃，爸爸妈妈先扶我坐稳后，他们坐在我的两旁。筏子客用地道的兰州话说："出发啰，只要把木椽子抓住就没嘛达。"他坐在筏头，娴熟地手持双桨，筏

子开始缓缓地从码头出发了。我突然感到筏子的渺小和开阔的黄河形成鲜明的对比，感到有些心慌，我还是让自己尽量放松。筏子顺着黄河水向下漂流，筏子客一边掌握方向，一边给我们讲解羊皮筏子的知识。让我吃惊的是，他说过去搞货物运输的羊皮筏子由 600 多个羊皮囊扎成，长十几米，宽七八米，能够运输二三十吨货物。听得我啧啧赞叹人们的智慧。筏子行进中，我欣赏着兰州两岸的风景，欣赏着湛蓝的天、洁白的云、翠绿的山，感受着筏子缝隙下黄河水流动的情形。一阵轻风拂过，我有些陶醉了，不仅不紧张，反而很放松，这景致真是太美了。不知不觉快到了黄河的对岸，筏子客的经验真的很丰富，他操纵的桨似乎很听他的话，筏子已经缓缓地顺势掉转了头，我竟然都没有觉察到。在返回的途中，我尝试着慢慢松开手，体验无拘无束的感觉。这时，筏子客唱起了山歌，歌声很悠扬，让人安心踏实。时间过得真快，已经开始靠岸了，我心中竟有些留恋，恨不能再多漂流一阵子。

有了这次经历之后，我认识到，有些害怕、恐惧、担心都是多余的，只要你能够放松心情、掌握要领、注意防范，有些貌似危险的情景也会显得那么温柔。

(作于 2011 年 8 月 6 日，五年级开学前)

爸爸评语：最后一段非常好！通过描述或叙述后能够总结提炼出一些观点，这非常重要！

小时候的情与景

冬天里的发现

小鸟到哪里去了呢？哎，小树上的树叶呢？小河上面怎么结了一层冰？大雁都到哪里去了？外面怎么变冷了呢？我们盖上了厚被子，姥爷把 bì（壁）挂炉打开烧暖气了，我们开始穿厚厚的棉鞋了，路上的人们都戴口罩和帽子了，墙上温度计的红杠杠下降了，人们穿的衣服更多更厚了……

（作于 2007 年 12 月 18 日，一年级第一学期）

爸爸评语：观察很细致，好！

下雨了

今天下了第一场春雨，就好像是春姑娘让老天爷下了这场雨，我感到春天真的来临了，我的心里非常高兴。啊，这场春雨跟往常的雨有什么不同吗？当然有了，你瞧这场春雨下的细细的、慢慢的、柔柔的。我猜想，这场雨后，草就绿了，花就开了。啊，春天是多么美妙、多么神奇呀，我简直无法想象春天是那么美！

（作于 2008 年 3 月 5 日，一年级第二学期）

妈妈评语：简洁的描述，生动的语言，曼妙的童真！

春 天

春天，小草变绿了，花儿也开了，小动物也出来玩儿了，小河里的冰块儿都变成水了，人们都换掉厚厚的棉衣了。哎，天怎么那么晚才黑呢？天怎么那么早就亮了呢？大雁从南方又飞回来了。风吹拂着我的头发，感觉不像冬天那么冰冷了，风在告诉我们："春天来啦！"

（作于 2008 年 3 月 15 日，一年级第二学期）

爸爸评语：通过外在的变化反映了内在的变化！

家人对我做的事

妈妈帮我洗过衣服，帮我叠过被子；爸爸帮我洗过袜子，帮我洗过床单；爷爷帮我做过早餐，帮我削过苹果，所以我要感谢他们！爸爸妈妈一直都在培养我要有广泛的兴趣爱好，给我交钱让我学舞蹈学声乐。我已经上了三次台参加文艺汇演呢，而且每次我都是领舞或领唱。第一次上台的时候，我心里非常紧张，可是我仍然跳得很好！我要感谢他们！让爸爸妈妈开心！

（作于 2008 年 4 月 16 日，一年级第二学期）

妈妈评语：语言朴实、情真意切！

下雪了

下雪了。学校里的小松树披上了"银装"，像是开满了洁白的梨花。这场茫茫白雪铺在草地上，草地变成了白颜色。白雪铺在小路上，小路也变成了白颜色。白雪落在我的头发上，很快就融化了。放学后，我走在巷道里的时候，手上和脸上有点冷，我搓了搓手、搓了搓脸，边走边想："为什么春天也会下雪呢？"我急着回家问爸爸这是怎么回事。爸爸说这是气候原因，他还给我讲了雨、雪、冰雹、云是怎么形成的，让我以后好好学知识，就会知道很多奇怪的东西和不明白的事物。

（作于 2008 年 4 月 21 日，一年级第二学期）

夏天的花

夏天，就是热。报纸上说，南方持续高温，更热，我们北方人在夏天还是幸福的。夏天来到，有的花谢了，有的花开得正美。为什么呢？我一想，原来是结了果的花都凋谢了，开始长果实了，不结果的花都是观赏的，也有季节的。我们兰州春夏秋冬都有各自的花。就连冬季的兰州，至少我们都能看到蜡梅花，夏天花的品种好像更多一些，与热有关系吧？这个季节，我家和学校周边，护栏中、公园里、马路两侧，红色的、黄色的、紫色的、白色的，玫瑰花、喇叭花、丁香花……各种花盛开了，五颜六色，香味不一样。我见到花，连忙跑上前闻闻这个，又闻闻那个，连连说："啊，好香呀！好美啊！"

（作于 2008 年 8 月 18 日，一年级暑假）

妈妈评语：对季节的感受有纯朴的刻画。

花的学校

花也有它们自己的学校，可是它们怎么上学呢？我觉得它们是这样上学的，很小的时候，花儿的芽芽就生长在土地里，土地就是花儿们的学校。下雨的时候，一滴一滴的雨就是英语、语文、音乐老师，因为一滴一滴的雨就像一个一个的字母、单词、拼音、音符。你瞧，它们正在往上蹿呢，那是它们在举手，兴冲冲地发言。你闻，它们散发出的香味，那是它们在语文课上朗诵时发出的味道。这时，红火火的太阳公公突然跑出来，那就是体育老师，因为太阳公公来了，就像是体育老师站在它们面前，正急着给它们训练身体呢！它们也高高兴兴地等待体育老师训练呢！

（作于 2008 年 9 月 3 日，二年级第一学期）

爸爸评语：描写手法独特，想象正切主题。

美丽的秋天

秋天到了，秋天给大地染上了不同的颜色，红色的枫叶、黄色的柳叶，还有绿色的草地。渐渐变黄的树叶，纷纷从树上飘落下来，像一只只美丽的蝴蝶在空中翩翩起舞，好像在开联欢会。秋天还是一个硕果累累、瓜果飘香的季节，黄澄澄的梨既好看又香甜，红彤彤的苹果既漂亮又香脆，还有我老家靖远石门的大枣、安宁的白凤桃、兰州的白兰瓜……种类真是数不胜数，都特别好吃，让人一想就忍不住要流口水啊！秋天凉习习的风吹走了夏天的炎热，人们不会汗流浃背，不会把皮肤晒伤，气温刚好让人舒服。不信？那就请你仔细观察和体会一下。

我觉得秋季很美，景色好，瓜果香，主要是气候好，让人们感到舒服。

（作于 2008 年 10 月 12 日，二年级第一学期）

爸爸评语：描写得体，结尾很好！

冬天的雪

透过窗户，看到外面下雪了。我穿上了白色的羽绒服，妈妈给我系上了红色的围脖。在上学的路上，看到所有的东西都穿上了白色的棉衣，似乎整个世界都是洁白的。学校周围的树枝、绿化带上面挂满了雪，有的已经形成了美丽的雪挂造型，毛茸茸的感觉，像人工做出来的童话世界。走进校门，看见操场都变成雪铺成的地毯，走在上面，根据步伐的快慢，听到忽快忽慢的咯吱声，像动人的音乐。我大口大口地呼吸着雪的味道，感到空气太新鲜了，总是吸不够。

今天除了上课在教室，一下课我就往教室外面跑，和同学在校园的雪地上追逐。利用中午时间，在家属院和同伴干脆玩打雪仗的游戏。刚开始用手捧起雪，感到好冰呀，用嘴对着手哈哈气就不冰了。我拿起一个雪球向我的伙伴砸去，砸得还挺准，一下子就击中了他，他可不服气，也团了一个雪球向我砸来，可惜我那时正在团雪球没有看见，他也击中了我，我们玩得可高兴了！下午上完课，觉得还没有玩够，就叫爸爸陪我去堆雪人，爸爸拿起 bōji(簸箕)、笤帚和一块薄木板出门了。我和爸爸先找合适的位置，堆积了一大堆雪，然后爸爸教我怎么雕刻出大样子，再精细地用薄木板刻画出鼻子、眼睛、耳朵的轮廓。我在附近找了两块玻璃做装饰眼镜，用一块废纸盒做了个帽子给它戴上。不一会儿，一个像圣诞老人模样的大雪人出现在雪地里，模样和神态可美啦！爸爸给我和雪人拍了不少照片，直到太阳下山我们才回家。

这场雪带给我的快乐，将永远留在我的记忆中。

（作于 2008 年 11 月 26 日，二年级第一学期）

爸爸评语：情景状物细致入微，童趣记事印象深刻！

美丽的学校

我的学校是兰州市城关区水车园小学，是兰州一所很有名的小学。一进学校大门，我们就能看到又宽又大的操场。我们的操场是用塑胶铺成的，分为两种颜色，一种是绿色，一种是红色。绿色的是一个篮球场，红色的是练习跑步的跑道。操场的正前方是我们上课的教学楼，一共有四层。我们的教学楼很漂亮，楼道和教室内都干干净净的，墙壁上的书画和标语很文雅。我们这个年级在一楼，每当下午太阳西晒的时候，我总会看到灿烂的阳光。教学楼的旁边还有一栋逸夫楼，我们很少去那里上课，但我同样能感受到逸夫楼的美丽。站在楼上，能看到学校的全貌。逸夫楼后面是一个不太大也不算小的沙坑，里面的沙粒很干净也很细，沙坑是用来练习跳远的。逸夫楼侧面有不少运动器械，大家都喜欢玩，虽然有的运动器械有些危险，但偶尔去玩几次还是很好的。乒乓球案比较多，我喜欢打乒乓球，没有什么危险，还能锻炼灵活性。除了这些，我主要觉得我们水车园小学的老师都很好！

我的学校可真美丽啊！我爱我的水车园小学！

（作于 2008 年 12 月 7 日，二年级第一学期）

爸爸评语：用情和景的描写来表达爱，这很好！

我生气了

今天，我一个人去姥爷家吃饭。姥爷家住的楼房只有一部电梯，进入单元门后右拐就是电梯。电梯的门口四周比较窄小，墙面是白色的涂料粉刷的。当我进入单元门口时，看见两个哥哥，像是高年级的学生，正在用鞋底踢白色的墙面，而且他们在比赛看谁在墙面上踢的脚印高。看见这一幕，我生气极了，我突然感到我的胸口有一种胸闷气短的感觉，白白的墙就这么变脏了。我恨不得上去制止他们，可是他们两个个头比我高好多，我不敢说话，只是气得不行了。正在生气又不敢制止的时候，其中一个个子小的脱下自己的鞋拿在手里，跳起来在墙面的高处砸下去，在很高的位置留下了一个鞋印，两个人大声笑着！我更加生气了。这时候电梯门开了……他们两人在电梯内嬉笑着，我却一点声音也没有，只是生气，心怦怦直跳。

进了姥爷家的门，我坐在沙发不说话，爸爸看见我不高兴，问我咋了，我把刚才看到的给爸爸说了。爸爸摸着我的头说："不要为这个事生气，社会上什么样的人都有，在没有能力和坏人斗争的情况下就不要斗争，不讲文明不守规矩的人，将来社会会惩罚他们的。"我似懂非懂地点了点头。

（作于 2008 年 1 月 13 日，二年级第一学期）

老师评语：你越来越厉害了，在用着感情写文章，在用真善美释放思想，太棒了！

春 天

春天最美的是黎明，东方的天空一点儿一点儿地染上红晕，飘着鲜红鲜红的彩云。春天，从大雁的叫声中飞来，从解冻的冰河中涌来。春姑娘在桃花上停留片刻，桃花更和她一样漂亮了。春姑娘从小草身上飘过，小草就变得和她一样充满了生机。啊，大地的一切都苏醒了，一切都在争着更换春装，就连那棵上了年龄的老树也发了新芽呢！

春天一到，小草是第一个探出小脑袋的，那翠绿的小脑袋，一zuōzuō（撮撮），一片片，呼吸着散发泥土的清新空气，喜迎春天的来临。看，那小草挺着腰，显得那样有生机，有朝气，把她那开心的样子展现给我们。

那小草的颜色，绿色中带些黄色，嫩嫩的，一片一片连起来，赛过巧手编织的花坛。茸茸绿草，随着地形的连绵起伏，在向远处延伸，像是给大地铺上了一层厚厚的绿绒毯。

我想起一句诗，"野火烧不尽，春风吹又生"。我爱春天、我爱小草，我爱这片美丽的土地。

（作于 2009 年 3 月 6 日，二年级第二学期）

妈妈评语：有进步，展开你丰富的想象可以再写一篇。

再写《春天》

在我看来，春天就像一个渐渐形成翡翠的季节。草是绿的，大树是绿的，森林是绿的，世界一片绿色。

柳树姐姐终于从睡梦中苏醒了，她慢慢地甩起了她的绿辫子。这时，一阵阵调皮的春风弟弟向柳树姐姐吹来，发出了"唰""唰"的声音，好像在给骄傲的柳树姐姐梳头发。柳树姐姐好像很开心，更加自豪地甩着她那绿绿的长辫子。

各种花朵终于从睡梦中苏醒了，慢慢地从绿色的枝叶中间伸展手和脚，慢慢地张开涂着各种颜色口红的小嘴巴，每一朵在春天开放的花都争先恐后地睁开双眼。瞧，那朵最艳丽的花是不是还会飞？哦，那不是花，她是一只停在花朵上的漂亮蝴蝶！

在春天的树林里，我每天都能听到"啾啾"的声音。听，那正是一只只可爱的小鸟在唱歌呢！远方冬眠的可爱的动物，是不是也在揉着双眼睡醒了？春天一来，你们都有了声音和活力啦。

在春天的高空上，飘着朵朵白云，这些云有的几片连在一起，像大海里翻滚着的白色浪花；有的一层压着一层，像层峦叠嶂的远山。太阳公公把自己几绺金色的胡须抛向大地，还把炽热的目光投向我，比冬季温暖了许多，我羞怯地避开了，不敢直接对着他看。

春天是一个万物复苏、生机勃勃的季节。我庆幸能在这片大地上生活。

（作于 2009 年 3 月 8 日，二年级第二学期）

妈妈评语：比第一篇进步了很多，春的气息似乎就能闻到。

我喜欢这收获的季节

这是一个晴朗的秋天，一阵秋风轻轻吹来，那棵年幼的梨树在秋风里摆动着它那优美的身姿，一片片树叶在秋风里频频点头。这是一个收获的季节。

九月的枫叶像是二月的红花一样。孩子们正捡树叶当书签呢！那苹果树在秋风里散发着淡淡的清香，一个个可爱的小苹果你追我赶争着让人们去摘呢！

  一排排大雁排成"人"字形向南飞去，准备到那里去过冬。可爱的小青蛙正在加紧挖洞，准备在洞里当个大懒虫。

  落叶在秋风里翩翩飞舞，它们对飞向南方的大雁点头，好像在说："大雁哥哥，再见了。"

  在秋风的呵护下，一颗颗谷粒饱满了，谷穗的头垂低了，秋风也护送一片片树叶凋谢到树下当肥料了。

  爷爷奶奶终于放下锄头，用他们那苍老的手抹掉了头上的大汗珠，他们种的粮食在秋风里不停地点头，好像在说："谢谢您，一年没有白忙活。"我喜欢在这个季节到农村老家的田地里去，看金色的麦浪、举着火把的高粱，还有露着金牙的玉米，铺满又大又圆西瓜的砂地……

  我非常喜欢这个季节，因为秋天景色不仅让我感到动情，我还觉得这是一个瓜果飘香的季节、是一个收获的季节！

（作于 2009 年 9 月 28 日，三年级第一学期）

  老师评语：读你的文章，有身临其境的感觉，我看到了秋的绚丽，文章很流畅！

  爸爸评语：还记得你在二年级写过的学过的需要记忆下来的好词好句吗？比如：梨树挂起金黄色的灯笼，苹果露出红红的脸颊，稻海翻起金色的波浪，高粱举起燃烧的火把……再比如：秋风送爽、一叶知秋、瓜熟蒂落、色彩斑斓、硕果累累……都是体现收获的。不妨把春夏秋冬相关的一些精彩语句背下来。积累记忆就是写作的源泉！

老家的除夕夜

老家除夕这天，全家人从早上就开始忙碌了，爸爸忙着贴对联，爷爷早早地给灶神、财神和祖先献上各种各样的供品。妈妈和奶奶忙着蒸花卷和包子，炸油饼。家里有许多好吃的，有鸡有鱼，还有各种糖果和瓜子。大人们都在为除夕夜忙乎着。

夜色降临时，把房间、院子、大门上的灯全部打开。奶奶在灶火上烧好几块小石头，爷爷端着一个小瓷盆，倒上醋，然后用筷子把烧红的石块夹到瓷盆里，一下子醋味挥发出来。爷爷端着瓷盆摇晃着，一边快速地在各个房间各个角落让醋熏一下，一边嘴里不停地念叨着"大吉大利了、平安幸福了"等吉利话。爷爷说这是把房间里不干不净的东西都赶出去了。

然后，爷爷端上供品、神灵和祖先的牌位、香裱之类的东西，带着爸爸、叔叔和我们几个小孩子出大门到巷道口迎请神灵和祖先到家过年。老家叫"接神请先人"。

接神和请先人的牌位摆在主房的正面，然后全家人都跪在地上磕头。给神和先人磕完后，按照辈分，叫着称呼，小辈给长辈一个一个磕头。

除夕夜，长辈会给小孩发压岁钱，鼓励我们要认真学习，说些"考个好大学"之类的鼓励话。爷爷和奶奶每年都要在除夕夜特别叮嘱爸爸要当个好官，叮嘱叔叔要财源旺盛。爸爸和叔叔每年都会给爷爷奶奶"孝敬钱"。这些老规矩，我觉得还是很有意思的。

除夕夜放鞭炮、烟花是少不了的。家里每年都给我们小孩子准备一些没有危险的小摔炮和各种小花炮。我们在院子里跑着、开心地欢呼着。

除夕之夜，全家人聚在一起，吃一顿准备了好几天的美餐，坐在热炕上，看着春节联欢晚会。爸爸叔叔还要给爷爷奶奶敬酒，同辈人还要划拳敬酒。一家人其乐融融，说说笑笑，真好！爷爷的讲究和规矩多，在吃东西和喝酒前，要先给供桌上的神和先人夹些吃物、滴几滴酒，整个夜晚香火不能断，等等。

吃、喝、玩、看电视一直要持续到晚上十二点。十二点整时，新年的钟声敲响了，全家人都到院子里开始放烟花和各种花炮，农村的夜晚礼花齐放，灯火辉煌，天空通亮。大家企盼着来年的幸福，祈祷灶神、财神、寿星给天下的人带来福气，祈祷先人给后人带来好运。

我爱除夕夜，更爱老家农村的除夕夜。

（作于 2010 年 2 月 16 日，三年级寒假）

爸爸评语：你越来越厉害了。能用简洁的语言把老家除夕夜的整个情景过程写清楚，非常了不起！

春姑娘来了

春姑娘来了，她满脸微笑地来了，带着绿色来了。

万物苏醒了，小草悄悄地从泥土里探出头来，好像刚洗完脸，她们正高兴地轻快地跳舞；柳枝上一个一个的绿点越长越大了，轻轻摇摆着嫩绿的长袖，好像善舞仙女；每棵树的树枝都不再干巴巴的，渐渐有了绿意；各色鲜艳的花儿尽情展示自己的美丽……一切都变得生机勃勃，充满活力。

春姑娘来了，她穿着绿色的连衣裙来了，带着她绿色的长笛来了，她笑着吹出了一首优美的《春之歌》。笛声唤醒了冬眠的青蛙，她睡眼蒙眬地跳进池塘，刹那间清醒了过来，"呱呱"地叫着，好像在为春天的到来感到无比兴奋；农民伯伯又可以播种了，虽然脸上带着汗珠，手变得越来越粗糙，可是一想到秋天丰收的喜悦，带着汗珠的脸上又洋溢着笑容。

春天多美啊！我们随着春姑娘的脚步走进春天；走进生机勃勃的春天，我情不自禁地向着春天高喊："春天，我爱你！"

（作于 2010 年 2 月 27 日，三年级第二学期）

美丽的家乡

我的家乡在兰州，南边和北边是雄伟的大山。整个城区高楼林立，绵延在南北两山之间，南边的山叫兰山，北边的山叫白塔山，像个宽大的峡谷，也像个四周高、中间低的盆地。

家乡的山很美。兰山有一个五泉山公园，有五眼泉、有动物园、有索道。山顶有三台阁，松树柏树很多，能这样茂密已经非常不容易了。北边的白塔山山顶上有个很高的白色的塔，年代久远了，忘了是哪个朝代修建的，听说是国家保护的历史文物。后来在山的西边修了兰州碑林和珍藏《四库全书》的文溯阁，爸爸曾经带我去参观过，我感到文化太深厚了。在山底下也修建了仿古金城关、博物馆，非常大气。

家乡的水很美。中华民族的母亲河黄河从城区中间奔腾流过。我们非常骄傲的就是这条河，有了这河水，让兰州更加美丽。记得去年爸爸带我接待远方来的客人，站在白塔山上，客人感叹地说："这哪是兰州啊，这像香港。"不论从哪个山上，都能看到黄河上的中山桥，这座桥的南侧立了一个石碑，上面刻着"天下黄河第一桥"。听爸爸给我说，这座桥去年过了一百岁生日，是清朝时德国人建的。到现在，兰州的黄河上修建了好多桥，南北连通也很方便。黄河边上有四十里风情线，有黄河母亲雕塑，有水车博览园，河面上还有游船、羊皮筏子、快艇……如果，你现在坐在船上，迎着微风，你准会被眼前的美丽景色迷住。

家乡的夜晚很美。每当夜幕降临，兰州就变成了灯的海洋。中山桥花灯高照，五颜六色的彩灯为中山桥四周勾画出了一个美丽的轮廓。路上，草坪灯、霓虹灯、礼花灯、照明灯，把兰州装扮得更加美丽了。焕然一新的街道上，明亮的橱窗，多彩的广告，五彩缤纷的灯，把繁华的街道打扮成了一个绚丽多彩的"不夜城"。中山桥底下的河水，也被照得银光闪闪、焕然一新，光彩夺目，十分动人。

我爱我的家乡兰州，我也请各地的朋友来兰州感受我美丽的家乡。

（作于 2010 年 3 月 26 日，三年级第二学期）

妈妈评语：描写细致，逻辑清晰，语言流畅。继续努力！

让家乡变得更美

我的家乡兰州，地处黄土高原，干旱少雨，植被覆盖少，水土流失比较严重，生态环境十分脆弱。每年春季都会遇到一两次沙尘暴，有时候轻，有时候重。我想，主要原因是我们这里缺雨水。因为雨水少的时候，山上光秃秃的，空气中灰尘也多，家乡灰蒙蒙的；雨水多的时候，整个山都绿了，天都蓝了，家乡也美了。

怎么样才能让家乡变得更美呢？我觉得，种树是一个重要的方法，植被好了雨水就多啦。听家里人说，家乡的气候条件一年比一年好，是因为兰州好多年连续推行植树造林和南北两山绿化工程。在家乡种活一棵树真的很难，但再难也要种。我想，我们有黄河，只要把浇水的问题解决了，就容易种活树了。上上周的 3 月 12 日植树节，我看到很多车辆拉着各种各样的树苗，很多热爱大自然的人们都去山上或公园种树。我也不例外，我是植树节出生的嘛。我和家里人手拿着铁锹和铲子等工具加入到植树造林队伍中，虽然很累，但一想到树苗变成参天大树、改善环境、遮挡沙尘时，便不觉得累了。

除了种树，还要禁止砍伐。兰州的每一棵树都很珍贵，不论多么便宜的树种，长大都不容易，社会各方面都要自觉地做到不砍一棵树，对砍伐树木的人要严格管教和重重罚款，还让他们翻一倍、翻两倍地补种。我们要记住，不能在失去之后才懂得珍惜。

这样，一年年，一代代，一片片裸露的土地都有了衣裳。植被好了，雨水就多了，这样植树造林就更容易了，就会越来越好了。家乡的山、家乡的水、家乡的空气都会越来越美。

为了让家乡变得更加美丽，让我们人人贡献力量吧！

（作于 2010 年 4 月 6 日，三年级第二学期）

爸爸评语：从文字中，我们能感受到你的社会责任心和对家乡的爱！

后 悔

"唰、唰、唰"几声响，我生气地在我同桌的书皮上用铅笔画了几笔。真是气死我了！这小子竟然抄我的数学作业。

"切，这么小气！"我同桌瞪了我一眼说。

"你气死我了！"我大喝一声。

"嘿，死了还能说话？我可真佩服你。"同桌幸灾乐祸地说。

"哼！"我狠狠地瞪了同桌一眼，心想："抄别人作业，还理直气壮，脸皮真厚！"

我不再理他，继续写我的作业，写着写着，突然错了一个字，我连忙去拿橡皮，结果，我几乎翻遍了整个书包，也没有找到我的橡皮。这时，同桌弯下腰，从地上拣起一个什么东西放在我的书上，我凑近一看，正是我的橡皮。他对我说："你刚才翻书包时，橡皮掉地上啦。"

我一下子意识到是我刚才急急忙忙不小心把橡皮弄到地上的。想到前面我对他的态度，还画乱了他课本的书皮，我的脸一下子红了。他有不会的问题看看我的作业有什么关系？我有点儿后悔，刚才不应该那样对他，我得给他道歉。我终于鼓起勇气说出"对不起"三个字，接着又说："谢谢你给我捡橡皮。"他朝我微微一笑："不用谢！不过，以后我有不会的题还得请教你啦！"我说："没问题！"我俩击了一掌，继续埋头写作业。

（作于 2010 年 4 月 12 日，三年级第二学期）

爸爸评语：语言对话和神情描写，让情景感特别强。

读书的乐趣

我现在是个爱读书的人。家里的书架上摆满了各种各样大大小小的书籍，只要有闲暇的时间，我总会把自己埋在书堆里尽情地享受读书带给我的乐趣。

一二年级时，我不怎么喜欢阅读，做完作业后干得最多的一件事就是看各种动画片儿，眼睛都不眨一下，为此爸爸还批评过我，说一直盯着看电视，会非常影响视力。那时，我的作文写得不好，老师的评语不是"太空洞"，就是"要用心构思，用脑写作"之类的话。为此，我感到很难过。

直到三年级下学期，妈妈去北京出差，给我带回一套《淘气包马小跳》系列丛书，从此，便开启了我的阅读之路。

每天只要有时间我就读书。一本、两本，一个系列、两个系列，我拼命地阅读，那段时间，精彩有趣的各类课外书籍完全代替了动画片。我像一匹饿狼贪婪地、如饥似渴地读完了我的小小书柜，就连爸妈书柜里的书，大部分也被我据为己有。儿童文学、科幻文章、各类名著、社会科学、科普知识、自然科学、《读者》等等，应有尽有。渐渐地，我爱上了阅读，作文水平也开始慢慢提高。

读书是有方法的。读书时，对精彩的文字和点睛之笔，我都要边读、边记、边归类，同时要把今后要再次阅读的内容钩下来，摘抄在笔记本上。每读完一本书、一个章节，我就会写一小段体会、心得或读后感。就这样日积月累，一个又一个厚厚的本子都记满了好词好句、名言警句和感受。每读完一个系列，我要评价和思考这些书中哪些地方值得我学习。同时我把对我帮助最大的书籍专门放置在一个书架，以便我反复地读。这些读书方法，我一直都在坚持。

随着阅读量的加大，我的作文水平也在不知不觉中提升了许多，有一次竟然还得了"满分"被当作范文在全班朗读。当时我特别惊讶、特别激动，同学都向我投来赞赏的目光，有点儿受宠若惊的感觉！从那以后我更加用心写作文，成绩直线上升。十次作文成绩有九次是九十五分以上呢，我慢慢地也爱上了写作。

现在的好成绩与读书密不可分，每次想到读书与作文，我的嘴角总是会溢出一丝笑意，我的乐趣是无穷无尽地阅读各方面的书籍。记得有一次语文考试，全班只有我一人把课外知识题全部答对，当时我得意地想，幸亏我阅读了大量课外书，积累得比较多，要不然也不会取得好成绩。看来，阅读书籍的乐趣，不仅在于增长我们的知识，还能提高我们的作文水平，丰富我们的语言和思想。

在书海之中徜徉，我悟出了阅读是一种既温暖又有魔力的力量，是学好语文的宝典，也是开启作文之门的金钥匙。它总是默默地、忠实地陪伴着我，守候在我成长之路上，成为我一生中最好的朋友。她总是无私地浇灌我的心田，时刻带给我感悟与真谛，使我能够放飞心灵。

"腹有诗书气自华！"阅读带给我的乐趣是无穷的。只要用心阅读，就会发现阅读会带给我们一生享用不尽的财富。

（作于 2010 年 10 月 12 日，四年级第一学期）

爸爸评语：你已经领悟到阅读的魅力和收获了！

知足，幸福的一种

我常常想，幸福是什么？

其实，幸福很简单：当你帮助了别人，让别人感到快乐，那种成就感是幸福；当你考了好成绩，爸爸妈妈夸奖了，你是幸福的；和朋友吃着爆米花、喝着可乐、看场电影，也会感到幸福。幸福，无处不在，它时时刻刻都陪伴在我们身边，让我们感受到快乐与美好。

我今天要说的一种幸福，叫知足。爸爸讲过这样一个故事：有这样一个人，他的家庭是很不错的，经济条件不好也不算差；妻子每天把家里打理得干干净净，收拾得井井有条；儿子学习很努力，每次考试都是名列前茅；他的父母年龄虽然大了，但还能做饭和做些简单的家务，没有给他增加负担。这是多么幸福的人啊，他的同事人人都羡慕。可他整天愁眉苦脸、闷闷不乐的，他不相信自己会拥有幸福，总认为这对他不公、那亏欠了他，嫌工资低、嫌房子小、嫌儿子不是第一名，嫌老人太唠叨，嫌妻子不温柔……总之没有他满意的。有一天，他非常郁闷，和一个多年没有联系的同学喝酒聊天，他才知道他同学的境况：全家靠他一人微薄的工资吃饭、父亲瘫痪在床、妻子改嫁远方、孩子学费交不起、住在农村老家70年代的危房……可是，他同学在言谈中时时洋溢着微笑和自信，对将来有规划，对眼前的困难有克服的办法，感到非常轻松愉快。这让他十分诧异，忍不住问了一句："你这个情况你感到幸福了吗？"他同学说："当然幸福，因为母亲走得早，现在父亲虽然瘫痪，但有老人在，我们不感到孤单。妻子改嫁了，嫁的条件比我好，应该为她祝福。孩子学习从班上最后几名现在到中等生了，年年在进步，有什么不好的？我虽然工作之余打了两份工，每天起得早、睡得迟，虽然累些，但身体锻炼好了，多好啊！"他听了同学的说法和感受，茅塞顿开，恍然大悟，连喝三杯，自言自语道："我是太不知足了！"从此以后，他像变了一个人似的，变得越来越知足，活得越来越快乐，感觉越来越幸福。

知足，就是幸福。我们要把比自己强的当成激励和目标去努力，不要嫉妒，不要给自己造成心态不平衡。常常想想比自己差的，就会知足了。当我们懂得知足了，就能轻松、快乐和平静地生活，我们就会很幸福。

（作于2011年3月10日，四年级第二学期）

爸爸评语：对比法是作文常用的手法。很好！

幸福的家

我有一个幸福的家，有很多爱我的家人。和我经常在一起生活的主要是爸爸妈妈和姥爷姥姥。我的家在我学校的对面，上学很方便，给我节省了很多时间。我出生时，爸爸妈妈才工作了三年，我们住的是五里铺十六平方米的单身宿舍。后来我们家租过两次房子，现在我们已经有了属于自己的房子，虽然面积不大，但我感觉还是特别好。很多家具家电都是爸爸妈妈结婚时购买的，搬了几次家都没有损坏，十多年了，还是用得很好。我们一家人就生活在这个普通的家。虽然普通，但我感到这个家里经常有笑声，我生活在一个幸福的家庭。

爸爸妈妈都是公职人员，工作忙忙碌碌的，经常起早贪黑，爸爸经常加班到很晚才回来，但在我的记忆中，他们总是能错开时间陪伴我。现在爸爸已经到天水工作快两年了，但他闲下来时，就给我打电话，有时候还给我写信呢，问我的学习情况，和我聊他开心的事情。他有时候三四周都回不来，但他只要回来几乎都不出门，一直陪伴我。我的围棋、五子棋和书法绘画基础都是爸爸教我的。妈妈对我的学习可操心了，我的一点点进步都会让她兴奋不已。她为了让我学好每门功课，经常和我同步学习我的课程，给我找重点，教方法。妈妈对我的缺点也看得最清楚，经常给我讲些道理，教我怎么向老师多提问，教我怎和同学相处，每天上学都要叮咛我过马路要左右看。尤其是当我不开心时，妈妈总能第一时间捕捉到，她会把我搂在怀里，或者冲我做个鬼脸，或者走路蹑手蹑脚的、小心翼翼的，怕惹了我。姥爷退休好多年了，是我家的炊事员，他喜欢做饭，手艺越来越好，经常说："我给我笑娃今天要炖鱼啦""我给我妮娃做红烧鸡块啦"，我喜欢吃的，他就做得越好。他舍不得自己吃，有时也不让别人多吃。我上小学这几年，本来只过个马路就到学校了，但姥爷或姥姥都是按时按点地接送我，我说我自己去，他们说："这条路上车多。"姥姥身体不太好，在家帮姥爷做些力所能及的家务，这老两口时不时地吵吵嘴、揭揭短，有时候互相揉揉肩、挠挠痒，有时候还说说俏皮话，笑得合不上嘴。

除了他们，还有老家的爷爷奶奶，只要他们来兰州就要来看我。只要和爸爸妈妈通电话，就要喋喋不休地问我学习好不好、饭吃得好不好，还要叮嘱爸爸妈妈说"不要给娃的学习压力太大"。哥哥、姐姐也时不时来陪我玩上半天、一天的，给我讲些他们大孩子可笑的故事。

我有一个幸福的家，不是因为房子大不大，阔气不阔气，而是因为我有一个快乐、健康、向上的家庭环境。

（作于 2011 年 9 月 6 日，五年级第一学期）

妈妈评语：你用最原始的语言描述了这个幸福的家，你已经领悟到什么是幸福了。

心上有件不愉快的事

一直以来，我的心头有件不愉快的事，影响到我的学习和生活。从四年级开始，这种感觉更明显。这件不愉快的事就是，我学习数学变得十分吃力。每次数学考试前我都担心考不好，考试中也都会十分紧张。总觉得自己没有数学天赋，以至于我的数学成绩很不理想。

我讨厌数学，看着那些复杂的公式、故意捉弄人的陷阱，那些让人读也读不懂的难题……我渐渐地开始厌倦数学，就这一门课让我揪心，它总是把我的综合成绩拉下来，我很苦恼。我明明知道数学对每一个人的将来都会有很大作用，数学很重要，可是我还是学不进去。

我的数学成绩也让妈妈很是头疼，我好痛苦啊！她虽然给我逗乐说："你妈妈我数学可是拔尖的，脑子快得就像计算机，我的女儿怎么可以厌烦数学呢？你是不是我生的呀？"我还是提不起学习数学的兴趣。有一天，妈妈说奥数很有趣，问我要不要报个奥数班体验一下，开开窍？我犹豫了一下，心想为了学好数学，我还是勉强答应报了奥数班。我苦笑着，心里真不愉快。利用课余时间上了一阵子奥数班，虽然拓展了一下解题思路，但我觉得也没有什么特别立竿见影的效果。

前几天，妈妈又一次语重心长地和我谈了谈，她说："同事的女儿就是因为数学没学好，没考上好中学。"让我更加焦急，也很生气，我拉着脸冲妈妈说："为什么只看我的数学差，不看我其他的课程都是数一数二的。"我顶撞了妈妈，心里很内疚。妈妈什么也没有说，就从我房间走出去了。妈妈走出去后，我的眼泪流下来了。我咬了咬嘴唇，暗下决心，我一定要把数学学好！我计划加紧从最简单课本知识复习，每天复习前一段时间的内容，每天预习新学习的内容，每天做一定数量的课外题，每天整理当天学的内容做好笔记，我希望这对我的成绩能有所提高。

功夫不负有心人啊，四年级期末数学考试，我考了班上第二名。我对我有了一些信心。可是到了这学期，又感到五年级数学难度又加大了，感觉又要跟不上了。老天爷啊！您就不能帮帮我吗？为什么五年级考试在试卷上增加了让我绞尽脑汁也答不出来的奥数题？每次考试听到老师说只有三四分钟了，我的手就会发抖，每次遇到难解的奥数题，我总会把笔头咬得变形。我又开始痛苦了，甚至不想学了，但我又开始害怕影响我考入好的中学，可是我到底该怎么做啊？怎样才能爱上数学啊？讨厌的数学，你难道让我继续不愉快下去吗？这种情况还不知道要持续多久？但愿不愉快早点儿结束吧。

我要努力，我要奋起，我要改变这种不愉快！

（作于 2011 年 11 月 2 日，五年级第一学期）

爸爸评语：你开始萌发了攻坚克难、学好数学的信心和决心了。你一定会学好数学的。

爸爸的眼泪

爸爸最近三周没有回家了，这周末回来了，一脸的疲惫，显得有些土气和沧桑，似乎有心事，或者累了，什么也没有说。他走进卫生间，冲澡去了。爸爸从卫生间走出来，穿着宽松的睡衣，一下子显得年轻了，黑黝黝的脸也似乎变白了，有了一些光彩。他缓缓地坐在藤椅上，我凑到他跟前坐下来。爸爸询问了我最近学习的情况，也聊了一会儿最近让我开心的事情。

"爸爸，你是不是最近特别忙、特别累啊？"我问。"就是，最近是特别忙，但忙得值啊。"爸爸的回答引起我的好奇。

爸爸说："咱们中国从 2006 年取消了几千年的农业税，所有农民不再交公粮了，这可是从古到今的一个奇迹啊，这说明咱们国家真的强大了。"我说："这样爷爷奶奶种地是不是就不上税了？这个政策真好啊！"爸爸说："当然是，九亿农民都不用上税了。还有个好事要告诉你。"我迫不及待地想知道。爸爸说："最近，我在争取把秦州列为城乡居民养老保险的试点区，这样国家就可以给每一位六十岁以上的农民发养老金了。"我不懂什么是养老金，但我一听说国家给农民要发钱了，我只觉得这是让农民高兴的事儿。然后，爸爸给我讲了他是怎么研究国家政策的、怎么到外地学习的、怎么到农村调查的……他讲得津津有味，像讲故事一样，把他的经历和酸甜苦辣都给我讲了讲，他越说越兴奋，脸上洋溢着幸福和满足。我觉得爸爸真的不容易！

当他讲到筹备农民养老金发放仪式时，他说他最近几乎每天都一两点才睡觉，要安排好每个乡镇筛选老人进城的接送的问题，不敢出问题，上万名农民要在天水的广场领养老金，活动的安全和秩序很重要，还有什么会务讲话稿、政策宣讲材料之类的活动……我听着都觉得很复杂。爸爸耐心地给我讲着。我觉得爸爸真的很棒啊！

当他讲到，他在台上看到广场上黑压压的一片人群，都是来自农村朴实的农民，他内心心潮澎湃。当他给农民发储蓄卡时，他看到那些农民脸上激动的表情和难以掩饰的感动。当他看到一位农民伯伯流着眼泪说："我们何德何能啊？共产党不但给我们取消了公粮，还给我们发钱养老……"说着，我看到他的眼睛越来越湿润了，眼睫毛上渐渐布满了泪花。他说："咱们家是农民出身，我看到这些情景，有些心酸，有些感动。"说着，他的泪珠滚落下来。我站起来拿起餐巾纸给爸爸擦了擦眼泪，我用双手搂着爸爸的脖子，脸紧紧地贴在爸爸的额头。爸爸也伸手抱住了我的腰，他不好意思地笑了。

很少能见到爸爸的眼泪。今天，我见到了，爸爸的眼泪是这样的珍贵，这样的美丽……

（作于 2012 年 1 月 1 日，五年级第一学期）

妈妈评语：你已经学会了描写人物的基本手法，主题铺垫成功。很棒！

清香四溢

农历五月初五是端午节，也称端阳节。每当提起这个节日，我总会想起那一把把艾草和一个个粽子散发出来的清香。在端午这天，几乎每家每户都要在大门边上插上大把的艾草，虽然闻起来有些刺鼻，但我却喜欢艾草那种让人清醒、让人心静的味道。在端午这天，几乎每家每户都要吃粽子，洁白的糯米中含着大红色的枣，虽然剥起来有些黏手，但我很喜欢粽子那种味道清淡、香香甜甜的感觉。

今年的端午节，是在老家过的。端午节为什么要插艾草呢，有什么讲究吗？我带着疑惑去问奶奶，奶奶耐心地解释说，只是一种风俗，其实插艾草不是人们迷信什么，不是为了驱赶鬼魔，是端午后，蚊虫渐渐增多，艾草的清香有驱赶蚊虫的作用。我拿起一把艾草放在鼻子前闻闻，清香顿时在我鼻腔中蔓延开来，似乎把我迷迷糊糊的大脑打通了，头脑一下子轻松了，人一下子精神了。我知道了什么叫"神清气爽"、什么叫"沁人心脾"！我一下子明白了，人们把大把的艾草插在大门上，也是祝福和期盼，希望全家人安静的生活，不要让外来的事物进行侵扰。艾草的味道清香、清醒，它的本质是让人们活得安静、安逸。

端午节包粽子，只是为了吃吗？不只是如此，也是为了纪念屈原的。忧国忧民的屈原受到人们的爱戴，忍受不了朝廷的腐败而跳江自杀，人们为了不让他的尸体被鱼虾吃掉，便往江里投放用粽叶包起来的糯米团，希望鱼虾只吃粽子，不伤及屈原的尸体。于是，端午节吃粽子的习俗便一代一代流传了下来。

粽子轻轻地放入锅中蒸煮，不一会儿清香的味道便溢满了整个房间。锅盖一揭开，清香味儿就更浓，不禁让人悄悄咽着口水。当我小心翼翼地剥开粽叶，只见晶莹剔透的糯米团上，没有规律地镶嵌着大小不一的蜜枣，我哪里还顾得上文静、优雅，张开嘴巴就是一大口。品尝着味道绝美的粽子，我又产生了疑问，屈原为什么要这么做呢？为什么不安静下来，静静在家休养，何不改变一下自己，让自己愤怒的心静一静，把自己的理想抱负缓一缓，你的自杀能够改变什么吗？你要知道给家里带来多少痛苦呢？如果当时有艾草或粽子，会不会让你清醒、冷静呢？会不会也可以感受清香四溢呢？

晚上吃过粽子，我和爸爸在乡间的小道上散步，空气中似乎都弥漫着艾草和粽子的清香。我沐浴在这清香四溢的季节，尽情享受着农村这恬静美好的气氛。

（作于 2012 年 6 月 24 日，五年级第二学期）

爸爸评语：你给粽子和艾草赋予了最美的诠释。

水小的诵读声

我是水车园小学一名六年级的学生，平常我们都把自己的学校简称为"水小"。我在水小这个大家庭里快乐地学习生活着，我非常热爱我们校园的每一处角落，每一项活动。然而，最令我着迷的是水小独有的"特色经典诗文诵读"活动。

水小每个学期都要举办"特色经典诗文诵读"活动，每个年级、每个班级、每个同学都要参加，这已经成为一种习惯和规定。诗歌是富有灵魂的，诗歌能培养我们的高尚情操，诵读诗文不仅可以让我们领略中华文化的无限魅力，也能让我们在接受经典的同时得到快乐。诗歌可以让我们更加有内涵，学识更加广博。学校根据不同年级所能掌握的内容，精心挑选了适合我们阅读的古典诗歌，《大学》《中庸》《论语》《诗经》等，还有唐诗宋词和近代作品，专门编辑了12册不同层次的经典诗文，使我们能够全面地了解和体会诗歌。诗集中既有中华文明的传世经典，又有文人志士的传世佳作，含义深远，不仅有启蒙心灵的作用，也有塑造人格的作用。学校安排我们每天利用早读时间朗读诗文并理解其深意。渐渐地，我们积少成多，积累了近一百篇古今经典。

我在水小这项活动的教育影响下，越发对中国古典诗词和经文产生浓厚兴趣，古人用很简短的文字就能说明很多深刻的道理，太了不起了！我深切地感受到了中华诗歌文化，源远流长，博大精深。自古以来，有"遗子黄金满籝，不如教子一经"的说法。是啊，再多的金钱也买不来中华的经典文化呀。在放声阅读中，那优美的语言、朗朗上口的韵味，那抑扬顿挫的节奏，都让我感动。经典诗文诵读，开启了我的智慧，培养了我的信心，还滋养了我的心灵，使我的灵魂随之升华。

水小给了我很多的知识，水小校园里朗朗诵读声更让我时时感动，这美好的音律会一直储存在我的心里面。明年，即使我小学毕业了，我也要把这一习惯保持下去，多多阅读国学经典。我们这一代的少年儿童，要把诗歌经典传诵下去，把中华优秀的文化传统传承下去。

（作于 2012 年 9 月 18 日，六年级第一学期）

老师评语：中华文化，博大精深，你的感悟情真意切！

二十年后回家乡

二十年后，我在法国留学深造，刚刚博士毕业，一家科研机构邀约我留法国工作，并且合同都已经准备好了，等我签字确认。

说实话，法国是一个文明而美丽的国家，法国的历史文化和自然景色都深深地吸引着我，尤其是那埃菲尔铁塔、卢浮宫、维纳斯雕像和蒙娜丽莎画像，让我流连忘返。

尽管如此，我仍然日夜思念着我的家乡。想着家乡的山、家乡的水，想着我的亲人、我的母校、我的同伴，想着爸爸的背影和妈妈做的家常饭……我决定，先回国去看看我朝思暮想的家乡再说。签证办好了，出境手续办好了，我终于登上了回国的航班。

现如今，法国直飞兰州的航班早已开通了，飞行的速度也大大提升了，当我闭着眼睛还沉浸在回忆儿时情景时，飞机已经开始缓缓下降了。我朝窗外望去，惊诧地差点儿叫出了声："天哪，这是兰州吗？这是中川机场吗？"映入眼帘的是蔚蓝的天空和洁白的云彩，往下一看，满山遍野的绿，原来光秃秃的山变成层峦叠嶂的绿色世界。那个曾经航班很少的中川机场已经成了大型国际机场，机场周围规划建设得整整齐齐，还能够看到那一片片湖泊和水面。我压抑不住激动的心情，使劲地看着每一个变化，直到落地、出舱，急急忙忙取上行李直奔机场出口。

说好的，爸爸妈妈他们亲自来接我。刚出大厅，我看到了白发苍苍的爸爸妈妈，我们紧紧地拥抱在一起，幸福激动的我眼泪流了下来。他们的皱纹虽然增加了不少，但神采和气色很好。我说："没想到兰州这些年变化这么大呀，我还以为走错地方了呢！"爸爸笑着对我说："现在咱们国家比任何国家都重视生态环境，科技发达了，南水北调了，雨水也多了，环境也变好了。兰州市区变化更大，再也不堵车了。"妈妈也连忙说："兰州很多年都没有扬沙天气，更没有沙尘暴啦！"我们站在平行电梯上，直接把我们送到了停车场。爸爸对着车念叨了两句话，车门和后备厢就自动打开了，我一下子傻眼了，难道爸爸会魔法了？他们神秘地对我一笑。一上车，我发现没有方向盘，只有一个液晶显示器，爸爸用手指输入目的地，点开始按钮，车就自动发动了，自行导航、自行行驶、自行避让。爸爸说："这叫全自动无人驾驶电子环保车，不仅不用加油，绿色环保，而且特别安全高效，车一发动，它会自动搜索到目的地的最便捷的道路，会自动和周围车辆及物体保持安全距离，遇到危险情况会自动减速停车。"我激动地说："咱们国家太强大了，法国都没有生产出这样先进的车呢！"很快车就到我成长过的家属院了，不用担心没有地方停车，人一下车，车就自动搜索最近的停车位自动停车去了。

楼还是那个楼，房子还是那个房子。一进家门，发现家里的陈设几乎都没有变，我的房间里，还是多年前我离开时的样子。唯一变化的是，家里多了一位家庭成员——"万能机器人"。妈妈细致地给我介绍这种机器人都会干什么，只要对她给一个语言指令，她就会按照指令完成一些事儿。妈妈让我和机器人之间建立了语言信息库，让她能听懂我的语言，陌生人的话她是不会听的。很快我和她就成了朋友，她扫地、拖地、擦桌子、做饭、洗衣服、给房间自动加湿、净化空气……几乎承包了绝大部分家务活儿。

第二天，我让爸爸妈妈陪我去我的母校看看，妈妈拉着我的手说，你的学校已经改成音乐喷泉公园了，那里的泉水很清，有许多大花坛，里面生长着非常漂亮的花朵和植物。我问我的教室搬哪里了，爸爸说所有小学都集中在新建的教育中心园了，教室都是现代化装置，最好的老师轮流讲课，所有的学生都可以通过远程教育接收学习。每个同学都可以受到最好的教育。

没有想到家乡变化这么大啊！二十年啦，回到了自己的家乡，真的是"翻天覆地"的变化啊！我用了半个月的时间，在家乡兰州走了很多地方之后，我打开电脑，给法国教育和就业机构发送了电子邮件：我决定，回中国，回到我的家乡兰州工作！

（作于 2013 年 4 月 6 日，六年级第二学期）

老师点评：文章充满了神奇的想象，家乡之美在一个二十年后归国游子的心里是那样具体鲜活，让我们满怀憧憬，期待家乡更美。

母 爱

　　那一天，天是阴的，云是黑的，一切都很阴沉，即将要下雨了。一只名叫黑肉的老母狗蹲在马路斑马线的边上。雨渐渐零零星星地下了起来，黑肉的眼眶是湿润的，她的孩子黑子就是前不久在这里去世的。

　　黑肉忧伤地注视着这个还留有黑子血腥味的斑马线，身上一身乌黑的毛紧紧地贴着她的皮肤，那两只满含伤悲哀愁的眼睛睁得很大很圆，似乎是在努力寻找黑子的影子，哪怕只是影子。不知是雨水还是热泪在黑肉消瘦憔悴的面庞上缓缓地流淌着，她的心已经碎了。她抬起沉重的头，望着灰蒙蒙的雨天，又低头看着斑马线，雨水夹杂着她无法控制的泪珠划过她的脸庞。黑肉在那条斑马线边蹲了很久，似乎在回忆黑子的一切和那悲惨的一幕。

　　黑肉每天都要带黑子在街上逛逛。前不久，黑肉带着刚满一岁的黑子在马路上跳跃着、时不时地撒欢，母子俩像天下最好的朋友一样，互相追逐嬉闹着，他们充满了快乐和幸福，黑肉多么喜欢眼前这个欢蹦乱跳的宝贝儿子啊！但是，他们谁也没想到罪恶的死神正在那条斑马线上，等着这个鲜活的生命。一声刺耳的刹车声，空气似乎永远停留在这一刻，黑肉惊恐的眼睛睁得又大又圆，黑子的身体下一摊鲜红的血液，黑肉仰天长吼一声，飞一般冲到黑子跟前，可是……大滴泪水在她眼中打转，她叼起黑色的尸体跑到马路边，极速地舔黑子身上的鲜血，"宝贝儿，快站起来呀，快点站起来啊！""告诉我，你是在和我开玩笑！"可是，黑子永远都站不起来了。

　　日子一天一天过去，黑肉不吃不喝，这是一种漫长而痛苦的等待，她总会听到身后有黑子活泼欢快的叫声，回头却空无一"人"。她的悲伤跌到低谷，心中万念俱灰，痛苦地呻吟着、嘶吼着。

她，一直在淋雨，一直……雨越来越大。她觉得自己活在世上已失去了意义，她已经支撑不下去了，她知道自己的时间不多了。渐渐地，已到深夜，夜色和她的皮肤逐渐成为一体时，她再也没有力气呻吟了。她的头耷拉下来，直到最后的一丝气喘声："宝贝儿子，妈妈来陪你啦……"

寒风大雨一个晚上，第二天一早雨停了。马路边上，只有那团乌黑的湿漉漉的身体已变得僵硬。母爱，是伟大的，母爱是无声的，母爱是永恒的，她把母爱带到了天堂。

（作于 2013 年 4 月 26 日，六年级第二学期）

给李老师的一封信

敬爱的李老师：

您好！

小学六年了，我永远忘不掉，您的宽容温和，您的爽朗幽默，您的平易近人……

从一年级走进校门，走进教室，是您第一个迎接我。是您在我害羞地看您时微笑着牵起我的小手，温柔地问："孩子，你叫什么名字？"是您在我考第一名时和蔼地看着我的眼睛，轻轻地说："笑笑，你真了不起！"是您在我情绪低落时温柔地、紧握我的双手，认真地说："俊含，一切都已过去，要用良好的心态去面对！"

这些话语，时常回荡在我的耳边，给我以鼓励。我觉得，您能带给我快乐！这，是实话。每当看到您对我微笑，每当听到您表扬我的话语，每当闻到您的幽幽发香……我觉得世界仿佛都变得美好了许多，仿佛生活都丰富多彩。

没有您，我的学习生活是无趣的，是空洞的。只有在您的陪伴下，学习才充满着乐趣。您不像其他老师那样上课时枯乏无味，您拥有着其他老师所没有的魅力。您能把一个个板正的方块字连成一段段有趣的儿歌；您能把一首首难以理解的诗歌变成一个个美好的故事；您能让课文里的小动物、花草树木全都展现在我们的眼前，让我们真切地感受到它们的情感……

六年来，伤感、欢乐、痛苦、喜悦……我童年中的喜怒哀乐，您都一一见证了。您能给我提出很好的建议，让我无时无刻不生活在快乐的童年之中。

"感谢您！"这句话已经不能说明我对您的师恩永不忘记了，在我即将毕业的这个时刻，让我把这六年的情，全部融入下面这首诗中去吧。

依依惜别

我独自在学校的门外徘徊，
只因心爱的老师不能相随。
多想穿过门前拥挤的人群，
再看一眼我那难舍的校园。

学校的门外并没有人在等待，
老师同学的笑脸我难以忘怀。
我毅然转身，
潸然泪下。

曾经没心没肺，
但却又掏心掏肺。
师生情谊，
怎能忘怀！

如今已到离别时，
心中只有三个字，
在悠悠回荡：
放不下，放不下……

日子越来越近了，
离别的日子越来越近了！
为什么，
时间不等等呢？

在水车园小学的我，
可爱的娃娃脸，

变得青涩了。

同在这里的您，
年轻漂亮的面容，
变得憔悴了。

绿水本无忧，因风皱面；
青山原不老，为雪白头。
老师因我们而皱面，
老师因我们而白头！

永远记得，
在水车园小学的每一天！
永远记得，
和李老师在一起的每一日！

六年师恩永不忘！
六年师恩永不忘！

　　此致
敬礼！

　　　　　　　　　　　您的学生：武俊含
（作于 2013 年 6 月 6 日，六年级第二学期）

（ps: 永远记住我！那个爱跳舞的小女孩，那个爱看书的小女孩，那个多愁善感的小女孩，2013 届优秀的少先队大队长！~(@^_^@)~，我是 40 号，我永远爱李老师 \(^o^)/ 。）

萌萌的事和理

放风筝

　　星期六我和妈妈去公园玩，看见一个人手里拿了许多风筝叫卖。我对妈妈说："妈妈，能给我买一个风筝吗？"妈妈说："可以呀！"说着，妈妈就给我买了风筝，我高兴极了！开始我不会玩，只知道瞎跑，风筝总是飞不高。我就偷偷地看旁边的叔叔阿姨和小朋友是怎么玩的，渐渐地我有些灵感啦，妈妈在旁边鼓励我，给我加油，我终于找到 qiào（窍）门啦。出了一身汗，学会了放风筝，这是我最开心的一天！

（作于 2008 年 3 月 10 日，一年级第二学期）

　　爸爸评语：怎一个开心了得？"出了一身汗，学会了放风筝"，多么精辟的语言啊！劳动才会收获……

春天植树

春天是植树的好季节。这不，我看见一个大人领着两个小朋友在黄河边的草地上种树呢。小朋友和我年龄差不多，小男孩正兴致勃勃地拿着小铁锹挖土，小女孩正埋头弯腰、流着汗吃力地提水呢。几只小鸟叽叽喳喳地飞过，好像在给他们加油呢！我观察了好一阵子，他们把一棵绿油油的小树就栽好了！三个人终于露出了满意的笑容！

我是植树节（3月12日）出生的，特别爱树。我今天为什么没有植树呢？我以后要种好多的树，我长大了，树也长大了。

（作于 2008 年 3 月 20 日，一年级第二学期）

妈妈评语：观察很仔细，语言很流畅。这是最美的事理！

过六一（一）

六一儿童节离我们很近了，我们也该有自己的想法了。可是，我们已经是小学生了，不可能自己想干什么就干什么了。我也知道在学校里也有一些规矩和安排，所以我觉得听学校的安排。学校是不能让家长来的，因为家长来学校连坐椅子都有些别扭，所以肯定不能让家长来。我的想法是：我们可以这样做，把卫生打扫得干干净净的，把教室布置得漂漂亮亮的，然后再把黑板上用彩色粉笔画上喜庆的画面，最后让小朋友表演节目，这样过六一，真是好玩极了！

（作于 2008 年 5 月 25 日，一年级第二学期）

爸爸批语：想象合理，但主题简单，重写一篇！

过六一（二）

六一儿童节离我们越来越近了。前一段时间四川和我们甘肃遭遇了特大地震灾害。灾区的小朋友一定很痛苦。有的失去了父母成为孤儿，有的失去了家园住进了帐篷，有的成了残疾人，也有的没有吃的穿的……我打算和其他同学在六一儿童节之前，给灾区的小朋友捐些钱和学习用品，再写一封信，让每个同学都签上名字，寄给灾区，鼓励他们勇敢些、坚强些，好好学习，告诉他们明天会更美好！我想这样过节一定会很有意义！让我们和灾区小朋友一起度过这个六一儿童节吧！

（作于 2008 年 5 月 26 日，一年级第二学期）

爸爸批语：有思想，有内容，有进步，继续努力。

快乐与不快乐的六一

昨天，爸爸、妈妈和张丽阿姨陪我和咪咪姐姐一起过六一儿童节。先去华联看电影，我很快乐。电影的名字叫《潜艇总动员》，讲的是两个实习小潜水艇阿力和贝贝的深海历险故事，他们常常遇到各种险情和各种狼狈的事情，但最后他们互相帮助，凭借智慧和胆量，终于战胜了困难。

看完电影后，再游水车博览园，我也很快乐。那里的水车很多很多，我们坐在亭子里玩扑克、搞竞猜、刮鼻子，开心极了！不一会儿就下起了小雨，既凉快又舒服。雨停的时候，我就和咪咪姐姐到亭子外面玩儿，喜欢下完雨后泥土的味儿和青草的味儿。

游完水车园，不知不觉天渐渐变暗了，我们就去一个名叫"爱上味"的饭馆吃晚饭，我变得不开心不快乐了。那里的饭真难吃啊，哪有姥爷炒的菜好吃呀！菜都是辣的，我只吃了一点点白米饭。爸爸妈妈看我不高兴了，就说："今天本来一直很快乐，饭不合胃口就不快乐，这样不对呀，毕竟人不可能任何时候都快乐。不高兴的时候想想高兴的事，就不生气了。"

（作于 2008 年 6 月 2 日，一年级第二学期）

妈妈评语：真情实感，内容能够围绕题目写，很好。其中"喜欢下完雨后泥土的味儿和青草的味儿"是最美的语言！

生活垃圾

我们身边的垃圾是我们造成的，多半来自我们生活中产生的废物。说是废物，其实很多垃圾不是废物，还能够回收再利用。如果都当垃圾烧了、埋了，多可惜呀！垃圾有很多种，我们应该分类处理，比如，废旧报纸、书籍、纸箱、塑料制品、瓶瓶罐罐等等，就应该回收再利用。"收破烂的"很辛苦，但他们也是在做贡献啊！姥爷从来不把有用的垃圾随便扔了，总是收到一起，卖给收破烂的，多好啊！平时我们要注意把没有用处的垃圾放在合适的位置，不能随手乱扔。电视上说，爱护环境就是爱护我们的家园。我要做一名不随地乱扔垃圾的文明小市民。

（作于 2008 年 7 月 1 日，一年级第二学期）

爸爸评语：你知道了原始的辩证法，有的"废弃物"也有价值！

一封邀请信

亲爱的台湾小朋友：

我非常愿意邀请你们来兰州做客，因为咱们都是一家人。如果你们愿意来的话，我会邀请你们吃很多可口的美食，最主要是让你们尝一尝咱们兰州有名的小吃，牛肉面、手抓羊肉、麻腐包子、什锦砂锅、甜 pei(醅) 子、灰豆子……我还要请你们尝一尝兰州人爱喝的饮料，比如软儿梨汁、籽瓜汁、白兰瓜汁、杏仁露……我一定要带你们去逛我经常去的公园，这个公园是我最喜欢的公园，名字叫芳草园。那里有翩翩起舞的蜻蜓、五颜六色的蝴蝶、

嗡嗡歌唱的小蜜蜂……那里还有许许多多不同的植物，有蒲公英、梨树、银杏树，有各种各样的花卉、盆景……都特别好看。那里面有一个湖，湖旁边有喝茶的、钓鱼的、休闲的、练操的。还有一个儿童游乐场，那是一大片的绿草地，在草地上玩耍的小朋友可以追逐嬉闹，开心地奔跑，我们也可以安静地坐在座椅上看书学习，互相讲故事。

你们收到信后，一定要找机会来哟！你们来兰州，我一定要让你们非常高兴！

祝你们身体健康、学习进步！

兰州水车园小学：武俊含

2008 年 9 月 21 日

（作于一年级第二学期）

妈妈评语：第一次以书信形式表达感情，这很好。

几分钟

今天，元元迟到了二十分钟。下课老师把他叫到办公室说："以前你都是第一个到的，可是你今天怎么迟到了呢？"元元红着脸说："多睡了几分钟，所以迟到了。"老师说："一节课四十分钟，你迟到了二十分钟，落下了许多我们学的新内容，这样是不行的，以后不能偷懒了。"

听了老师的话，元元点点头说："以后我一定早睡早起，再也不迟到了。"多睡几分钟，就会迟到二十分钟。有时候几分钟真的很宝贵啊，耽误几分钟，就可能会耽误很多的事。

我终于明白了李老师经常说的"惜时如金"的道理了。

（作于 2008 年 10 月 29 日，二年级第一学期）

爸爸评语：短文写作进步很大。事是这个事，理是这个理！

接力赛

今年十月份，我们学校举行了一次秋季运动会。接力跑是其中一个项目，我被选为了运动员，我心里既紧张，又激动，既害怕，又兴奋。开始比赛了，我们一个接一个用全身的力气奔跑着，那时我满脑子里光想着快快地跑，其余什么也没想。不一会儿轮到我接棒了，我摆好接棒的姿势接住了棒子，然后就像火箭似的奔跑开了。我们班的啦啦队用他们洪亮的声音为我加油鼓劲，我感到越来越有力量了。在整个接力赛过程中，大家的加油和鼓劲，使跑得慢的同学也像风一样快了。

比赛结束后，我们获得了第二名。就在这时，我想起曾为我们做了那么多好事的班长，他跑的速度极快，可是最近脚受伤了，没能参加。就因为少了他，我们才得了第二，不然，说不定我们班会得第一呢。但是我觉得我们已经非常努力了，非常重视这次比赛了！

通过这次比赛，我懂得了一个道理，就是只要大家齐心协力就能取得好成绩。

（作于 2008 年 11 月 11 日，二年级第一学期）

爸爸评语：有比赛过程，有细节描写，有心理活动，也分析了没有得第一的原因，更有思想感悟，语言流畅，最后有点睛之笔。

一封倡议书

亲爱的市民叔叔、阿姨们：

你们好！最近，我们学校开展"做一名城市文明小公民"活动，我们小学生都分组轮流佩戴"文明小使者""卫生监督员"的挂牌，在学校巷道口周边为学生和路上的行人宣传"整脏治乱、美化校园、拥抱文明……"目的是让更多的人言谈举止更加文明健康。这一活动开展后，我们学校和同学做得都比较好，但是放学的时候，我发现了很多接送学生的叔叔阿姨们做得不够好，有随手乱扔烟头的，有横跨护栏的，有随地吐痰的，有乱扔垃圾的，我还发现校园周边乱摆地摊的、卖"三无"食品的、乱停放车辆的……

今天，我向大家发出倡议，希望大家做一名文明市民。让我们大家共同努力做到：不随地吐痰、不乱扔垃圾、不横跨护栏、不乱摆摊点、不售"三无"食品、不说脏话粗话！我们小学生能做到的，叔叔阿姨就应该带头做到。我希望那些不文明的行为，不会出现在我们学校周边，也不会出现在美丽的兰州。为了城市的文明和您的健康，请大家一定要记住从现在做起，从身边的小事做起，从点滴做起。

让我们赶快行动起来吧！

倡议人：武俊含（水车园小学一名小学生）

2008 年 11 月 18 日

（作于 2008 年 11 月 18 日，二年级第一学期）

爸爸评语：倡议书结构合理、主题突出，也很亲切！

日记四篇

2008 年 11 月 13 日　星期四　阴

排练儿歌

今天下午，我们班排练了一首儿歌，名叫"节俭环保童谣"。我们排好了整齐的队伍，开始训练："果皮纸屑不乱丢，废旧电池要回收。卫生清洁身体好，大家一起做环保。花儿美，草儿俏，你我看了齐欢笑。不摘花，不踏草，环境才能更美好。"

正训练着，只听李老师喊道："同学们，大声读，再大声点儿！"于是我们读得更带劲了，操场上回响着我们的声音。

排练完以后，老师没有要求我们再练。但我们回到教室后，又开始练习起来了。因为，明天早晨我们就要比赛这首儿歌了！我们一定要争个第一。

2008 年 11 月 21 日　星期五　晴

小猫咪

我家楼下的小猫咪可逗人了，hanhan（憨憨）的，声音柔柔的，走起路来一点儿声音都没有，时不时地缠在你的周围转圈圈，很可爱，应该是一只无家可归的流浪猫。今天放学回来，我又碰到它了，看得出它瘦了，声音更弱了。突然，我看见它走路一瘸一拐的，怎么了？我蹲下来细细地一看，原来那只可爱的小猫一条小腿受了伤，我急得都快要流泪了，我也没有办法治疗，只好从书包里拿出剩下的馍馍，给它一块一块地喂，看它真的也是饿了。

馍馍喂完了，我要回家了，看着小猫咪一瘸一拐地离开，我的眼泪流了出来。

2008 年 12 月 27 日　星期六　晴

快乐的星期六

爸爸终于陪我了！因为爸爸的工作太忙了，能有一整天的时间陪我玩不容易。今天是我和爸爸最高兴的时候，爸爸教我下五子棋，教我练习书法，给我放音乐让我跳舞。最有趣的是玩配音游戏。爸爸手里拿着布艺小猴子，我手里拿着我最喜欢的芭比娃娃，我和爸爸一边用不同语调和声音编出故事和对话，一边用手操作着小猴子和芭比娃娃摆出各种各样的姿势和造型。爸爸操纵小猴子的动作真可笑，小猴从"树上"跳下来，活灵活现地对公主说："嗨，美丽的公主，我们来交个朋友吧？"我操作着美丽的公主朝小猴子挥挥手，慢慢地走近小猴子，说："好啊，猴子哥哥。"小猴子做出开心的样子手舞足蹈，说："你一定没吃过树上的野果子，我去给你摘几个吃吧！"公主害羞地点点头，小猴子便上蹿下跳地给公主摘果子，然后送到公主手上，公主不停地说谢谢，品尝着果子一个劲地说好吃。然后小猴子给公主讲猴王国的故事，小公主给小猴子讲星星和月亮的故事……

今天在爸爸的陪伴中，我学了好多东西，我很开心，爸爸不停地笑着，一定也很开心。晚上，我把小猴子和芭比娃娃放在我的枕头边上，用手搂着他们睡着了。

2009 年 1 月 4 日　星期日　阴

好好学习

我数学才考了 94 分，考得不太理想，是班上第 9 名，我很不开心，也担心妈妈说我呢。但开心的是，前天老师把上个星期的考试卷也发了下来，我竟然考了 100 分的好成绩，我是第一名，我昨天还在担心我把一道题可能做错了呢。今天考得没有上周考好，但有个 100 分，妈妈一定会表扬我的。

快放寒假了，我一定要好好学，我下学期一定要考更好的成绩，要是有两个 100 分多好啊！

爸爸评语：四篇日记我给你 99 分！

黄河边

今天天气晴朗，我和爸爸妈妈来到黄河边玩。我玩得非常高兴。我们来到河边一片空地上，先玩泥巴，爸爸妈妈也像小孩子一样，手上沾满了泥巴，能看出他们和我一样开心。爸爸负责和泥巴，我和妈妈负责建池塘、修水渠、造城堡。小池塘建成了，我拿矿泉水瓶子装满黄河水，往池塘里倒，水顺着水渠流淌着，包围着城堡，像护城河一样。我们互相看着脏兮兮的泥巴手，都笑了。

修完池塘、城堡和护城河，我们就开始放风筝啦，风筝的造型是一只雄鹰。

爸爸拿着风筝，我和妈妈拽着线在前面跑，爸爸渐渐松手，风筝就飞起来了。越飞越高、越飞越远，从下面望去，真的像一只雄鹰在天空中飞翔。

（作于 2009 年 4 月 3 日，二年级第二学期）

妈妈评语：叙事流畅，次序感强。

扶起小男孩

今天放学铃声响后，同学们就会像出笼的小鸟一样，自由自在地回家。我和往常一样，出了校门，穿过巷道，刚到大马路边上，看见一个素不相识的小男孩跌倒了，我连忙跑过去把他扶起来。小男孩拍了拍身上的土对我说："谢谢姐姐。"我笑着对小男孩说："不用谢，你没事吧？"小男孩点点头说："没事儿。"他笑着离开了，我就回家去了。走在路上，我心里热乎乎的。我们帮助了别人，哪怕是一个小小的帮助，都会让我们感到开心。回到家我把这件事告诉了爸爸，爸爸夸我乐于助人，说："看到别人跌倒时，拉一把或扶一把，都是积德的事。"听了爸爸鼓励的话，我很高兴。

（作于 2009 年 6 月 12 日，二年级第二学期）

爸爸评语：帮助别人就是帮助自己！

玩中有乐有收获

今年夏天，我和爸爸妈妈一起去黄河边玩。那天可真热，正午的太阳像一个大火球，从高空中直射下来，照得黄河闪金光。

来到黄河边，我问爸爸："爸爸，今天我们玩什么呀？"爸爸想了想说："我们撇石头，打水漂，看谁能在河里打三个圈。"刚开始玩的时候，我还觉得挺有意思，可是撇着撇着，我就觉得没有意思了。忍不住对爸爸说："爸爸，你不可能让我们一直撇下去吧？这太没意思了。"爸爸也不知道玩什么，最后还是妈妈聪明，她指着脚边的石头对我说："我们拿些石头修建一个池塘，再往里面倒满水，这样玩不是很有意思吗？"我听了妈妈的话高兴极了，连忙找来了许多石头开始修建池塘。

　　不一会儿池塘修好了，可是我发现石头之间还有一些缝隙，如果不把这些缝隙补好，就没有办法把水盛满，于是我们一家三口开始用手捧着河边的淤泥来把缝隙糊上。修补了的池塘和有缝隙的池塘大不一样，有缝隙的池塘这一个洞那一个缝的，丑死了。修补过的池塘又漂亮又结实，真像李兵父子建造的都江堰水库，所以我给它起了名字叫"都江堰池塘"。

　　池塘完全建造好了，我们就开始往池塘里倒水了，我兴奋地拿着空瓶子去盛水。第一次盛水时我把瓶口向着水流去的方向盛水，可是只盛了一点儿水，看着旁边的阿姨盛了满满一瓶水，我心里可真着急啊！我问爸爸："爸爸，我为什么不能把水瓶盛满？"爸爸没有直接回答我，笑着对我说："只要你仔细观察河水流动的方向，就一定能盛满。"我一下明白了，终于发现把瓶口朝着水的上游一定能盛很多水。我把这个发现告诉了爸爸，他笑着对我说："赶快去试一试！"我来到河边把瓶口朝上游的方向盛水，只见黄河水带着浪花钻进瓶子里，不到几秒水瓶里就盛满了，我可真高兴哩！就这样，每次我都会把水瓶盛得满满的。

　　很快我们修建的池塘就盛满了水，我们一家都很开心。一眨眼的工夫已经到傍晚，起初天空还是一片浅蓝，很浅很浅，夕阳的余晖笼罩着大地、房屋、树木、山河，它们都被镀上了一层金黄色，光彩夺目。后来，天渐渐暗了下来，西边的天空由蓝渐渐变紫，由紫转红，太阳也不那么刺眼了，变成了玫红色，而它周围的云也由红变成了橘黄色，四周的云彩变化万千。这时不仅是太阳、云和地，连我也是橘黄的了。

　　今天出来玩儿，带给我们一家人的是无比的快乐。我们虽然满手泥巴，衣服也有点弄脏了，但我们在没有借助任何工具的情况下，与大自然直接进行了一次亲密的接触。看到天色渐渐的变化，想到前面我们建池塘的快乐，我感到很有收获。这次玩，不仅让我知道了劳动的快乐，还让我知道了盛水的奥秘和傍晚时分的天色变化等自然现象。

（作于 2009 年 10 月 5 日，三年级第一学期）

　　老师评语：全文描写细致生动，语言流畅，展现了夏日休闲娱乐的快乐！好！充满了生活的情趣，你越来越厉害了！

　　爸爸评语：本文非常棒！叙事流畅，写事次序感强，明白了三个事理，总结得非常到位。

好事还是坏事

国庆节期间，我家搬到大教梁小区的新房子，我欢喜得不得了。看着我那软绵绵的小床，我就一头栽在床上，感觉好享受。躺着躺着，听到妈妈拖地的声音、擦桌子的声音、搬东西的声音，我就想，新房子处处都是白墙、瓷砖、木地板、新家具，打扫起来非常不容易，妈妈既要上班又要收拾屋子，一定很累吧！我一下子翻身起来，想帮妈妈做一些自己能做的事情。在屋子里走了一圈，我的视线转移到一棵从老家雪山上采来的小松树，看到花盆里的土是干的、树叶有些蔫，我想它一定几个星期没喝水了！我连忙拿起窗台边的喷壶给松树喷水，喷完水后的小松树感觉完全不一样了，像针一样的叶子一下子水灵灵的，颜色似乎也不土苍苍了，指头粗的树干似乎挺起了自己的小胸脯，像一个骄傲的小绅士。我看到它又重新站了起来，心里可高兴了！我连忙跳着对妈妈说："妈妈，你快看啊，那棵小松树多像一个小绅士啊！"我本以为妈妈会很高兴地夸奖我，可是妈妈却脸色难看地看着我，睁大眼睛对我说："我的地！"妈妈的一句话可把我吓坏了，我也感到有些委屈。这时妈妈感到她的声音大了些，于是走过来把我搂在怀里，轻声地说："你给小松树浇水，这是好事啊，好多天没有浇水了，你看小松树现在一下子高兴啦。"接着她又笑着说："以后浇水的时候注意一点儿，不要把水浇到地上，地板可不爱喝水呀！"我也笑了，我为了做好事，结果也做了坏事，把水弄到地板上又得让妈妈再擦一遍。我有些内疚，但妈妈没有再指责我。赖在妈妈的怀里，觉得自己好幸福哦！

（作于 2009 年 11 月 3 日，三年级第一学期）

爸爸评语：美源于生活。文章构思很好，题目名字很好，内容能与题目贴合。

我们是成功的

几周前，李老师让我们分组办一份手抄报。听到要办手抄报，我兴奋极了，因为我的字写得不错，至于抄写这一行，我最拿手，可是手抄报上多少也得有点图画，得找一个画画好的人。说到绘画，班里赵子源同学是再合适不过的人选了，他能仿照打印的图画画画，而且画得生动逼真，所以我决定和他一组。手抄报的封面设计是必不可少的，所以我想让薛海昭同学来设计封面，他的长处就是搞设计。

在做手抄报的过程中，我们相互取长补短。薛海昭先设计好框架结构，美观大方，然后在书写的地方由我写字，最后赵子源在适当的地方画了插图，做了边框修饰。很快我们就完成了一幅精美的手抄报。在这个过程中，个别字我写得不太好，薛海昭就给我指出来，我擦了重写，越写越好，我打心眼里感谢他。

我们的手抄报上了栏板，我们兴奋极了。我们的成功取决于什么？取决于我们三人都发挥了各自的长处，也用别人的长处弥补了自己的短处，相互配合，相互帮助。

李老师说得对，一个善于吸收别人长处弥补自己短处的人，都会成功。

（作于 2009 年 11 月 23 日，三年级第一学期）

老师评语：把叙事和论理结合起来了，不简单！

拯救母亲河

我的家乡在兰州，我们的母亲河从城市中间穿流而过。听爸爸讲，过去的黄河波涛汹涌，势如千军万马，浩浩荡荡，奔流不息，冬天黄河上还会结上一层厚厚的冰。令人悲叹的是，那只是黄河昔日的风采。现在的黄河在哭泣！现在的黄河，虽然仍有那种气势，但已经远远不如当年了，有时能感到她的污浊。那奔腾如流的河水仿佛在向人们倾诉她的不幸与悲哀。曾经，她的壮观和纯净让人们叹为观止。中华儿女都被这位慈祥的母亲哺育过。

我要质问大家：为何忘恩负义？为何伤害哺育过人类的母亲河？是哪些

狠毒的工厂将毒手伸向了黄河，把废渣污水排放到河水里？是哪些可恶的家伙把垃圾偷偷倒入黄河，让母亲河变得日益浑浊？是哪些无知的人砍伐了黄河流域的植被，让水土流失、黄河水量减少？如今她的惨状真是令人痛心疾首。酿成这一切的就是我们自己啊！

愚蠢的人们如果不肯就此罢休、不肯觉醒的话，遭殃的是我们自己。明智的人们快觉醒吧，不要再将毒手伸向无辜的母亲河了。我们现在亡羊补牢还来得及，可别等到悲剧发生再忏悔。

如果我们齐心协力拯救母亲河，母亲河一定能恢复往日的美丽！

（作于 2010 年 4 月 11 日，三年级第二学期）

爸爸批语：本文主题突出，情感丰富，用词比较得当，成句通顺，很棒！加油！不足之处是对如何拯救母亲河没有提出自己的想法，结尾仓促，言之未尽，没有与题目呼应。

合 力

一天清晨，公鸡和往常一样，早早地就起床叫鸣了，小鸡醒了，"叽叽"地叫着，好像在为今天的到来感到无比兴奋。

小溪边，一头小鹿在欣赏自己美丽的身影。这时，一头凶猛的狮子大叫："我要把你给吃了！"小鹿吓坏了，赶紧往家里跑去，幸好小鹿跑得快，保住了自己的性命。回到家，小鹿坐在门口哭了起来："呜呜呜"。小花猫听见了哭声，连忙跑过来："喵，小鹿，你为什么哭啊？"小鹿说："今天狮子想要吃我，幸亏我跑得快，但是他一定不会放过我的，晚上还会来的。"小猫说："没关系，晚上我来帮你！"可是小鹿还是很害怕，继续哭泣。大象看见了，问："小鹿你为什么哭啊？"小鹿说："狮子晚上要来吃我！"大象说："没关系，晚上我来帮你！"

不知不觉到了晚上，小猫和大象一起来到小鹿家，商量怎么帮助小鹿，小猫说："小鹿，你到房子后面去，等狮子来了，找不到你，他一定会到火炉这儿来点火，到时候，我就用爪子抓他。"大象说："我站在大树底下，等狮子从那里逃走时，我就用鼻子把他卷起来扔到河里去。"刚商量好，狮子就来了，他一进门看见房子里什么也没有，就到火炉边点火，小花猫跳起来对准狮子的脸就是一爪子。狮子乱了方寸，正准备逃走时，站在大树底下的大象用力大无比的鼻子把狮子给紧紧地卷了起来、扔进了河中，小鹿得救了，花猫和大象高兴得不得了……

合力能战胜困难，合力能取得胜利。

（作于 2010 年 5 月 6 日，三年级第二学期）

爸爸评语： 团结就是力量！将来你会越来越明白，团结也是一种能力！

我得到了锻炼

去年暑假，妈妈为了锻炼我的身体素质、胆量和独立能力，给我报了一个夏令营。我知道夏令营的活动项目有些是很难完成的。我虽然表面上胆子挺大，事实上还是很胆小怕事的，我开始有些不太想去。可是，妈妈说正因为我胆子小才去锻炼的，说不仅能锻炼体质，还能增强自信，训练自立能力，反正好处说了一大堆。我想，要不这次就去吧，就当是玩一趟，反正也不会有什么太危险的项目。

第二天一早我随团整装出发。夏令营在离兰州不远的郊区贵清山景区进行。那里景色挺美，我的心情也很好，大家很快就互相认识了，在一起就叽叽喳喳地说话。第一天主要是参观景区和野炊。参观景区就是常规的爬山、赏景、照相、听讲解。有意思的是野炊。带队老师给我们分工，起灶的起灶，拾柴的拾柴，支架的支架，串菜的串菜，切肉的切肉，大家忙乎开了。我很少干家务，但我学着别人的做法，干起了洗菜、串菜、擦桌子的活儿，刚开始觉得生疏，慢慢觉得还是比较简单。一切都准备好了之后，我们自己分工开始烧烤起来，有烧水的、有烧烤的、有撒椒盐的、有装盘的，每个人都轮换着，边干边吃，气氛好不热闹，大家十分开心。愉快的一天结束了，晚上野营在户外的帐篷里。

第二天的主要活动是训练攀岩。早上五点半，老师就拿着大喇叭，一个帐篷一个帐篷喊："起床了，快起来，训练了！"我感到还没睡够，可是其他同学都起来了，我也不能再赖着了，只好极不情愿地起来，穿好夏令营营服，用五分钟的时间刷牙洗脸，再用十分钟的时间吃简单的早餐，然后大家听候老师指令，立即站成三排，整齐地走向攀岩点。我看到很多女生都皱着眉头，两只手使劲儿地搓着，看样子都不敢爬。我也一样啊，很害怕，感觉自己手心冒汗，头脑发热，看着这么高的岩壁，我就心慌。

训练是两个人一组，一组接一组地进行着，大部分男生胆子大，很兴奋也很快乐，大部分女生都有些胆怯。我心里鼓励自己："有什么大不了的，我能克服的，不就是爬上去嘛，我的体育和体操都曾经训练过，成绩也比较好，我肯定会成功的。"正想着，老师叫我的名字，轮到我了。老师笑着对我说："不用担心，很安全。"他把我带到岩壁前给我绑上了安全带，我抬起头迈着坚强步伐往前走，和我一组的是一个身体强壮的男生，我心想："一定要比过他。"我摆好架势，随着一声响亮的哨音，训练比赛开始了。我抓紧绳索，敏捷地往岩石上一蹬，一步一步找准位置，目不斜视地只管往上攀爬，什么也不想，也没有了害怕和恐惧。很快我登顶了，回头一看，哇，竟然这么高！我的腿开始有些抖了。再一看那个男生还在半中腰。我看他皱着眉，脸憋得通红，我和其他队友开始为他喊加油，大家有节奏地鼓起掌来，当他吃力地登顶后，大家给了他雷鸣般的掌声。我很高兴，因为我战胜了困难，至少超越了自己！从那时起，我就坚信我的字典里没有"困难"这两个字，即使是遇到了困难，只要我有信心克服，只要我足够强大，一切困难都能够得到克服。妈妈时常说："困难是弹簧，你强它就弱，你弱它就强！"直到今天才我真正理解了这句话的含义，并体验到了战胜困难的快乐。

这次夏令营活动，除了攀岩训练，还有拔河、舞蹈、歌唱等比赛活动，由于我克服了紧张、担忧的心理，后面的很多项目我都表现不错，老师也很喜欢我，不断地夸奖鼓励我。通过这次夏令营，我在离开父母、离开学校老师的陌生环境下得到了锻炼，尤其是获得了克服困难的心理锻炼，我也感觉到我又渐渐成长了。下次有机会，我一定再去，因为，我想再锻炼、再长大。

（作于 2011 年 3 月 16 日，四年级第二学期）

妈妈评语：用这个事写这个理，你在不断地战胜困难，战胜自己！

第一次跳舞出事故

幕布徐徐拉开，紧张得我手心里直冒汗，主持人清晰的报幕声，回响在我耳畔。我闭上眼睛轻轻吁了一口气，迅速整理好自己紧张的心情。主持人报幕完毕，音乐紧接着就响起，我的舞蹈节目开始了，这是我第一次上台表演，虽然心里感到无比紧张，可我仍然努力微笑着从幕后走到舞台正中央，摆好了开场动作。这是我五岁上幼儿园大班时的一次节目演出。

音乐缓缓响起，我慢慢地舒展开双臂，伴着音乐的旋律旋转，我好像一只高傲的白天鹅踮起脚、闭上双眼，仿佛世界都在跟着我旋转似的，渐渐地，我不再那么紧张了，我的表演动作自然了许多，变得更加协调顺畅。可是当我睁开眼睛，看到台下这么多观众都在看着我时，我的心一下子又绷紧了。这时，我正跟着节奏做三百六十度旋转，一不留神脚后跟往后一扭，整个人一下就跌倒在舞台上。剧院里一下子静得没有一丝声响，仿佛一根针掉在地上也能听得清清楚楚，观众们个个睁大眼睛看着我，我越发紧张，心怦怦地快跳出嗓子眼了。突然我隐隐听到，舞台侧面我的带队老师轻声地说："继续！坚持！"我很快镇定下来，灵机一动，在舞台上顺势做了一个跪姿，又重新优雅地站起来，调整了优美的舞步，在各种射灯的照耀下，扭动着柔软的腰肢，上下踮着脚，接着往下表演。这个时候，台下观众们热烈地鼓起掌来，我一下子自信了，心里像吃了蜜一样甜。

谁知祸不单行，刚刚扭伤的那只脚开始隐隐作痛，使我无法用力。幸好舞蹈快结束了，我索性坐在舞台上做起各种动作进行收尾，这样就不用脚用力，能减轻一点疼痛。我背对观众坐在台上，双腿并拢，双手从腿部慢慢滑起，同时慢慢侧身面向观众，然后舒展开双臂升向上方，用一个优美动作结

束了表演。听着台下观众的喝彩声和掌声，我缓缓地站起来，向台下鞠了一躬，一跛一跛地从侧面退场，掌声一直延续到下一个节目报幕才渐渐平息。

人生的道路上总会出现小事故，只要灵活智慧，不怕困难，坚持到最后，你就胜利了，就像我跌倒了再爬起，一样能赢得观众雷鸣般的掌声。现在想起小时候的这件事，仍觉得对我鼓舞很大，受益匪浅。

（作于 2011 年 9 月 16 日，五年级第一学期）

妈妈评语：真理常常孕育在事件当中，你做了很好的挖掘和描写！

校园里的快乐生活

每天早晨走进校园，心情就很舒畅，因为我知道愉快的一天就要开始了。校园里每天都充满着欢声笑语，每个同学的脸上都洋溢着抹不去的笑容。

今天第三节本来是体育课，可是天有不测风云，突然下起了雨，这体育课算是泡汤了，我们一个个垂头丧气。这时，潘老师迈着矫健的步伐走上了讲台，我们"转悲为喜"，一个个欢呼雀跃着："潘老师万岁！潘老师万岁！"我们脸上的笑容，个个都是那么灿烂。潘老师微笑着说："今天咱们上不了体育课了，但是我们可以在教室里做游戏，你们说怎么样？"大家一听要做游戏更加高兴了，都有些迫不及待。

潘老师宣布了游戏规则：全班分成四个组，每人撕一张纸，第一组同学写一个时间或与时间有关的词语，第二组同学写一个地点或表示方位的词语，第三组同学写一个人物，第四组同学写干

作者手迹

什么事情就行。大家都舞动着双手，教室响起了热烈的掌声。同学们赶忙拿出纸条，开始分头书写，有的已经写好了，有的却皱着眉、咬着笔头还在思考着什么。我是第三组写一个人物，我想都没想就写了三个大字"潘老师"，写完之后捂住嘴偷笑。等大家都写好了，潘老师按顺序收起来，然后说："现在我来把它们拼成一句一句的话，你们肯定会笑破肚皮的。"他一边说着，一边坏坏地笑了一下。接着，潘老师开始念了，第一句话就把我们笑得前仰后合："孙悟空今天午夜十二点在游泳池喝水。"哈哈哈，这是穿越了吗？后面的句子更让我们笑得肚子疼，"叮当猫凌晨三点在公厕吃晚饭"，哈哈哈，这太搞笑了。"玉皇大帝下午五点在操场上睡觉""蜘蛛侠上世纪在黄河边唱KTV"，哈哈哈，这也太荒唐了。潘老师说："该念下一个了"，潘老师突然顿了顿神情，微微皱了一下眉，感觉有些不自然，我知道这一定与我写的有关，心里偷笑着。"潘老师……晚上十二点……在池塘里的荷叶上……跳舞"，他终于吞吞吐吐念了出来。这下，全班都笑翻了天，有的眼泪都笑出来了，有的笑得双手都捧着肚子，有的笑得蹲在在地上，就连平时不太爱笑的同学也开怀大笑。太好玩了！这时，潘老师在讲台上故意扭了扭腰和屁股，做出跳舞的动作，又把我们差点儿没笑死……

　　欢声笑语，一阵阵，一阵阵，从教室到楼道，从楼道到校园，处处都充满了快乐的声音。我们生活在这个大家庭多么快乐啊！

（作于 2011 年 9 月 22 日，五年级第一学期）

爸爸评语：记叙文六要素（时间、地点、人物、起因、经过、结果）得到了完美的体现。

春季开学典礼发言

尊敬的老师、亲爱的同学们：

　　大家早上好！

　　假期的余热还未完全散去，伴着清脆而熟悉的铃声，随着春天轻盈的脚步，一个充满希望的新学期又悄然走来。春暖花开，万物复苏，一缕缕空气开始酝酿久违的芳香，一滴滴春水开始闪耀迷人的光芒。一切又开始了！这是我们学习道路上一个新的飞跃，这更是我们学习生涯中一个新的阶梯！起航的笛声已经拉响，同学们，你准备好了吗？

今天，在这个阳光明媚、空气清新的美好日子里，我们迎来了新学期的开学典礼。在这里，我代表水车园小学全体同学向辛勤培育我们的老师们道一声辛苦，真诚地感谢你们的细心呵护和教导。并衷心祝愿亲爱的同学们在新的起点上，文明上进，勤奋好学，努力拼搏，学业有成！健康成长！千里之行始于足下，我们要在新学期扎扎实实打下坚实的知识基础，以更加优异的成绩来回报学校、老师和家长，让他们为我们骄傲和自豪！

走进学校，就意味着开始新的学习生活，我们要更加努力，养成良好的行为习惯，从规范日常行为做起，树立远大理想与正确的人生观，做一个有爱心、善心、孝心、关心父母、关爱他人、关爱社会、互助友爱、善于合作的人；做一个有崇高理想、有钢铁般意志和高尚品格的人。在平时学习生活中要做到诚实守信，尊敬老师，礼貌待人，勤奋学习；不迟到、不早退、不随便缺课；上课专心听讲，勤于思考，关心集体，积极参加学校组织的活动，正确对待困难与挫折。

同学们，新的学期就是新的挑战，新的学期就是新的希望！新的目标和任务正等待着我们去完成，让我们振作精神、正视不足、团结一致，以崭新的姿态和面貌去迎接这个美好的新学期吧！

2012 年 2 月 27 日

邻里之间

邻居赵大妈是一个慈祥善良的人，我们一家与赵大妈的关系十分亲密，大家从来都是有说有笑。几年来，彼此就像亲人一样和睦相处，互帮互助，当然，她对我更是喜爱有加。

那是一个烈日炎炎的夏天，太阳非常狠毒，气温都快 40 度了，似乎想要释放出它的全部能量：大地上的花草树木被烤得个个没精打采；大人们都只穿个背心短裤，拿把扇子一个劲地扇，汗还是一个劲地流；小狗热得吐着舌头，好像在倾诉着它的不满，大家都说，这是很多年来兰州最热的一天。妈妈出去买菜了，我一个人闷在家里都快窒息了。这时，我小脑袋一转，打开冰箱找冰棍降降温。我很利索地从冰箱里翻腾，先找了一根"兵工厂"，一大口，真爽，牙和舌头冰得受不了，但还是吃完一根又再吃一根。心里想不敢再多吃了，嘀咕会不会拉肚子？但还是忍不住，我又拿出了两根小奶糕，一手拿一个，左右换着吃。没想到几分钟就解决了，这时，我的嘴是麻木的，我突然感觉嗓子有点儿疼，而且肚子也不听话地闹了起来，就像有上千个士兵在打仗，疼极了。我捂住肚子哭出了声，泪水涌了出来。我真后悔我刚才愚蠢的行为，现在可好了，谁来帮我？

正当我疼得嘴里喊着"妈妈"、在床上打滚时，门外传来赵大妈急促而亲切的话语："笑笑怎么了？你怎么了？快开门，让我进来看看！"我强忍着疼痛跑去开门，一下子扑向大妈倒在她怀里。她问我怎么了，我支支吾吾地说出了实情。她心疼地说："你妈真不会照顾孩子，真是的，连个孩子都照料不好。我给你妈打电话，我要带你去医院，来，赶快穿鞋……"她一边给妈妈打电话，一边帮我穿鞋，我捂着肚子、皱着眉头、流着眼泪，心想这都是我的错，不能怪妈妈。刚要出门，妈妈气喘吁吁地拎着菜篮回来了，她看见我这个样子，什么也没有说，连忙把菜随手一扔，和赵大妈一起搀扶着我去医院。一路上赵大妈和妈妈都眉头紧锁，一脸担心的表情，一个劲儿地催促司机开快点儿。医生得知我的情况后说是"急性胃痉挛"，给我开了很少的药，让我口服后，好好休息就没事儿了。赵大妈和妈妈这才长长舒了一口气，神情舒缓了许多。赵大妈就是这样一个好邻居，一个急人所急的好邻居。赵大妈对我的关心我一直记在心里，她不是我的亲人，但又似我的亲人。

邻里之间的情谊，就是这样一点一点积累的，有忙帮一帮，有困难说一说，人与人的友谊贵在相互交往和信任，尤其邻居之间，远亲不如近邻啊！

（作于 2012 年 6 月 6 日，五年级第二学期）

妈妈评语：至情至理！很好！

美好的回忆

小学六年的学习生活，给我留下了许多美好的回忆。尽管有些已经淡忘了，可是发生在三年前的那件事，我却仍记忆犹新。

那是一节体育课，天气很热，老师提前十分钟解散，让我们自由活动。我和几个女同学一起冲向运动器械准备来个体操比赛。平时我们几个的体操功底都不相上下，这次可一定要比个高下。我们选择了单杠，这个器械比赛规则很简单，就是高低杠翻高低杠分杠。第一个同学很快完成了动作，第二个同学也很快上前抓杠，第三、第四个同学紧随其后，看着她们不太熟练的动作，我心里想："平时她们都吹嘘自己功底多么多么好，看来也一般啊，这个第一我拿定了。"想到这儿，我自信满满的走向单杠，抓杠、撑身、倾体、直腿，随着清脆的"啪"的一声，我两脚轻盈落地，完美地完成了整套动作。连我自己都没想到能完成得那么轻松完美，周围的很多同学都为我鼓起掌来，那四个和我一起比赛的女生嘟起了嘴巴，我得意地笑了。

　　接下来该上高杠了，我多少还是有点紧张，毕竟以前我从没上过高杠。我一咬牙、一握拳，冲了几步，跳起来抓住了高杠，接着向上一撑，意想不到的事情发生了，在撑身时手一滑没抓稳，从一米七高的杠子上掉了下来。只听"咚"的一声，我重重地摔在了地上，周围的同学赶紧跑过来扶我，我忍着疼说"没事"，可鼻血却一滴一滴地流了下来。和我比赛的四位女同学也都赶紧围了上来，关心地问："怎么样？怎么样？没事吧？走，赶紧去水房，先把鼻血洗干净！"她们急切的声音，立刻让我心里暖暖的。我有气无力地说："我自己可以走，我没事的，你们继续玩吧，我自己去洗。"她们摇着头说："那怎么行，我们是最好的朋友呀，友谊第一、比赛第二吗。好了，什么都别说了，来，慢点儿，咱们先去水房清洗一下吧！"我的鼻血止住了，眼泪却不争气地流了下来，我握紧她们的手说："谢谢你们……"我们都笑了，不禁相拥在一起。

　　暖暖的情谊让我顿时忘记了疼痛，仿佛心上开满了芬芳的花朵，散发着幽幽的香气，这香气是美好的延续，也许，这就是友情的味道吧！

　　那美好的回忆，也将永远留在我心中那块最柔软的地方……永远！

（作于 2012 年 9 月 10 日，六年级第一学期）

妈妈评语：珍爱友情，让世界充满爱！

记一次辩论会

今天我们班开展了一次辩论会，辩论的题目是"开卷是否有益"。正反双方分成两列，坐在相对的方向，主持人就是李老师，坐在中间。似乎一场战争即将打响。

正方一位同学首先非常自信地亮明了观点："开卷绝对有益！"然后，正方团队每人都一句顶一句地讲理由讲道理。"高尔基说过：书籍是人类进步的阶梯。多读书，就会增长知识。爱迪生不就是一个例子吗？他读了很多书，从中得到了启发，才发明出来电灯。""世界名人培根说过：史鉴使人明智，诗歌使人巧慧，数学使人精细，这都说明开卷有益。""如果我们不多读书，哪来的这么多知识呢？如果没有了知识，我们怎样明辨正义是非呢？古人说：开卷有益。确实，博览群书能使人拥有高深的学问，能言善辩，受人尊敬。古代诗圣杜甫有句名言：读书破万卷，下笔如有神。这一点是不能否认的。"正方一个接一个地说得头头是道。反方相对比较安静。

正方还没有发完言，作为反方队员的我迫不及待地冒出一句："说了半天，你们似乎跑题了，我们辩论的是开卷是否有益，而不是读书有什么作用，正方同学连主题都没有抓住，说这么多都是没有用的。"这下，我方队员开始活跃起来了："我方的观点是开卷不一定有益！""我认为开卷未必有益，看一些不健康的书或者影响我们学习的书反而对我们有害，像漫画书等就对我们的学习没有多大的帮助，看了只能是浪费我们宝贵的时间。"一位队友的话音未落，另一位队友又补充道："我也认为开卷未必有益，有一些鬼故事、恐怖、残杀、色情之类的书反而会对我们造成一些不良影响。"

正方说："我能说出读书的用处有千条万条，你能说出几条读书的坏处？难道你是说读书无用？那你为什么来到学校读书？"

我抓住机会反驳道："我们到学校学习的是知识，我们读的是好书，难道你们不分青红皂白什么书都看吗？"同学们一阵掌声，我方似乎占了上风。

大家越说越激动，越说越来劲。李老师在旁边看着、听着，还捂着嘴笑着，让双方自由发挥，就是什么也不评判。辩论到了最后陈述，大家才渐渐缓和下来。

最后主持人李老师要做总结了，听听她是怎么评判的。李老师高兴地说：

"同学们，今天的辩论活动非常精彩，双方不相上下，不分胜负，我为正方和反方都给 100 分。"我心里嘀咕，为什么不分个高低呢？李老师接着说，"正方既摆事实，又讲道理，举例说明比较得体；反方既讲理性，又讲效果，反驳有理有据。"大家一阵掌声。李老师接着说："博览群书是对的，但从来没有一个人能把世界上所有的书都读完。所以，一定要有选择地读书，有些不良的书会让人们走火入魔的，甚至有些书会让人走上犯罪的道路，所以我希望大家在读书时，要有选择性地读一些对我们有益的书。"大家把头点得像小鸡啄米一样。李老师最后说："今天的辩论，也告诉大家一个道理，就是任何事情都不能绝对化，要一分为二地看问题！"教室里再次响起了热烈的掌声……

这是一场精彩而又有启发意义的辩论会。

（作于 2012 年 10 月 19 日，六年级第一学期）

老师点评：能流畅描述辩论的经过，中间加入了一定的心理活动和场景描写，已经掌握了场景描写的基本方法，文章生动，很吸引人，继续努力！

欲速则不达

我刚上小学时，写字的速度是班上最快的，每次第一个走上讲台交作业的总是我，可是我写的字一直都不被老师认可，老师说我的字大小不一，又不注意结构，最大的问题就是太乱了。我心里其实明白问题的根源是什么，就是我平时写作业只顾追求速度，所以书写质量就差了。我曾经试着改掉我这个坏毛病，可一直都不能如愿，因为我的性格还是比较急。

记得四年级时，我们学校举办一个座谈会，要求每年级一名学生代表参加，老师信任地选我去参加，但也叮嘱我一句："如果座谈会上让你写什么，你就沉下心来慢慢写，千万不敢着急啊，要是闹出笑话可不好。"我一个劲儿地点头。进了会场，才知道座谈会上没有我们学生发言，都是各个学校老师发言，讨论各科教学问题，我心里多少有些放松。座谈会快结束时，主持人突然让我们每个学生当场写一段对这次座谈会的见解和体会。我看了看表呀，天哪，剩五分钟时间了，我可得快点儿写，如果到时写不完，多丢水车园小学的人啊。于是我赶紧抓起笔，从本子上扯下一张纸，唰唰唰地写，我感到文思如泉涌，一刻也没停下笔，很快我就写满了一页纸。周围的同学都向我投来惊讶羡慕的眼光，主持这场会议的老师看我写完了，就微笑着向我走来，对我说："这位小同学这么快就写好了，一定很优秀，请各位老师掌声欢迎这位同学上台，读一读自己写的感受吧。"我的脸一下子变得通红，心怦怦直跳，我为我写的内容不好担心，再看看我的字歪歪扭扭的，有的字丑得连我自己都不认识了，我一下子紧张起来。掌声响起了，我没有退路了，只好硬着头皮走上讲台，我红着脸支支吾吾地读了起来，读着读着，我才发现写的内容真是漏洞百出。有一句话本来是"本次座谈会令我感到……"可我竟写成了"本次座谈会令我感到……"这字写错了倒也没关系，如果说的时候说对也行呀，要命的是，我还真按照写错的读了出来，我似乎听见了同学们的嘲笑声和老师们的议论声，当时真想找个地缝钻进去。这一句还不算什么，读到后面的内容，有几句我自己都看不懂写了些什么，只好乱编一通，结果读的是牛头不对马嘴，大家哄堂大笑。我尴尬地站在讲台上不知所措，幸亏老师安慰了我，他说："这篇体会写得还是不错，这位同学只是写得太快了，又有些紧张，没有读好，没有关系，请回到座位上去。"我只好灰溜溜地走下台去。老师又选了其他几个同学读了体会，我脑子嗡嗡嗡的，一点也没有听进去，可我隐隐约约感到他们都读得很流畅。

我悔恨我自己为什么不慢慢地写好，我惭愧得直想流眼泪。其实，时间不是按照我们平常下课时间计算的，剩余的时间不只是五分钟。我应该思考一下再写，写的时候认真写，慢一些，就不会发生今天这个情况了。当我看到侧面同学书写得整整齐齐的字体，我更是羞愧难当。

这次座谈会上我闹的笑话，让我彻底惊醒了，我真正体会了什么叫"欲速则不达"！我对自己只为写得快、不讲质量的做法，感到深深懊悔，狠下决心，一定要把写字速度掌握好。从那以后，我开始注意练习写字的速度、结构和整齐程度，我感到速度适当地慢下来，就能写得很好。从那以后，每当我遇到着急的事情时，我总会用"欲速则不达"这句话警告自己，让我不要太急，反而效果很好。

（作于 2013 年 3 月 20 日，六年级第二学期）

爸爸评语：通过事件描述，论证道理，这叫例证法。

"便捷智能社区"解说词

尊敬的各位评委老师：

大家好！

欢迎来到"便捷智能社区"展台，我们是来自兰州市城关区水车园小学的学生。结合第十三届中国青少年机器人竞赛创意比赛（小学组）比赛"社区志愿者"的主题，我们按照便捷、高效、节能的原则，规划设计了我们的项目"便捷智能社区"。希望通过便捷智能社区的项目，使人们享受到高品质的幸福社区生活。

在我们的创意设计中，主要有自动物流通道、空巢老人监控装置、智能立体停车库三个创新点。

一、自动物流通道

以往，我们的生活用品都需要去商店、药店、市场、超市等地方购买。这样，不仅比较麻烦，而且有些急需的物品也比较浪费时间，比如，药品、调味品等。针对这些问题，我们设计的方案是将电子购物与社区运送结合起来。我们设计规划的社区，在起初开发的时候就在每个社区中建立一个大型的综合商业中心，在商业中心与社区每栋楼之间修建物流通道。商业中心内有丰富的日常生活用品，可以满足人们的日常生活所需，人们需要某种物品时，只需在电脑中提交订单，或者用房间内的呼叫系统进行呼叫。商业中心就会按照业主的要求进行货物配送，货物通过自动物流通道传送到需要物品的家庭中。自动物流通道的传送不仅仅是单方面的传送，具备双向传输功能。比如，人们饮用完的纯净水的空桶、酸奶瓶等也可以通过自动物流通道传送回小区物资回收中心。物流通道除了可以对生活用品进行传送外，还兼具了订餐的功能：小区每星期都有菜谱，解决上班族或者我们学生中午吃饭的问题。订餐范围自选和规定餐，社区服务中心可根据提前订餐数量准备饭菜。有了这个物流通道，可以让人们感受到购物、吃饭等的便捷。

二、空巢老人监控装置

众所周知，空巢老人这一现象在如今高速发展的城市中已然普遍存在，儿女可能因为工作等原因不能在家照看老人，这样就会存在一些安全隐患。比如，可能会摔伤，可能会有突发疾病等，如果抢救不及时，可能会失去一个生命。针对这一问题，我们设计规划了空巢老人的监控装置。这个监控装置和社区信息中心相连，每个空巢老人的房间内都安装有监控系统，用来监测老人的行动，房屋门口安装主人识别，如面部体态识别等，或者在门把手处安装指纹识别等系统。如果系统识别到老人外出，监控装置处于关闭状态；如果系统识别到老人在家，监控装置处于开启状态。在开启状态中，如果房屋内的老人是移动的，说明老人是安全的，报警系统就不会做出反应；如果房屋内的老人超过设定的时间（6 小时或 12 小时或 24 小时）没有发生任何移动，说明老人可能存在安全问题，监控装置就会报警，并且社区信息中心对应这个老人房间的警示灯就会亮起，这时物业人员就应该采取相应的措施进行呼叫或者施救。这样就会有效地避免一些安全隐患的发生。

三、智能立体停车库

随着生活水平的提高，汽车已逐渐成为人们一种普通的代步工具。随着汽车数量的增加，社区停车就成了一个亟待解决的问题。我们经常可以看到现在的小区内汽车随意停放，不仅占据了很多空间而且影响美观，存在安全隐患。因此，我们由升降舞台得到灵感设计了智能立体停车库，位于社区地下，社区根据一定的调查统计数据设计足够车位的智能立体停车库。社区为每个汽车的家庭规划一个自己的车位，并编号，比如，A1、C3 等，每个车位都带有智能升降装置，车主将车辆开到自己车位的地面上方后，停车库的地面挡板就会开启，智能升降装置启动，将车辆垂直放置到地下停车库中，地面挡板关闭，停车结束。当车辆要开走时，车主只需在地面车位等待，智能升降系统装置将车辆升到地面上将车辆开走。和普通的地下停车场不同的是，智能立体停车库可以像摆放棋盘一样将车辆停放进去，这样就大大地节省了空间，提高了空间利用率，解决了停车难、乱停放的问题。在停车库的地面上方我们设计规划了太阳能板，太阳能板上安装有钢化玻璃，汽车经过时保护太阳能板。白天时太阳能板能为智能立体车库提供能源支持，并且储存能量供夜间使用。如果接连几天都没有阳光，致使没有能量时可以采用紧急备用电源。这样，在解决停车难的问题时，更解决了能源的消耗问题。

（作于 2013 年 4 月 24 日　会宁）

老师评语：说明恰当，表述明确，体现了说明类文章的基本要义。

致中学老师的信

敬爱的中学老师：

您好！我是一名即将毕业的小学生。掐指一算，我们六年级毕业生还有十六天就要告别母校，下学期开学将来到您的学校读书了。今天冒昧给您写这封信，向您介绍我自己以便让您了解我，我也想了解了解您的中学的学习环境。您不会介意吧？

我今年十二岁了，在水车园小学这六年，成绩虽然不是数一数二，但也是名列前茅，我语文和英语很棒，数学稍微弱一些。我是一名爱好舞蹈、唱歌、素描绘画的小女孩，曾经获得过多项奖励。我也是一个性格开朗、思想活跃、待人友善、乐于助人的好姑娘。我在学校担任少先大队长和班干部，组织过学校的一些活动，也为班级搞过服务。您一见到我，您肯定会喜欢。

一想到即将要上初中了，我的心里百感交集。既有对母校的留恋不舍，又有对新环境的期待和憧憬。我坐在窗前望着天空的流云飘过，想象着中学校园的样子和新的学习生活，时而惶恐，时而激动，时而疑惑。惶恐的是，要面对一张张陌生的面孔和堆积如山的作业；激动的是，我将结交许多良师益友，又会学到许多新的知识；疑惑的是，学校对中学生的要求和小学生一样吗？中学学习生活是不是很单调？中学校园环境更好吗？等等。

在我的想象中，中学校园也和小学一样，是一个愉快而又轻松的地方，我渴望在那里度过快乐的三年初中。在我的想象中，中学校园是一个花香芬芳、绿树成荫的花园，要是我们每天都能在鸟语花香、空气清新的校园中读书、玩耍，那该有多好啊！但我知道，初中的学习任务比小学要重很多，听说平时根本没有玩儿的时间，但我觉得其实没必要那么紧张，生活要轻松，该玩儿的时候就开心地玩儿，该学的时候要专心地学，应该劳逸结合，这才能达到良好的学习效果，您说对吗？

同时，我觉得一个好的学习环境很重要。学校就两个集体，一个是老师，一个是学生，老师用心教，我们用心学，这样才会很出色。我想您的中学一定有很多好老师吧，虽然我对中学老师一无所知，您的名字、您的容貌、您的性格，我都不了解，但我相信我会适应每一位老师的。我想给您提个建议，那就是我们希望我们的老师不要太过严厉。有的老师严厉过头了，我们学生就不太喜欢和适应了，我们学生喜欢博学多知、诲人不倦、和蔼可亲、幽默爽朗的老师，我们喜欢严厉时严厉、活跃时活跃的老师，喜欢在课间、在操场、在班级活动交流时和我们逗乐，带给我们乐趣。整天板着脸、一副严肃表情、不近人情的老师会让我们有距离的，我们学习时也许会有排斥心理。其实，我们更多地渴望老师能够平易近人，如母亲、如父亲，和我们做无话不谈的大朋友。亲爱的老师，您能接受我这样说吗？我相信您的学校一定都是我们学生爱戴的优秀老师。

　　亲爱的老师，我说了这么多，您是不是对我这个突然给您寄来信的小女孩儿产生了兴趣呢？如果你愿意，或者您时间允许，就请您给我回信吧，在信中您可以给我一些指点和教导。

　　亲爱的老师，我第一次给您写信，有些紧张，不足之处，还请您多多见谅！

　　谢谢您！祝您身体健康、工作顺利！

您未来的学生：武俊含

2013 年 5 月 28 日

（作于六年级第二学期）

爸爸评语：书信功底越来越好！继续努力！

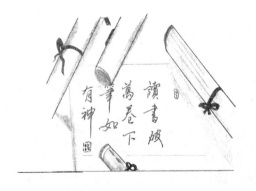

小学毕业生代表发言

尊敬的各位领导、老师、亲爱的同学们：

大家好！

当六月的微风又一次染绿了校园，伴随着成长的喜悦，洋溢着收获的幸福，我们六年级毕业生将告别母校，带着一份挥之不去的记忆和牵挂，走出水车园小学的校门，放飞新的理想和希望，走进新的校园环境，体验新的学习生活。在这里，我谨代表六年级全体毕业生向水车园小学的各位领导、老师及全体同学道别，向辛勤培育我们六年的老师表示最诚挚的敬意！

时光飞逝，转眼已是六年。六年前，我们稚嫩的心灵满怀着理想和希望迈入"水小"这个美好的校园，开始了人生最美好、最难忘的一段旅程。六年的征途，是一条荆棘路，带着梦想与期待，我们一路走来。在这两千多个日夜里，我们经历过欢笑和泪水，我们面对过成功和失败，此时此刻，站在希望的门前回首张望，这一路的荆棘竟然都变成了盛开的蔷薇。

那是因为您，我们亲爱的母校。是您包容了我们懵懂无知，是你孕育了我们的睿智果断，是您给了我们优越的学习环境和展示自我的舞台，使我们沉浸在知识的海洋，徜徉在书籍的世界，醉心于同学间的欢声笑语；也是因为您，我们亲爱的老师，是您的辛勤付出、是您的无私奉献、是您的谆谆教导才换来了我们的收获、进步与成长，如今，我们即将远行，请允许我们深情地道一声："老师，你们辛苦了！"

"毕业"这个词并不代表着完成与结束，而是蕴含开始与进步，今天我们不是在庆祝"结束"，而是在欢呼开始；不是在纪念"完成"，而是在宣布进步。我们应怀着对未来的憧憬和对理想的坚持，走出一条属于自己的道路，创下一片属于自己的天空！

"执着勤勉，奉献创新"的校训已深深刻入我们的心中，每一份温暖的回忆也都让我们难忘。六年的点滴汇聚成今日的成果，将为我们的小学生活画上一个圆满的句号，并伴随着我们踏上未来的征程。在未来的岁月里，我们一定会做拥有智慧并富有激情的少年，做胸怀大志并脚踏实地的少年，做富有责任并勇于担当的少年，做德才兼备并敢于创新的少年，不断奋斗，在今后的人生道路上，让生活的色彩变得斑斓靓丽，用微笑造就一颗积极乐观向上的心，让我们书写更加华美的篇章！

同学们，在毕业时刻，让我们郑重立下誓言：今天，我们以作为"水小"的毕业生而自豪；明天，"水小"将会以我们——祖国的栋梁为骄傲！

谢谢大家。

（作于 2013 年 6 月 14 日，代表六年级毕业生发言）

爸爸评语：格式恰当、内容丰满、表述凝练。

续写曹文轩的《草房子》

（一）

初秋的中午，微风轻轻吹来，给大地带来凉爽。江南小镇上，一座不大的小草屋里，传出女孩纸月轻而促的呻吟声。时光荏苒，转眼纸月已经十三岁。

"疼……疼……谁来救我啊……好疼啊……"

纸月被这突如其来的病折磨地在床上翻来覆去。她双眼紧闭，嘴唇不停地颤抖着，忍受着比针扎还疼的痛，头发早已被泪水与汗水浸湿……

是的，纸月得病了。

她得的是鼠疮——一种足以致命的病——桑桑以前染过的病，那种可怕的病。

谁也不清楚这病是怎么染上的，这好好的，竟然得了这种病。事情是这样的：有次换衣服纸月发现她的脖子后方起了一块比橘子略小的肿块，她当时心里就有几分明白了，她得了病，而且得了桑桑得过的那种病！她知道当初桑桑脖子上的肿块就是这么大，她很害怕，但是还是没有告诉她唯一的亲人——慧思和尚，不对，他已还俗，应该叫他陈泽汪——纸月的父亲。纸月没告诉他。怕他担心难过，也怕他自责没照顾好她。但是这终究还是被陈泽汪发现了。纸月的脖子也越来越疼了。他的确很伤心，不过他知道病是不能拖的，要马上治。于是他决定找江南医术极高的老医生给纸月治病。

经过几番奔波与询问，陈泽汪终于找到了医生，他便急忙请他来看病。

从这个医生的诊所到纸月家要经过两座小镇，陈泽汪让医生坐在他仅有的、破烂的三轮车上，他自己奋力向前骑着。

他脑子里什么也没有想，只想着快点到家，纸月还在家等着。

汗，浸透了衣衫。

泪，盈满眼眶。

医生劝他慢点骑，要不就下来歇歇，他听不进去。

傍晚，他们终于到家了。

纸月还在呻吟。

看着纸月痛苦不堪的样子，陈泽汪像个孩子一样号啕大哭起来。

他用憔悴疲惫的声音哭着求医生："求求你，一定要将纸月治好啊！"

医生查看了纸月细长的脖子上隆起的肿块，又为纸月把了把脉，微笑着说："小姑娘的病不算很深，尽管发现得晚了，但是还是有希望治好。一定要坚持吃药，多喝水，没好前不要起床。"

陈泽汪深深吁了口气，顿时，他感到轻松了些，脸上终于有了一丝淡淡的笑容。

纸月不太害怕了。

医生为纸月开了几帖药，让陈泽汪按照药方买药。

"先生，这次的医药费一共是十四块八毛钱，我就收您十四块吧！"医生边收拾东西边说。

"好，谢谢你了！你稍等。"平时，陈泽汪从没花过这么多钱，可是为了纸月，他回答得坚定而有力。

医生走后，纸月不由自主地哭了。陈泽汪知道纸月哭什么，就过来安慰纸月："纸月啊，这不算什么，不就十四块吗？我们还能挣回来呀！爸爸明天就出去干活，给咱们挣回来！别哭了啊！纸月听话！"

说着说着他自己也哭了。

"你现在得病了，应该好好养着，不要哭坏了身体才是啊！"

纸月懂事地"嗯"了一声。嘴角微微一斜，笑了。

陈泽汪也欣慰地笑了。

这晚，纯净的月光照亮大地。

这座不大的小屋，在月光的衬托下，显得格外安静，美好……

（二）

早晨，空气清新。

纸月的爸爸早早起了床，纸月还没起来。

他坐在纸月的床边，微微颤抖的龟裂的手里攥着一卷不多的、破烂的毛票。

想着纸月的病，望着不多的毛票，陈泽汪眼睛中的一切事物在不知不觉中开始变得模糊起来……

"哎，我真没用……"陈泽汪摇着头叹息。

"爸爸……"纸月醒了，"我感觉好痛啊！"

纸月的嘴角急速地颤抖，头下的枕巾已被汗水浸湿了一大半，手也不停地哆嗦。这些天，她又瘦了。瘦了好多，瘦得出奇：清秀的小脸，变得土黄，瘦得连颧骨都看得十分清晰，小腿更加怕人，比同龄女孩儿的腿瘦好多！眼睛因为眼窝的深而显得特别大……

看到纸月变成这样，陈泽汪只有无比的心痛和深深的自责。

"对不起，对不起纸月！爸爸没有照顾好你，都是爸爸的错呀！我没用！"陈泽汪泪流满面。他苍老了，憔悴了。

"不，爸爸……"纸月哽咽了起来，"这不全都是你的错，你不必自责。医生说我的病是能治好的啊！"

可是陈泽汪却更加痛苦了。他绝望地闭上了眼睛："我们，我没钱啊。"

"……"纸月不说话，她不知道自己该说什么。

"不过没关系。我听说去程功家（富豪）干活一个月可以挣个八九块呢，这刚好够付你一帖药的药钱。我打两份工，再到其他的小店打工，挣个几块钱我们生活。纸月，你认为呢？"陈泽汪抹掉眼泪，说出自己的计划。

"爸爸，你只管挣钱够我的药费。生活费我有办法挣到！"纸月的嘴角挤出一丝的笑容。

"纸月，爸爸能行的。你身体……"

"不，你会累的，我能自己照顾自己。"纸月没等陈泽汪说完就抢着说。

陈泽汪看纸月这样求他，只好答应了："好，我答应你，但你一定也要答应我注意身体，你的病可是能致命的，千万不要拿命开玩笑啊！对了，万一我出去干活你有事起不来，记得叫隔壁李沈江阿姨来帮你，要大点声喊，要不人家听不见。还有……"

"爸爸！好啦！我会照顾好自己的，你放心吧！"纸月撒娇了。

"嗯，那你自己注意啊！我出去干活了。"陈泽汪起身准备走。

纸月甜甜地笑了。

陈泽汪出去了。

纸月从窗户里看着爸爸渐渐地走出了大门，便挣扎着起来。她要做点事，

做一些手绢和一些手提小包——卖钱。

纸月强忍着剧痛，找到了针线，认真地绣了起来。

纸月从小就爱做这些，已掌握了几分技巧，做得手绢漂亮而秀气；做得手提包高贵而优雅……总而言之，她这双天生的巧手，干什么都让人心里特别舒服，特别喜欢。

绣着绣着，不知不觉中已近黄昏，纸月已有了几分困意，但她怕自己睡着被爸爸发现。按时间，爸爸快回来了，她就将绣好的手绢压在枕头底下，在床上躺好。

过了一会儿，陈泽汪高兴地回来了。纸月见爸爸这么开心，问道："爸爸，什么事啊？这么开心。"

"纸月你有所不知，他们家老爷人挺好，我到他们家去把你病情说了，他们同意先给我一个月工钱。太好了！你看，这是药，你把这个喝了，病就会有所好转了！这老爷见我老实，干活也比其他人卖力，就多付了我些工钱，一共十三块八毛钱呢！我给你买了十块的药，用剩下的钱给你买了个小礼物，你看！"陈泽汪异常兴奋。好像所有的事情都在不断迎刃而解。

他从身后拿出了一对红镯子戴在纸月瘦得出奇的手上："红色，喜庆。你的病肯定会好得更快。"

泪水挤满了纸月的眼眶，她十分激动地说："爸爸，谢谢你！我也相信我会好起来的！"

晚上，纸月钻进冰冷的被窝，轻轻地抚摸着红镯子，小声而又清恬地笑了。

月亮高高地挂在天空，星星眨着明亮的眸子。

它们，似乎都在祝福这可爱、秀美的女孩早点好起来呢！

夜，静静地……

（三）

纸月舒舒服服地睡了一觉，早上醒来，她觉得好多了。

陈泽汪也早早地起来，准备干活去了。

他看纸月也醒了，就对她说："纸月，我走了，医生说过你不能多下地走路，你就在床上躺好，我中午会回来照顾你的。"

纸月听了，心里不由得咯噔一下：我怎么忘了这个了，我不能多下地走路的。

不过又一个声音在她耳边响起：为了挣生活费，只能这样了。再说，这一两天应该没什么大碍吧！

为了应付爸爸，她听话地答应了。

陈泽汪这才推门走了。

纸月从枕头下拿出绣好的一个手提包和一块手绢，想着："这包如此高贵，应该能卖个六七块吧！手绢差不多八九毛……"

她盘算着，只要一卖了钱，就攒起来，买些补品给爸爸补身子。

纸月点了点头，把绣好的东西放起来，准备下床找好针线接着绣。

可是，在她起来的一刹那。

纸月忽然感到了一阵从未有过的彻骨的疼痛！

"啊！"

纸月尖叫着倒在了床上，她每痛一下就会发出一种撕心裂肺的喊叫声。她浑身都在颤抖，冷汗一阵一阵地往外冒……

之后，她什么也不知道了。她昏了过去。

她醒来时发现自己躺在一家小诊所的白色病床上，身旁，是流着泪的爸爸和叹着气、皱着眉的邻居李阿姨。

"你是不是在我干活时随便下地了？你是不是想绣手绢挣生活费？你怎么不听我的话呢？这样做很危险你知不知道？你虽然病得不深，但是你不能受累的，这样只会加深你的病情啊！"陈泽汪带着哭腔，语重心长地说。

纸月也哭了。

"是啊纸月，你这样做，不告诉你爸爸实在是大不应该了，要不是我听到你的喊声，你现在不知道怎么样了呢！唉。"李阿姨叹着气。

纸月不说话。

"纸月，阿姨知道你心疼你爸爸，可是你现在有病啊，照顾好自己就算是帮你爸了啊！"

纸月痛苦地闭上了眼睛。

纸月还是不说话。

过了好一会儿，陈泽汪双眼空洞无神地说："我被你李阿姨叫到家里，我就发现了你绣的手绢了，我突然明白你要靠卖这个挣钱。唉，早知道我就不答应你放弃打两份工的，这样，你也不会……"

李沈江拍了陈泽汪一下，陈泽汪才没有说出来。纸月的病情加重了。医生说原因是纸月本来就体弱多病，而且没有即时喝药，再加上做针线活的疲劳，所以就……

纸月看李沈江和陈泽江的表情和神色不对劲，也就明白了几分，她用试探的口气问他们："我……我的……病，是不……是……又加深了？"

陈泽汪看也瞒不住了，就叹着气抹着泪儿说："是的，医生说，如果不买珍贵的药材服用，你的病，他们是治不好了。只有到很远的地方，找那里有着高明医术的医生，才有希望治好……"

"对不起，爸爸。我不该不听您的话！可是，可是我真的没想到事情会发展到这个地步。对不起，让你们操心……"纸月"呜呜"地哭了。

李沈江轻轻地拍着纸月，安慰她："纸月，虽然你的病加深了，但是还是有希望治好的，你要有信心！我会帮你们凑钱的！"

纸月摇摇头："怎么好麻烦您呢？阿姨，我已经……已经没有希望了……"

"纸月……"陈泽汪哽咽着。

李沈江也哭了："纸月，你有希望的！我们都相信的。"

纸月也有气无力地对陈泽汪说："爸爸，我想见桑桑……我想，你知道他吧？他不是也曾得过鼠疮吗？他都治好了，也许他爸爸有好的办法将我医好呢！爸爸，我想见见桑乔校长和桑桑……你能托人稍个信儿吗？"

陈泽汪答应了。可他不知道托谁去送信儿。

"桑乔校长？油麻地小学以前的校长？"李沈江问纸月。

"是的，阿姨你知道他吗？"纸月有点小小的激动。

"嗯，阿姨家以前也住在油麻地，你见过的我们家的小哥哥以前就在油麻地小学上学。"李沈江说。

"啊！太好了，那您能帮我给他们捎个信儿让他们到江南来一趟吗？就说我想他们了，顺便让他们来转转江南小城，行吗？"纸月把乞求、期待的目光投向李沈江。

"好啊，这点小事包在我身上了！我会让他们尽量早点来看你的！"李沈江一口答应了下来。

纸月很高兴，忙谢谢李沈江。

第二天天没亮李沈江便亲自往油麻地，去请桑乔与桑桑。

（四）

秋天的油麻地，景色颇美。

李沈江到那儿的时候，觉得一切都没什么太大变化。

走进油麻地小学，映入眼帘的还是那几幢金色的草房子，那栋教学楼。

现在已是中午孩子们放学的时间，李沈江想，桑乔校长应该在家里。于是向那片金色走去。

凭着不太清楚的记忆，她在一栋颇大的草房子前停了下来，朝里面喊："有人吗？桑乔校长，你在吗？"

过了一小会儿，一个瘦高瘦高的、帅气的男孩和他母亲走了过来。他是桑桑，长高了的桑桑，他没见过李沈江，就问李沈江："阿姨，你找谁？"

"你是桑桑？"

"是的，你是？"

"哟，啧啧，长得真俊！你知道纸月吧？她现在在江南，她想见见你和桑乔校长。她就托我捎个信儿。"李沈江解释道。

桑桑和桑桑妈听到"纸月"这两个字，先是很惊奇，然后连忙请李沈江进家说话。

李沈江进屋坐好，问："桑乔校长在不在？也和他商量一下。"

桑桑妈点了点头，喊了声："他爸！出来一下！"

桑乔在屋里问："刚刚谁来了吗？"

"你出来再说，我做饭去了。"

桑乔出来了，他看到李沈江，也没有认出来，他以为是桑桑请来的客人，就回桑桑："桑桑，这位是？"

桑桑趴在桑乔耳边说了几句，桑乔点了点头"噢"了几声。

李沈江忙站起来，对桑乔说："你是桑乔校长吧，您还记得纸月吗？"

桑乔笑着回答："怎么会忘了呢？她可是当时油麻地小学的名人，我现在在一所中学当校长，但因为留恋，一直没搬家。"

"是吗？我儿子以前就在这儿上学。"

"哦，怪不得你找得到我。"

"我儿子刚刚说，纸月想见我们？"桑乔问。

李沈江皱起了眉头，叹起气来。桑桑觉得有点不对劲，有些急切地问："阿姨，纸月，她，她怎么了吗？"

"唉！"

桑乔也关心地问纸月是不是有什么麻烦了。

"纸月得了病，但是没钱治病啊！她的病已经到了很深的地步了。唉！"李沈江把"很深"这两个字说得非常非常重。

"什么？她得了什么病？"桑乔父子脸上露出惊愕的表情。

"是鼠疮啊！"李沈江摇着头。

桑桑急了："怎么染上的？"

李沈江摇头。

桑乔问："那她看医生了吗？医生怎么说的？"

"医生说只有买珍贵的药材，坚持吃药，就有希望治好。但是他爸爸没钱买药。"李沈江叹着气。

"纸月有个爸爸？慧思和尚？"桑乔问桑桑。

桑桑点点头："应该是，因为很多人都是这样说的。"

李沈江说："是的，他以前当过什么慧思和尚，他现在叫陈泽汪。"

"但是现在这个不重要，"李沈江接着说，"重要的是你们得去看看纸月啊！她说要见桑桑。"李沈江看向桑桑。

桑桑对桑乔说："爸，我们马上走吧！当初给我医好鼠疮的医生，我们把他找来给纸月治病。"

"你也得过这种可怕的病吗？"李沈江问。

"是的。"桑桑又转向桑乔，"爸，快点走吧！"桑桑都要急死了。

桑乔无奈地摇了摇头，说："别人说他在一个月前也病逝了，现在我们唯一能帮纸月的就是买药了，咱们把以前给你买的那种药先买好。"

李沈江从抽屉里拿出了一张纸条："我有医生开的药方。"

"那就更好了！"桑桑高兴地说。

桑乔点了点头，快步走到厨房对正在做饭的桑桑的妈妈说："纸月，哎，她得了鼠疮，我和儿子去看看她，可能几天才能回来。要是纸月病重，待上十天半个月是极为正常的事，你不用担心我们，就在家看好柳柳。"

桑乔边说边穿大衣。

桑桑妈听到纸月得了鼠疮，一下子又惊又慌。她从桑乔的急切中感到纸月的病很重！

"那你们快和那大姐走吧！我会给学校说一声，给你请个假。这病可是等不得的啊！你们一刻也不可以耽误的，一定快点赶到！多带些钱，帮帮纸月。"

桑桑妈显得很急切，比桑乔更加急切。她又出来叮嘱了几句，并让桑桑替她给纸月带个祝福，问候一下纸月。

桑乔父子和李沈江拿够了钱，就匆匆地前往江南的那座小镇，他们想快点到。

风，呼呼地吹……

为纸月的病，着急。

路上，桑桑皱着眉头，脸上露出几乎哭出来的，甚至比哭还难看的表情，眼睛，再也难掩饰心中的急切与悲伤，不时探着身子向前张望……

桑乔痛苦地闭上双眼。想着以前清纯、可爱、才华横溢的女孩纸月，现在却被可怕的病魔纠缠，桑乔无比心痛。

李沈江的悲伤更不用说了，自从纸月到了江南，和她成了邻居，她就像对待亲女儿一样对待纸月,特别特别疼纸月。现在纸月得了病,她能不伤心吗？

这一路上，三个人没讲一句话。

（五）

江南小镇纸月这边。

纸月今天昏迷了，病情更加严重，陈泽汪眼睁睁看着纸月一天比一天痛苦，自己却无能为力。陈泽汪只有流泪。

纸月绝望了——桑桑还没来。

对于纸月的昏迷，医生表示，如果不在两天之内喝药，纸月还会昏迷，在三天之内喝不到药，那……后果不堪设想。

眼下只有等待了。陈泽汪已经没有钱了。

桑桑，你快来啊！

"爸，如果我死了，请让我和这对镯子一起走……"纸月对摸着那对红镯子陈泽汪说。

"纸月，你不会的，你一定要挺住！"陈泽汪哭红了眼。

纸月微笑着说："我只希望在临死前，看一眼桑桑。"

陈泽汪，只是叹息。

桑桑啊桑桑，你可知道纸月多喜欢你啊！她现在生命已悬于一线，此刻，她最想见到的人，是你。

（六）

桑桑终于到了，李沈江连忙带着桑乔父子跑到距纸月家最近的药铺买药。

李沈江把药单给店老板，催促说："我们家孩子得了鼠疮，麻烦您快点儿帮我们抓药吧！谢谢了！"

店老板看她那么急切，答应了："好的，不过这几种药材都很名贵，你们可要花大价钱呢！"说完，便转身抓药去了。

桑桑听了赶紧问桑乔："爸，咱们的钱够吗？"

桑乔摸了摸桑桑的头，笑着回答："你放心，绝对够了。我看了药单就知道很贵，所以带了很多钱，不但够买药，还够给纸月找好医生治病呢！"

桑桑长长地吁了一口气，说："那就好，那就好啊！"

"给，这是你们的药，一共是……"店老板打着算盘。"四百五十六元七角八分。"

"好的，您稍等。"桑乔掏着口袋。

从药店出来，桑桑不吭一声，像抱着金银珠宝一样，紧紧地把那些药抱在胸前，生怕被别人抢了去似的。

他们三个人快步向前走——前面那座不大的草房子，那儿，就是纸月的家。

到了纸月的家，李沈江走到院子里，门竟然大开着！桑桑似乎预感到了什么，赶紧跑进屋子里——空无一人。

桑桑忽然大声说："快去医院！纸月有麻烦了！"

桑乔一下子明白了，让李沈江带路，一路跑到了医院。

一进门，他们看见陈泽汪正坐在长椅上，双眼无神地发呆。他想哭，却哭不出来——他已经哭得没有眼泪了。

"叔叔，纸月呢？她是不是出什么事了？"桑桑大喊道。

陈泽汪并没有桑桑想象中的那么激动，他冷冷地说了句："你们来晚了，纸月刚被送进病房，她昏迷不醒，连医生都绝望了。"

此刻，桑桑、桑乔和李沈江都清晰地听见，自己的喉咙间发出一声呜咽。不，不仅仅是声呜咽，在他们的胸腔里，仿佛有一团厚重的云经过，被悲伤打湿，滴滴答答流下绵长的泪。

医生叹着气走出了病房，来到他们面前，说："对不起，你们没有按时给她吃药，医生们也无能为力。请节哀顺变，你们进来看看她吧！"

桑桑手中的药"啪"地掉在了地上，他摇着头奔进病房。他掀开蒙在纸月清秀脸庞上的白布，大哭起来……

李沈江和桑乔也抹起眼泪。

只有陈泽汪没有哭，他只是轻轻吻了一下纸月的额头，对大家说："先走吧，过几天好好安顿纸月，先让医院看着她。"

说完，转身走出病房。

桑乔为纸月蒙上白布，也拉着桑桑走出来了。李沈江哭着走了。

都在了，白色的病房了，只剩下纸月一个"人"。

纸月临死前都没能和桑桑见上一面。

（七）

第二天，桑桑、桑乔、李沈江、陈泽汪四人将纸月安顿在了不远处的一座小山丘上——当然，纸月的身边，就是那对红色的镯子。

桑桑将昨天采得满满一篮子小兰花，轻轻地，慢慢地撒在这小山丘上，凸起的土堆上……

桑乔像是在自言自语，又像对死去的纸月说："纸月是个好孩子，真可惜了。"

陈泽汪喃喃道："那本笔记本还在，用它的人没了；那本书还在，读它的人没了；别人的女儿还在，我的女儿没了……"

纸月——这个乖巧、可人、聪慧、善良的女孩，将自己的生命永远定格在了自己的青春花季——十三岁。

转眼，已是冬天。纸月走的时候，整个世界都白茫茫一片……

向纸月的新"家"望去，亮晶晶的。

（八）

又过了一年。

漫长的一年。

这一年里，桑桑总会听到纸月清晰的银铃、灵动似流水的声音在耳畔、身后响起，可一回头，什么也没有。

忧伤袭来，没有从眼中跌坠，却变成一种情绪的低潮。

但这种感觉依旧是温柔的，却是一种温柔到难受的感觉。

和纸月之间短暂的美好和忧伤，桑桑只有用一生来记忆或忘却。

路过浸月寺。

浸月寺依旧立在坡上，那桑桑认为神奇、美妙、好听的风铃清音，又响起了。

老槐树下，又传来了三弦弹拨声，清纯、缓慢，就像初秋的雨，经过树枝，有落在池塘里的声音。但是——

却悲伤。

桑桑不由自主地走进浸月寺。他猜对了——是陈泽汪，不——是慧思，他又换上了那破旧的灰棕色僧袍。

慧思和尚也看见了桑桑，但是他仍然没有停止手中的拨动，只是意味深长地望了望桑桑，又继续将这首悲伤的曲子延续……

桑桑看到这一切的时候，似乎这本来就是他知道的——一点儿也没有惊讶。

走出浸月寺，桑桑自己都不知道，在他的心灵深处，已经滑过了一滴小小的泪珠……

（九）

春意盎然，解冻后的大地泛着淡淡的白光。少女般粉嫩的桃花盛开了，可爱、美丽，犹若纸月的脸蛋。

此刻，桑桑的影子，正映在一座高高的山上，一点一点拉长，又一点一点缩近……今天是纸月的祭日。

从那座高山返回来的路上，桑桑的爸爸妈妈，也显得脸色暗淡、凝重，柳柳以前黑亮的眼睛也变得无神了。此时，桑桑正想着纸月，想着那段无瑕又早逝的情谊……

2012 年 2 月．兰州

爸爸评语：你利用春节期间，写作这精美的文字，让人感动。你的文风采用了细腻、真情、淳朴的表达方式，在心理活动、精神世界、场景情节描写中，语言生动、表述恰当、叙述完整，深刻反映了人间的真情友爱，也反映了人世间的很多无奈，读起来跌宕起伏、扣人心弦。这是小说的基础，也是写作的开端。好样儿的，继续努力！

第二篇

朴实无华的记忆

初一，是一摇一晃的马尾辫；

初二，是洗得发白的蓝校服；

初三，是凌晨一点半的哈欠。

这就是我，都是我。

单纯的痕迹

那声音在耳边回响

从小到大，我几乎是在赞美声中长大的。父母溺爱我，爷爷奶奶宠着我，亲朋好友都说我长得漂亮，学习又好，长大一定是个人才。于是，我便开始骄傲自大，直到那个声音在我耳边响起……

"老师希望看到更优秀的你，记住，谦虚使人进步，我相信你！"老师，我又想起了您那温柔的话语。谢谢您对我说的这句话，没有让我最终迷失在赞美中，让我对自己有了新的认识。

小学三年级时，我有一次考试全年级第一，从那时起我便把持不住了，得意扬扬，有时还嘲笑学习差的同学。您发现了，什么也没有多说，只是拍拍我的肩，吐出两个字："谦虚！"我当时愣在了那里，尴尬地朝您笑了笑，跑开了。那次之后，我开始听您的话，和学习好的、学习差的同学都愿意在一起玩、一起学习了，我很开心。

可是那时的我毕竟还小，不久又一次犯了错误。那天正在上课，一位邮递员推门进来，说有我的包裹，我兴奋极了，得意的笑难以掩饰。我一个蹦子跳起来去取。同学们小声地议论起来，我忽然意识到我又没有做到那两个字"谦虚"。当我低着头回到座位上时，您还是什么也没说，只是带着一丝淡淡的笑意，目光中似乎蕴含着什么深刻的话，我心里知道你想对我说什么，于是向您不好意思地笑了一下。

到了五年级，您不再叮嘱我要做谦虚的人，因为我已变得更加安静、谦和懂事了,更让您喜欢了。我已彻底戒掉了"骄傲自满",现在的我,比以前完美了一些。然而,这一切一切的变化,都是因为您那句蕴含着深意、饱含着爱的那句话:"记住,谦虚使人进步,我相信你!"

的确,因谦虚我真的进步了,因谦虚我的成绩才稳步提升,这样才能踏进树人中学的校门。在这个环境中,我会牢牢记住这句话,让它在我周围环绕,在我周围荡漾,不让您失望,不让这句话消失在耳边⋯⋯

(作于 2013 年 9 月 6 日,初一第一学期)

我发现了生活中的美

在平凡的生活中,有很多平凡的美。有些小事总是在不经意间出现,也在不经意间触动你的内心,至今我还忘不了那感人至深的一幕,那动人心弦的一瞬。

那是一个寒假,我和父母坐飞机去海南游玩。在飞行过程中遇到气流,有一段,飞机颠簸得比较厉害。坐在我右边的是一位和蔼可亲的老奶奶,飞机颠簸时,她总是闭上眼,皱着眉头一脸痛苦的样子,我看她那么难受,关心地问:"奶奶,您哪里不舒服,要我帮您叫乘务员吗?"老奶奶挤出一丝微笑说:"孩子,谢谢你,我没事!我想去一下厕所。"说着,便解开安全带,起身向后走去。老奶奶还没走到厕所位置,飞机又是一阵颠簸,老奶奶差点儿摔倒,漂亮的空姐赶忙走上去扶住她,老奶奶脸色愈加苍白,终于坚持不住,"哇"地吐了空姐一身。周围的乘客都慌了,有的送来毛巾,有的拿来纸巾,漂亮的空姐一点也没有生气,她和周围的乘客共同把老奶奶搀扶到卫生间,扶着老奶奶吐完后,又用热毛巾给老奶奶擦干净。大家让空姐去换衣服,她说:"没关系的,各位乘客,非常抱歉,让大家受惊了,照顾好这位老人是我们的责任,大家都请坐回座位吧,注意安全。"她随便用毛巾擦了擦衣服,仍然微笑着对老奶奶说,"阿姨,不好意思,您不要害怕,这是空气气流引起的,一会儿就好了。我扶您先坐一会儿。"老奶奶说不出话来,只是用感激又有点儿抱歉的眼神望着空姐。我也站起来配合空姐扶老奶奶坐在座位上。我扶着老奶奶,空姐端来一杯温开水,半蹲在过道,让老奶奶喝了一些。老奶奶的脸色慢慢转好,她看着空姐的脏衣服,不好意思地说:"姑娘啊,实在对不起,我当时真是忍不住了,真不好意思,弄脏了你的衣服,还麻烦你照顾我⋯⋯"

空姐笑了，微微露出非常整齐好看的牙齿，脸上出现两个美丽的小酒窝，她说："您不用客气，让乘客在飞行中安全舒适是我们的职责，您是一位老人，我们更应该悉心照顾您。衣服脏了没有关系，可以洗干净的。"听了老奶奶和空姐的对话，我心里顿时一阵感动，我忍不住对空姐说："姐姐，你人真好！"空姐又笑了。

飞行的后半程一路顺畅，老奶奶也恢复了正常状态，大家都显得那么轻松、安静和祥和。直到今天，这一情景还是常出现在我脑海中。我发现了生活中的美，美可能是一句话、一个动作，也可能只是一个微笑。美在我们平凡的生活中随时都有，我们要善于发现美，也要善于把美好留给别人，这样我们都会舒服、和谐和感动。

（作于 2013 年 9 月 17 日，初一第一学期）

那一次，我真紧张

车死死地堵在路上，像一条长龙一动不动。急着赶飞机回兰州的我紧张极了！看看手表，还有半个小时就要登机了，而我现在还没有赶到机场，这可怎么办啊？

我紧锁眉头，头上冒出了汗，左看看，右看看，前面的车队还是长龙一样卧在高架桥上，懒洋洋的，一动不动，我心里又气又急又紧张。心想：万一赶不上的话，只有改签晚上七点的飞机，到家就差不多十二点了，而我还有两篇作文没写、四张卷子没做，那么晚到家作业还不得写到天亮呀？再说了，今晚还说不定能不能改签呢，明天就要上课了呀！越想越紧张，就在这时候"长龙"终于睡醒，开始缓缓移动，我喜出望外，嘴里不停地祈祷："赶得上，赶得上……"渐渐地，"长龙"移动得越来越快，终于可以顺畅地奔跑了。

我时不时地看手表，时间一分一秒地过去，终于到了机场。我提着行李飞快地跑下车，恨不得插上翅膀飞到飞机上去，我紧张得腿有些发软，路都不会走了。好不容易

来到办登机牌的地方，我又傻了眼，人也太多了吧！我赶快跑去找值班经理寻求帮助，他很热情地帮助我快速办理了登机牌，并让我从"快速通道"安检通过。

我满头大汗赶到登机口，终于长长地吁了一口气，柜台前只剩两名工作人员，其他旅客早已登机。候机大厅正播放着我的名字，幸亏赶上了！坐上飞机，悬着的心才渐渐安稳了下来，飞机很快就起飞了。但我很惭愧，让一百多位乘客等我一个人，还差点耽误了大家的时间。我很气愤高架桥上该死的堵车！当然，更多的还是自责自己预留去机场的时间有些紧张。那一次，是第一次紧紧张张赶飞机，第一次那么狼狈不堪，第一次感受提心吊胆。那一次，我真的好紧张！

（作于 2013 年 9 月 28 日，初一第一学期）

老师点评：从内容来看，你是精心准备了。"事情发展有阶段"，将事情的来龙去脉讲得非常清楚且仔细，思路清楚；"细节描写不错"，多处运用心理描写、神态描写表现自己的紧张、急切的心情，用词恰当。

你触动了我的心灵

雁过无声，岁月留痕。虽白驹过隙，可是它见证了曾经的瞬息。梦中花瓣片片坠落，柳絮徐徐飘零，流年的浪花涤荡在辽远的心际，你曾经的话语触动了我的心灵。

——题记

淡淡薄雾轻笼的夜晚，我停泊在梦的尽头，任情绪泛滥。一池碧绿荡开圈圈涟漪，将我的思绪推向了那年的那一天。

那一天，你就在我幼小的心灵中印上一块深深的烙印。在我心中，温柔美丽、和蔼可亲等等一切美好的词语从我脑中一个一个跳出来，是的，都是你的代名词。那天是我上小学的第一天，一走进班里，就看见你的嘴角洋溢着笑容，我清楚地感到自己的心已被那笑意触动了。你等小朋友都到齐了，用好听的声音开口对大家说："小朋友们，从今天起，你们就是一名小学生了，老师会像对待自己的孩子一样对待你们！"

我们都兴奋起来，叽叽喳喳个不停。

之后的六年，你真的做到了，像一个慈母拉扯孩子长大一样教导着我们。让我记忆最深的是三年级的那一天，我觉得你那天真的触动了我的心灵。

"老师知道你以后不会那样做的，是吗？"你轻柔的话语让我羞于抬起头直视你的眼睛。是的，我抄袭了别人的作业，包括一篇短文。要是换作其他老师，一定会把我骂得哭出来，可你没有。你的手搭在我肩头，不时抚摸我的脸蛋儿，"没事的，看着我的眼睛，不用害怕。告诉老师，为什么要抄别人的呢？你看你抄的这篇文章，还没有你自己写的一半儿好呢？你要相信自己的实力啊，知道吗？你……"

那天，你说了很多，我始终不敢看你，因为我觉得自己不配直视你清澈的双眸，你的学生不应该做那种事，可我却……

你似乎猜到了我的心思，笑着说："好了，你回去吧，每个人都会犯错，只要改正就好，我相信你一定能做最好的自己！"我终于忍不住了，眼泪像一颗颗珍珠滑落脸庞，我点点头抹了抹眼泪。你一定不知道你的每句话我至今都还清楚记得，你也一定不记得六年来和我有过多少次这样的谈话，你更不知道你的话语至今触动着我的心灵。

此时窗外宁静，脑海中我摆渡回忆从此岸到彼岸。

（作于 2013 年 10 月 15 日，初一第一学期）

我回家最晚的一天

吁！月考终于结束了，今儿放学早，回到家啥也不干好好放松放松，我边收拾书包边这样想。可谁知，今天却是我回家最晚的一天。

是谁在哭呢

当我乐颠颠地走出学校小巷，便听见一阵男孩的哭声。循声望去，只见一个小男孩儿摔倒在地，六七岁的样子，正张着嘴巴哇哇大哭。我急忙跑过去扶他起来："小朋友，摔到哪儿啦？冬天冷，别哭了。"小男孩儿扑闪着一双黑亮的眼睛，抽抽泣泣地抹着眼泪说："我……我刚才跑得太快了……摔倒了，手也蹭破了皮……"我虽然不认识他，但是心里还是咯噔一下："这么小的孩子大冬天摔一下，不会有事吧？"但似乎有一个想法在我脑中闪现："我又不是大人，管这么多干什么，再说了，他的家人一会儿肯定会来接他的。"于是，我拉着他的手走到公交车站，对他说："你就在这儿坐一会儿，等你父母来接你，好吗？姐姐先回家了。"说着我起身准备上车。

"姐姐，你能再陪我一会儿吗？"

小男孩儿拉住了我，低着头小声说："我爸爸妈妈都很晚才回家，每天都是奶奶来接我，姐姐你能再陪我一会儿吗？"本想早些回家的我，看着他受伤的小手，心突然就软了下来。我点了点头，递给他一张纸巾擦了擦他的手，和他坐在一起，他高兴地笑了。

和他一起等奶奶

在等奶奶的时间里，小男孩儿给我讲发生在他们学校的事。在他看来有趣新奇的事儿，对我来说多少有些幼稚，但为了维护一个小孩儿的尊严，我还是不时地应和着，点点头，看着117路车一辆辆过去，我越发着急想回家了。可是心里想，既然答应了人家，这样中途离开不太好，人要信守诺言的。终于，不远处一个蹒跚的身影走了过来,朝男孩儿招了招手。小男孩的奶奶走过来了。

一句暖心的"谢谢"

小男孩儿兴奋地站起来，朝奶奶跑了过去，我也站了起来。小男孩儿指着我对他的奶奶说了些什么，他和奶奶脸上洋溢着微笑，不停地说"谢谢……"我也笑了，向他挥了挥手，坐上117路车，一种快乐油然而生。公交车行进中，一站、两站、三站，终于到了家门口，我一看表五点半了。今天虽然比平时晚到家一个小时，但心里也是甜甜的,因为我帮助了一个可爱的小男孩儿，虽然只是一件很小很小的事。

（作于2013年12月23日，初一第一学期）

老师点评：中心明确，事虽小，但突出了人与人之间的温情，也表现了"我"的善良；条理清晰，符合要求，一层层叙述让人很明了事情过程；详略得当，帮人全过程详写，回家过程略写。

成长的歌谣

当时光飞逝匆匆流去，我们仍能哼唱出成长的歌谣，年少的旋律。

我记得那还是在我五岁发生的一件事，虽说带给我打击不小，我却成长了不少。

幼儿园举办一场运动会，擅长体育的我当然要积极参加。盼着盼着，要比赛的日子终于来了，我报的项目是投掷——将沙包投入小框中，一分钟内投入最多者为胜。

临上场前，老师为我鼓劲，说："你一定能为我们班争光，加油！"我信心满满地点点头，来到了比赛场地。

随着体育老师的一声"开始！"我迅速抓起一个沙包投向小框，十分顺利，沙包很听话地飞进了小筐。我一瞥，其他同学还没有一个投进呢，不禁乐开了花，心想：冠军肯定非我莫属了！这时便有点儿轻敌了。哪料到，不一会其他同学已经得了要领，屡发屡中，而我却再难以命中了。情急之下我竟大哭了起来，一跺脚踢翻了地上装沙包的盒子，站在旁边只是哭。这时，其他参赛的小朋友都停下比赛围了过来："你怎么了？"我不说话，只是一个劲儿地哭。于是，他们跑去裁判那里大声说："老师，老师，让她别哭了，咱们赶快比赛吧。"我听他们这样说，愣愣地站在那里一动不动。裁判向我走来："小朋友，你为什么不比赛了呢？把筐子踢翻，这是破坏比赛规则啊！你这样做其他小朋友也没法进行比赛了。""你是不是觉得比赛不公平呢？要不，咱们重新比赛好不好？""友谊第一、比赛第二"……我隐隐约约第一次感到，自己在众目睽睽之下什么是"惭愧"。

但当时也不知道说个"对不起""谢谢"之类的话，只是擦干眼泪、点点头。

"预备——""开始！"

新一轮开始了，我吸取了上次的经验教训，专心比赛，有条不紊，不一会儿就扔进了七八个，但还是受了刚才情绪的影响，我没有得到前三。

当时，说不遗憾是假的，但毕竟老师也已经给了我机会。现在看来，我更开心的还是这次比赛的真正意义——它让我第一次明白了什么是"惭愧"、什么是"友谊第一、比赛第二"。可能，当初这件事，让我听到了成长的旋律，我在悄然不觉中成长。

（作于 2013 年 12 月 28 日，初一第一学期）

一首触动心灵的歌

　　暖风飒飒，梨花飘香。曾经小学的校园啊，我又回来了，阳光正好，却驱散不开我心中一丝若有若无的伤感。

　　是啊，半年前，我也还属于这里，属于这个温暖、可爱的大家庭，直到那首歌的旋律响起——"长亭外，古道边，芳草碧连天……"

　　我记得很清楚，小学毕业的那天，天空很蓝，没有一丝风吹过，似乎与"毕业"这个略带伤感的词语很不相符。下了教学楼，站队、升旗、我代表毕业生发言、校长讲话……走完一切毕业流程后，校园里响起不甚清晰的旋律，而接着，全校师生都不说话了，一切都似沉在梦里、浮在水上、静在心中。

　　听清了，就是它，那首结束我们六年小学生涯的歌儿。短暂的前奏过后，清澈的歌声传入我们的耳朵，渐渐放大、放大……

　　一切还是安静如初。跟着旋律，我的思绪纷纷扬扬乱飞着，将记忆拉到每一年的这一天，那些哥哥姐姐为何一个个红着眼？为何他们那么严肃的老师也露出留恋的表情？哦，今天我明白了，我体验到那触动心弦的感觉了！

　　"天之涯，地之角，知交半零落……"不知怎的，我感到心中一阵紧绷又一阵抽搐。天色暗了下来，云层也厚了起来，刚才还明媚的阳光不见了踪影，天说变就变了，毛毛细雨似乎夹杂着离别的愁绪，伴着音乐，落入每个人的心里。顿时，不知是雨水，还是热泪，在我的脸颊流淌。周围开始有了隐隐

的呜咽声，老师的眼眶也湿了。而我只觉得鼻头一酸，《送别》的旋律和歌词狠狠地敲打着我的心，我想让这离别的音律快点儿停下，却又想让这心灵的触动永远没有完结。就这样，在心中一直延续下去，触动着我。

这首歌一直在广播室里循环着，我们六年级六个班几百名学生排着队，穿过四年级学生开出的一道"花廊"。出了校门，音乐刚好停下来，似乎这又是一个时间凝滞的时刻。我回头望望，六年的感动一下子全部涌上心头，我忍不住了，眼泪如泉水般又一次涌出。

小学毕业已经半年了，但如今夜里黄卷对青灯时，一想到那首歌的音律，我还是会不禁心头一热，眼眶一酸。他们说当时留恋，不过寻常。可当时留恋，真的不过寻常吗？

今天，再回校园，至少我还记得，这首歌曾触动我的心灵，还时不时在我心中荡漾。

（作于 2014 年 1 月 3 日，初一第一学期）

黄河边的温暖

我的家坐落在美丽的黄河南岸。我们一家人总喜欢在晚饭过后到黄河边散步，即使天气寒冷，也照去不误。在黄河边散步的过程中，有很多难忘的故事，放风筝、玩泥巴、跳舞、打羽毛球、做游戏……让我一想起就感到非常温暖。

记得有一次，我和爸爸妈妈在黄河边的风情园吃过晚饭，沿着黄河边溜达。那真是一个美好的傍晚，夕阳西下，晚霞的余晖把河边映射得金碧辉煌。一路上我们有说有笑，我提议，考一个脑筋急转弯，我出题，爸爸妈妈谁答对谁有奖。他们异口同声地说："好啊！"妈妈自信地说："就凭我们这脑子，你随便出。"我笑着问："张阿姨胃不太好,可她总是每周都去妇产科,为什么？"妈妈抢先回答："张阿姨是妇产科医生呀！"第一个答对了，我亲了妈妈一口作为奖励，爸爸在旁边似乎还在思考。我又开始第二个问题："鸡蛋壳有什么用处？"妈妈又抢先了，说："碾碎了可以当肥料！"我说："错了，鸡蛋壳是用来包蛋清和蛋黄的！"我得意地捂着嘴笑了，我罚妈妈亲了我一口。第三个问题："西瓜、南瓜、冬瓜、黄瓜都能吃，什么瓜不能吃？"这下妈妈没有抢答，嘴里慢吞吞地念叨着这个瓜那个瓜的，我说不对。这时,爸爸脱口而出:

"傻瓜！"把妈妈和我吓了一跳，然后我们哈哈大笑，我搂上爸爸脖子，亲了爸爸一口，路边的人都投来羡慕的目光。

还有一次在黄河边散步，爸爸妈妈和我谈论了如何学习数学的话题。当时爸爸给我出了一道题目，我印象很深。"有 10 棵树，要栽成 5 排，每排都要栽 4 棵树，怎么栽呢？"我反复想，怎么也想不出来如何栽这 10 棵树。这时候，爸爸从树林里捡了 10 根小木枝交给我当树木，让我蹲在地上试着栽一栽。我反复挪动小木枝，怎么也实现不了每排 4 棵、栽 5 排的要求。正在我焦急的时候，爸爸说："你要换个思维方式，因为树木有限，要实现条件，不能按照常规思考，要考虑交叉重复计算的问题。"爸爸又给了几分钟时间让我再比画比画，但我还是没有成功。最后，爸爸给我在地上画了一个五角星，让我先把 5 棵树栽到画五角星的 5 个尖上，然后让我把另外 5 棵树栽到画五角星时 5 个交叉点上，这时我才恍然大悟。爸爸接着说："学数学就要不断地变换角度思考问题，平面想象是常规思维，立体想象很多时候会经常用到。"妈妈在旁边附和着。

这样美好的记忆还有很多，我每次想起来，都会情不自禁地笑出声来。黄河边很美，她时时让我感到家的温暖。

（作于 2014 年 3 月 3 日，初一第二学期）

幸福的节日

当我揉着惺忪的双眼去抓手机看时间时，一束阳光已透过窗照射在窗帘上。突然想到今天似乎是个特别的日子，我没记错，是妈妈的节日！三八妇女节。

我蹑手蹑脚地走进爸爸妈妈的卧室，看见他们正熟睡，便以迅雷不及掩耳之势，冲向书桌开始为妈妈准备礼物。送什么好呢？我思来想去，决定为妈妈画一幅画，再写上一段祝福的话，这一定能让妈妈感受到我对她的爱。

我执笔轻描绘出一幅具有中国古典风韵的《墨落女儿梦》，经过一遍又一遍的加工、上色、勾勒，终于大功告成。看着自己的画风越来越具有国画特色，越来越纯熟，我想妈妈一定会喜欢的。这时，我灵感突现，大笔一挥，写下几行诗："三月，许一场繁华，三月，托一泓清梦……"我越写越来劲，最后以这样一句结尾："时光流逝，万物皆老，一切都变了，唯有女儿心未变。"

我正准备画几个艺术字"妇女节快乐"，妈妈却不知什么时候从我身后冒出来，我赶紧捂住画不让她看见。她问："鬼鬼祟祟干啥呢？不好好学习。"我调皮地眨了眨眼睛，说："先不告诉你。"妈妈摇摇头笑着走了，从她向上翘着的嘴角似乎已经猜到了什么。

吃中午饭时，我一想到妈妈拿到礼物时的笑脸，就情不自禁地笑了出来。妈妈感到很奇怪，问："这孩儿今天怎么了？"我笑而不语。午饭过后，我神秘地对妈妈说："妈咪，今天妇女节，我要送一件礼物给你！"妈妈其实早就猜到了，但还是假装淡定："哦，是什么？"我像变戏法似的从背后拿出我的杰作，说："老妈，节日快乐！"妈妈果然笑了，接过画仔细端详着，瞬间她红了眼圈，轻轻拥我入怀……我知道她心中一定洋溢着一种难以言说的幸福。

下午，我突然觉得一幅画还不足以表达我对妈妈的爱，便拉开抽屉，拿出前两天买的巧克力，数了数，还有五个，嘿，刚好可以在上面刻上"妈妈我爱你"。说干就干，我用牙签小心翼翼地刻着，生怕出了差错，我突然想到小时候妈妈教我写字，也是这样一笔一画，每当我不好好写时，妈妈就让我吃一个巧克力豆来鼓励我，我自然拒绝不了这份诱惑，便又乖乖地写字了，现在想起来，真是有趣！过了十分钟又一样礼物诞生了，我去妈妈卧室放在她的床头。午休过后，她发现了这个心形小盒子，便来到我的卧室"吧嗒"亲了我一下，顿时，幸福在我全身蔓延开来……

三月，许你一世繁华。三月，托一泓清梦。

明媚正好，是你的阳光。

（作于 2014 年 3 月 10 日，初一第二学期）

老师点评：最美的礼物要送给最最关心你的人。文中的小作者在三八节这一天确实给了妈妈惊喜。文章叙事完整，并能巧妙引出时间、地点、人物，另外叙事语言流畅通顺、表达清楚明白，可见用心。同时作者也注意到了前后照应，深化文章主题。

街头一瞥

那天，无意中的街头一瞥，让我的内心涌出一份莫名的感动，但短暂的感动之后却是无尽的心酸和哀愁，我不禁要这样想：人间的温暖已渐渐消失不见。

一对衣衫褴褛的乞讨母女在寒风中蜷缩在一起，正瑟瑟发抖，女孩儿看起来只有五六岁大，头发蓬乱、脸蛋黝黑、嘴唇干裂、衣衫单薄，小腿也被磨破了，从头到脚都令人心生怜悯。在这个年纪，本应在家中享受公主般的生活，可不公的命运让这个小女孩过早地体验了人间的苦楚。我在心中默默叹了一口气，掏出零钱放在她们面前的破瓷碗中。

就在这时，发生了让我感动的一幕：一个女孩拉着她妈妈的手走了过来，恳求妈妈给乞讨女孩多放点儿钱。我心中流过一阵暖流，天真善良纯洁的童心总是那么美好，现在虽然冷酷的人很多，但孩子的单纯之心犹在，生活还是充满着爱的力量，我打心眼儿里赞美着她和她的妈妈——多么好的家教啊！让自己的女儿从小学会了爱他人。可是我发现，我想错了，她的妈妈身着华丽的衣服，脸上化着浓妆，一副年轻时髦的打扮，她用鄙夷的目光扫了一眼乞讨母女，二话不说就拉着女儿走了，嘴里还嘟囔着什么。我隐约地听见小女儿与她妈妈斗嘴吵闹的声音……

当前社会中，能保持一颗爱心的人其实不多，我不禁要问：爱都去哪儿了？温暖在哪儿？随着时代的变迁，人与人之间无形中产生了隔阂，难道人情已冷已淡？在这个充满浮华和喧嚣的年代，有的大人们自私自利，从不为他人着想，也不为他人而心酸、感动。就像对于乞讨的人，我们孩子的内心深处，

仍存有一丝真诚的爱，唯有少数人与那些可怜的人儿同在，愿意尽自己的能力给予他们帮助。而像那个女孩儿的妈妈一样明明有能力给予，却无动于衷，他们只是在意自己的生活，却不关心他人的温饱。我坚决不能让自己变成这种冷酷无情的人啊，否则，在这种氛围之下，越来越多的人会只为自己而活，人间仅存的温暖也就烟消云散了。

这为我们敲响警钟——温暖与爱正离我们越来越远！因此，我们一定要保持一颗纯净之心、博爱之心。

（作于 2014 年 5 月 26 日，初一第二学期）

老师点评：文章结构工整完备，先叙事后议论，论据充分，具有感染力，重点突出，中心明确，立意鲜明。人物的外貌描写细致入微，生动形象，叙事主次分明，详略有序，言辞恳切、感情充沛。

初二，我准备好了

揉揉惺忪的睡眼，伸伸懒腰，新的一天开始了。起床拉开窗帘，一缕晨光，带着清香洒在我身上，几丝云彩悠闲得在空中漫步，若隐若现，好似古代着软底鞋的女子悄悄经过，不想留下一点儿痕迹。阳光的味道在空气中越发弥漫开来，是在庆贺新学期的到来吗？是想带给我更积极的心态和向上的动力吗？

大人们说，初二很关键。我穿戴整齐，迈着轻盈的步伐走向学校，似乎周围的一切都散发着与从前不同的气息，也许是我太激动、太兴奋了。初二的第一天，应该是不同寻常、令人期待的。

踏入熟悉的小巷，迈进学校的大门，我发现南面的围墙上新增了"风景"——火柴人式的标牌呈现出不同的体育项目，我顿时觉得整个校园更有青春活力了，体育运动氛围的浓厚让我对新学期的生活越发向往。

走上教学楼的楼梯，习惯性地默数三层——左拐——直走，过了老师办公室，再向前的第一个教室就是我们班，可抬头一看，这才想起我现在已经告别了初一，成为初一新生的学姐了。哦，我感叹时光的飞逝，看着那些稚嫩、雀跃的笑脸，我仿佛看到了一年前的自己。

再上一楼，找到初二（6）班，靠右走是多么不习惯！在楼梯口就听到一片乱哄哄的吵闹声，教室里几个同学在谈论着上学期没有讨论出结果的事，声音还是那么熟悉，但在他们的谈吐中，我却听到了成熟；更多的人则在匆匆地对着作业题，那副紧张而又令人发笑的模样还是没变。我的舍友见到我冲向我，满脸兴奋，我也激动得和她们相拥在一起，大声说："我们在一起一年啦！"是啊，六年级的时候，毕业那天我也是大声地对我的好姐妹说："我们在一起六年了！"当初觉得一晃就上了初中，很不可思议。

我找到一个空座位坐下，取出作业放在桌上，发现新学期的书本已摆放好了。首先映入眼帘的是两个陌生的字眼——"物理"。

初一时的我，生活中遇到有关物理的问题，总会想："哎呀，初二才学，先不管了，到时候再说，还早着呢。"可是谁能想到"还早着呢"已出现在眼前。我不禁苦笑了起来。

这时，新班主任走上讲台，介绍了初二新的老师和新要求。我的心弦紧绷着，没想到会有这么大的压力和任务，过去的好成绩已是过往，现在需要抛开过去的辉煌，让自己不断向前！

整理心情，调试好节奏，向新的学期进发！初二，我准备好了，让风雨来得更猛烈些吧！

（作于 2014 年 9 月 5 日，初一第二学期）

妈妈评语：机会永远都是留给有准备的人！

成长的滋味

如果不是那次，我可能会变成一个遭人唾弃的"小偷"。

我记得那时我还在上幼儿园。那天太阳火辣辣的，没有一丝风儿吹过来，人心里很烦躁。妈妈牵着我的手走在回家的路上。路过一个水果摊时，我眼睛一亮，呀！是我最喜欢的橘子。金黄金黄的，还发着光亮，十分诱人。

"卖橘子喽，又酸又甜的橘子喽！便宜卖了……"摊主的叫卖声飞进我耳朵，我咽了咽口水，嚷嚷着："妈妈，我想吃！"

妈妈走上前说："老板，给我来两斤吧。"说着，便在橘子堆中挑拣起来。"放心吧大妹子，这一个个儿都可口得很，甜着哪！"老板帮忙提着袋子，满脸红光。

天太热了，我渴得不行了。看着眼前的橘子，我急不可耐了。竟偷偷从摊子边上顺手抓了一个又圆又亮的橘子，紧紧地攥着。妈妈付了钱，领着我走远了。摊主的叫卖声一直不断，引更多人过来买橘子，似乎一切都很正常。

我跟在妈妈后面，悄悄剥开那个小橘子，正准备入口，一抬头就看见妈妈诧异的眼神。

"你的橘子哪来的？"妈妈质问我。

我吓得哭了起来，抽泣着、抖着肩膀，低着头："我、我自己从那里拿的，呜呜，我真的是太渴了……"

妈妈蹲下来，脸色有些凝重，眼眶似乎微微有些发红，她对我说："宝贝儿，妈妈不是已经给你买了吗？无论什么样的理由，我们都不应该拿原本不属于自己的东西。不能养成坏习惯，你还小，长大就明白了……"

我心中不知是什么滋味，有自责、有伤心、有委屈……妈妈轻轻擦去我脸上的泪珠，"我们把橘子还回去，好吗？"

妈妈牵着我的手，转身往回走了。那一瞬间，我似乎明白了，心中荡起一丝丝微波。现在回想起来，我知道，那就是成长的滋味，从错到对，从坏到好，从差到优，从丑到美……

（作于 2014 年 9 月 9 日，初二第一学期）

少年风采

下午阳光不错，操场上挤满了人。被拥在人群中的是即将上场比赛的篮球队员们。

这场比赛是教育局和文体局联合举办的，面向全市学校。我校和 × 中学的赛事就安排在今天，正遇上个好天气，大家脸上都泛着红光。是啊，展现少年风采的时候到了。

随着裁判的一声哨响，各位老师同学散开向球场外走去。作为我校啦啦队成员之一，我也不例外，同样心中满是激动。

不知何时，场上已开始了激烈地"角逐"，呼喊声顿时四起，我赶紧加入了这行列，扯开了嗓子卖力地喊"加油"。小 A 平时就是全校公认的"三分王"，只见他脚步轻盈、身手敏捷，比赛刚开始不久便连进了两个三分球，把我校师生兴奋得不行，喊加油的劲儿更足了，脸上的红晕愈浓了起来。

对方啦啦队可急了，毕竟已落后了，得加把劲儿才能赶上来哩！"喂，小×，传球传球！这边这边！"尽管如此，对方和我们的差距越来越大。我们当然是高兴极了，嘴里喊着的"加油"变成了"必胜"，我们显得有点嚣张了，一下子我觉得不妥，对方已经很沮丧，如此打击，是不是不太好呢？于是，我脱口喊出了："×中学，加油！×中学，加油！"我的呼喊声让我校的啦啦队同学张大的嘴巴停顿住了，人人脸上一副不解的样子，我继续喊着，也引来对方啦啦队的满脸疑惑。我意识到我有些"叛变"的味道。突然，我听到对方啦啦队中也传来为我们学校加油的呼喊声，心里有了一些安慰。最后，啦啦队由两种声音变成一个共同的声音："树人中学，加油；×中学，加油"！这个声音一直在晴空飘荡着，上百人整齐划一为两个对手队加油的呼喊声响彻赛场。

赛场上，对方似乎是被激励的缘故，振奋了精神，重振雄风开始奋起直追。终于，比分的差距在渐渐缩小，比赛双方的队员们已是汗流浃背。最后一分钟时，场上的气氛格外紧张，全场竟在这关头安静了下来，凝神专注地盯着驰骋在赛场上的队员。时间在一秒一秒地过去，双方队员都在竭尽全力，虽然结果已经没有悬念。赛场的每一位同学，个个都呈现着激情和活力，比赛在和谐、激烈、愉快中进行……

"十、九、八……三、二、一……"随着一声哨响，比赛结束了，我们树人中学最终获胜了。但对方队员没有抱怨，没有沮丧，而是和我校队员之间进行了一个友好的拥抱！

对我们啦啦队来说，看到这些场景，似乎觉得比赛结果并不是那么重要。重要的是，双方啦啦队对整个赛场都给予了激情，既是对手，又是朋友，这是多么好的场景啊！

获奖固然好，第一固然好，胜利固然好，但赛场上那一声声正能量的呼喊，可能最为重要。我在怕别人说我"叛变"的时刻，却原来，大家心中其实都有为自己队加油、为对方队加油的气度。

这，就是团结、友善、共赢的少年风采。

（作于2015年4月9日，初二第二学期）

最美的那几年

对于我们来说，一个人的记忆是一座城。时间，改变着城里的一切。城里的木板桥，沿街的青石子，都随时间的改变忽远忽近。还好，有时记忆忽然浮出水面，那最美的几年也没有消失不见。

我隐隐记得三年级那次调座位，你成了我的前桌，将你我的距离拉近。在此之前，我与你并没有过多的交情，只是泛泛之交，何以摩擦出如今的姐妹情深？也许，答案就隐藏在那几年中。

"可以借我支笔吗？"你转过头来对我低声说。大课间时，我正深陷刚刚到手的《狼王梦》中如醉如痴，不耐烦地应了一声，随手扔给你一支自动铅笔。大概是因为沈石溪的笔触情感太过细腻，吸引着我的眼球，我并没有听到你那一声似有似无的"谢谢"。放学时我走得匆忙，忘了我的笔在你手中，倒也没在意。

第二天，暖阳染红窗棂，又是大课间，窗外楼下的喧闹吵嚷声似乎与我俩在教室里看书的意境很不相符。"呃……忘记还你了，不好意思。"你又转过身来，手中是我的笔。我读书的兴致再次被破坏打断，心中很是恼火，可是为了表示友好，我压住心中的怒气接了过来，说了声"嗯"。

我注意到在你手中同样拿着一本沈石溪的动物小说，随口问了句："你也看他的书吗？以后我们可以多交流。"你腼腆地一笑，点了点头便转了过去。我开始注意你这个小女生，长发、扎马尾、耳边发角整理得很清爽，与我有相同的爱好。于是，你我的话便多了。

自那以后，我们之间的关系发生了微妙的变化。我发现你恬静的外表下竟隐藏着一个完全不同的你。甚至真的与我有几分像！当我得知你也爱吃土豆丝、爱看动物小说、喜欢杨红樱、喜欢写字绘画时，我觉得"你就是这天地间的另一个我"。

一学期的时间飞逝，当你我拿着并列第一的试卷儿站在讲台上读作文时，我们都感受到了台下灼灼目光的羡慕——不只是因为耀眼的成绩，还有你我如此这般推不倒、打不翻的友情。

也不知是时光老人的脚步太快，还是我们行走得太慢，我们终于迈进了六年级的教室。那个时候的我们，把小升初作为一件很重大的事情，毕竟那次考试便要终结小学六年时光，谁提起来都会有那么一点伤感和愁闷。

在那紧紧紧张张的一年时间里，伴着鸟儿的鸣叫，和着风的呻吟，校园里常见到这一幕——两个人笑着走着。时而在苦背概念公式，时而在思考诗句辞藻，时而又在单词辞海中度过。已经略显暮色的校园将我们的影子雕刻在操场上。我那时就在想，不论之后有怎样的青春苦痛，未来是如何沧海桑田，至少在此时，你我是简单快乐的。

春末夏初的兰州，泛着她特别的慵懒味道，翻起的书页和在纸上写的习题都像是旋风，吹过之后便又平静入心底。考完试的那天，抬头望见的，是有几片云的天空。你我都如愿同进了树人校园，只是你在三班，我在六班。三班在走廊的那一头，六班在走廊的这 头，不过二十米，可为什么我觉得还是好远好远？

现在，十个月后，又面临中考。

在成堆的作业和资料中，我们喘不过气来。很少见，很少交谈，很少并肩走。我不禁从心底发出一声感叹：原来，最美的几年，都已经过去那么久了。

我孤身来到大街前，夏天里花儿都垂着头没有精神。虽偶尔有几次清风拂面，没有你伴我在风中嬉闹，也是无谓的清凉。

稍纵即逝的日子啊，拜托你留住那几年吧！可我又何尝不知，往日时光如烟缥缈，再美的故事，也只能在记忆的 CD 中播放啊！

（作于 2015 年 9 月 10 日，初三第一学期）

这条路我们并肩走

如果时光老人的记性还好，如果我们走得还不算匆忙，这是第八年了。一起走过的八年并不容易啊！如今细数曾珍藏的感动，才发现这并肩走过的路上，留下了那么多故事。

我们的初识是在小学的校园里。

那是〇七年的初秋，我远远看见梨树下穿着白纱裙的你——微笑着的嘴角上扬，眼睛眯成了一条缝，似乎在感悟秋天的味道。你与我同在一所小学求学，本就是一种缘分，而我听说有些缘分只是短短一程，或是同行一段，或是同赏一处风景。而你我的缘分恰恰延续下来——我们同班。

刚开始也没什么交流，直到我们成了前后桌的那一学期，属于我们的一条路出现了。我记得，那些日子班里很流行写交换日记，我们俩也不例外。当时我们无话不说、无奇不谈、无乐不呈。日记伴我们走过的路上，有惊、有险、有乐、有悲、有怒、有和……在我记忆最深处烙下的印记，是那篇吵架的日记。正因平时从不吵架，偶尔一次才会感到撕心裂肺。我甚至以为我们的姐妹情会到此为止。在你的眼里，我从来都是需要保护的小妹，而你一直是我的保护伞，是我永远的后盾。我愤怒执笔写下长达十页的日记，第二天怒气冲冲拿到你面前时，你呆住了，你看到了我眼里滚烫的泪水在打转。

后来你告诉我，那次日记你看完后哭了很久，眼睛肿了一圈，你写了好长好长的日记，可最终还是没拿给我看。这件事终是在时间的长河中不了了之，与多年情深相比，偶尔一次的争执就显得微不足道了。

一段时间后，发生了好多事，有时我俩靠在一起看看天，就好像所有的难题一下子不攻自破，所有的烦恼都烟消云散。我就想啊，有你陪伴的日子真好！

曾经与你并肩走的路上，发生过怎样的故事。遇到不开心的事儿和不喜欢的人，不顾形象地吐槽；遇到难以化解的愁绪朝天大声地喊叫；遇到高兴欢心的事儿拉着手大笑，引来多少路人侧目；遇到激动的比赛，我班若赢，边走边笑，我班若输，边走边哭……

现在我们又在一所中学读书，多么幸运！我说不出什么矫情措辞，我只想说，和你在一起的日子，和你走过的路上，和你搞怪的时光里，我从未羡慕过他人的友情。

这条路我们并肩走，我们徐徐前行，不辜负路边的风景。八年若不够，十八年、二十八……如何？

（作于 2016 年 4 月 1 日，初三第二学期）

一张张老照片

翻开那本旧相册，便"听"到相片上的我笑声朗朗。泛黄的夹页上留下了岁月的痕迹，轻弹尘埃，思绪跟随白驹过隙的光阴回到八年前。

我小时候，模糊地记得爸爸酷爱摄影，尤其是为我留些美好的瞬间。这本相册是我整个童年时期的真实写照，也是我一生珍贵的礼物与回忆。

第一张——

这个手里抱着洋娃娃，张开嘴哈哈笑，头发还没长几根的小姑娘是谁呀？那真的是我！我那时可真胖呀，这是在广武门的光辉布料市场门前照的，姥姥拉着我的手，银发随风挡不住满脸的笑容，我不禁有些伤感。八年前，姥姥的身体那么康健，笑声朗朗，那时她教我做很多事，例如一些小针线活儿。可是现在，姥姥病魔缠身，卧床不起，走路都需要扶。唉，岁月催人老！痛，心痛！

第二张——

这大概是上小学的第一天吧。那天，我去学校很早，揣着一颗激动的心，在操场上蹦跳乱跑。妈妈在旁边捕捉到了我起跑的一瞬，双脚离地，表情滑稽，像个张牙舞爪的小狼。再看看校园，一切似乎都历历在目，仿佛我从未离开过水车园小学的怀抱。梨树还在，回忆却丢了。"水小"，你现在装扮华丽，设施一应俱全，听说不久还要扩建。可为什么我总觉得不会胜于从前呢？

第三张——

是我上三年级时一次演出，爸爸妈妈在舞台下照的，我是领舞，笑容灿烂、满面光彩，一身红色服装显得很可爱。我现在还留着那套服装呢！可惜啊！上初中后，面临学习的压力，我就不跳舞了。我真想回到那个从前在舞台上闪闪发光的我，回到那个自信的我。

第四张——

这又是何时何地？我已然记不清了。我还真忘了我哪来这套白色长裙，忘了头上的"皇冠"是什么时候买的，忘了自己打扮成这番淑女模样是要去干什么，顿时我的心中有些低落，这片记忆的碎片我竟拼凑不起来，甚至毫无印象。

第五张……第六张……第七张……第八张……

最后一张！我永远也忘不了——那是我水车园小学的毕业照，童年就在那张照片中结束了。我记得，我们几个好伙伴逗乐说，以后再也过不了儿童节了！

一张张老照片，封存的是不被岁月带走的温情，是不因时光流逝而褪色的回忆。不知道何时会被再次翻阅，那时涌上心头的又会是何种滋味呢？

（作于 2016 年 5 月 6 日，初三第二学期）

日韩邮轮日记

2016 年 7 月 20 日　周三　天气　晴

今天，妈妈带着我、火火阿姨带着她的女儿，在上海的港口登上了"歌诗达赛琳娜号"——一艘意大利邮轮。这是一个巨大的邮轮，停靠在海港边，像是一个庞大的建筑物。全船采用古罗马风格装修，富丽恢宏的内饰设计和精致细节，完美地还原了古罗马神话传说，为乘客打造了充满欧式浪漫氛围和深厚文化渊源的"海上古罗马"之城。置身这座漂浮于海上的梦幻宫殿，邮轮的每一隅如同是对古罗马文明及欧式艺术的礼赞。

刚上船，便见各种肤色、打着领结、身着西装的服务生。说实在的，他们衣着真的十分标致，时时微笑、频频点头，言行举止非常高雅、有礼数，让乘客能感受到舒服。这让我想起国内某些饭店里经常拉着脸、皱着眉、毫无耐心的服务生，一对比，我理解了国外公共场所各种用中文写的提醒语、警告栏为谁而作！邮轮上，图书馆、电影院、KTV、游泳池、购物中心、运动场……星级酒店的设施一应俱全，游客各取所需，玩乐自便。

邮轮共十四层，我们登舱后被送到二层。我见到前面排着长队，便探头去看。原来，船上为每位乘客提供上传拍照服务，这倒是挺新鲜的。我的心情由舒畅转惊喜、由惊喜变期待。与船长合影后，乘直梯通达九楼自助餐厅。餐厅设计和环境氛围让我感到自己进入了一个高雅的殿堂，这个画面似乎只在电视上看到过，我一阵兴奋和激动。古典雅致的北欧风格，看似交错实则整齐的陈设配备，异彩纷呈的各种灯饰，我感到了富丽堂皇。在餐厅后边还有双层泳池相衬，蓝色池水波光粼粼。透明洁净的船窗外，闪现着大海的蔚蓝和宽广。邮轮缓缓启动，留一道长痕浪花在海的中央。在这环境下用餐，真是美极了！

我不禁感叹，如此旅途，一艘巨轮，一阵海风，一缕阳光，真好！

（作于初三暑假）

2016 年 7 月 21 日　周四　天气　晴

　　不知是否因为换了休息的房间，还是心里惦记着要看日出，凌晨四点，我便醒了。打开舱内的望海窗，我眯着眼，阳光未明，只有初升前的影，如一条平线，如金带横卧。呀，我长这么大，还是第一次在海上看日出。在海的最边上，一线金黄色的曦光渐渐显露，无法形容的美，那样祥和，那样安静。似乎是从海里钻出来的一道靓丽的风景。渐渐的，黄中带红的太阳像娃娃脸一般，缓缓地探出米，遮遮掩掩的，羞羞答答的，一会儿又悄悄地、偷偷地躲进了云层里。看得我入了迷，一点儿睡意也没有。直到那个金色的"大圆盘"站立在海平面上。我催妈妈赶快出舱，一定要与宽广的大海和清晰的日出同框留影。

　　今天海上的天气也真好，蓝蓝的天空和蓝色的大海连成一个整体，亲自感受了"海到无边天做岸"的盛景啊！似乎没有天与地的界限，似乎我们在太空中翱翔。空气也不燥不热，在海风的吹拂下，还有些许凉爽和湿润。我看了邮轮《每日日报》上的活动安排，大都是来自意大利娱乐团队组织主办的活动。正是在这天，对我这个爱好文艺的人来说，过足了瘾。我第一次身

临其境地感受了异国的文艺风采，来自他们的热情，让整个旅程都燃烧起了激情，灯光下的舞蹈、白色钢琴旁的丽人歌唱、跌宕起伏的音乐韵律……突然间，我明白了艺术的真谛是用来陶冶人心境的，我也感受到了意大利的风情和艺术名不虚传，在这里，什么是艺术，体现得淋漓尽致……

（作于初三暑假）

2016 年 7 月 23 日　周六　天气　晴

昨天，邮轮靠岸登上韩国的济州岛，主要是游览购物中心，到处是中国人，物品物种似乎国内都有，也没有什么值得记述的。今天，从早起训练营开始，各种文化娱乐活动不断，下午离舱前往日本鹿儿岛。从小就知道日本侵略过我们国家的历史，从骨子里讨厌日本人。但也听说过，日本是个文化素养很不错的国家，那就出舱登岛感受一下吧。登岛后，第一感受是，如果不开口说话，绝对分不清谁是中国人、谁是日本人。第二感受是，各方面秩序井然有序，街面干干净净，人来人往有条不紊。过马路时，发现每个马路口都有指挥交通的人，并且大多都是六十多岁的爷爷，可能日本老龄化比较严重吧，六十多岁还在工作啊。以后我们中国是不是也会出现这个情况呢？第三感受是，在很多场合，都能看到日本人对别人恭恭敬敬的。晚上从购物商场出来，不到八点，路上行人以及行车都甚少。有一个老妈妈准备过马路，与我并肩站着。她带着微笑和我打招呼，我也微笑着向她点点头，她竟然给我鞠了一躬，我一惊，我连忙走上前扶她一起过马路，通过马路后，她和我非常客气地道别。这种恭敬的表现形式在国内很少能见到。这也从另一侧面也反映出这个民族良好的素质。至于，对人这么恭敬有礼数的日本人，为什么还要侵略别的国家、杀害无辜的群众？我想，那只怕是日本军国主义少数人的丑恶吧！普通的日本人还是比较友善的吧？不论这种恭敬，是一种表面形式，还是一种发自内心的谦和。

明天要返程回上海，晚安。

（作于初三暑假）

爸爸评语：这三篇日记很好，没有泛泛地赘述整个日韩行程，而是每篇都善于提炼一个主题。

爱和美的素描

餐桌旁的一家子

温暖、欢乐、和睦……一切温馨的词语似乎都可以形容这和谐的场面——餐桌旁的一家子。

又是周末了，我心里别提有多开心了，因为我们一大家子又可以聚在一起吃姥爷做的大餐、聊天谈笑了！

下午一放学，我就飞快地跑出教室，爸爸开车已经在巷口等候了。嘿！今天还真是一路顺畅，连一分钟也没堵车。我这心里呀，喜滋滋乐呵呵的。因为爸爸亲自来接我了。

今天姥爷会做什么好吃的呢？肯定有我爱吃的日式鲈鱼和土豆片儿吧，我想着，不禁咽了几口口水，笑容不由得洋溢在脸上。

终于到家了，楼道里一股股菜的浓香味扑鼻而来，我敲开门，便立即感觉到喜气洋洋的气氛。随后，我一看餐桌上果然有鲈鱼！

"笑笑，赶紧来，到这儿来坐，姥爷都想你了。"姥爷见到我很开心，连忙招呼我过去坐。

我扔下书包跑了过去，拿起筷子就夹起一大块儿肥美的鱼肉放进嘴里："哇，真不愧是姥爷做的鱼，那叫一个香呀！"我开心地说着，惹得姥爷笑得合不拢嘴，高兴地抓起酒杯就干了一杯。

爸爸说："你就知道自己吃，也不给姥爷夹一块呀？"我调皮地夹起一块儿喂进姥爷嘴里，说："姥爷做这么好吃的鱼，不就是为了给我吃吗？就算我一个人吃完了姥爷也高兴。姥爷最疼我了，对吧？"

妈妈笑了："你呀，越来越调皮了。"

我眨了眨眼，开始埋头吃饭。面对这样美味的菜，我好像一匹饿狼，疯狂地吞咽着，还竖起大拇指，像个男娃娃，一个劲儿地点头。

爸爸说："姑娘吃饭要有个吃饭的样儿！不要狼吞虎咽的。"我不屑一顾，反正是在家里，又不是在宴会上。

姥姥看着我这副可笑的样子，开心地说："慢点吃，小心别噎着了，没人跟你抢。"我的嘴顾不上说话，只好点点头。

就这样，在谈笑声中，桌上的几盘"大将"已被我们杀得干干净净，我的肚子也被撑得圆溜溜的，看起来真可笑。

这时，我提出要玩游戏，爸爸说还是讲讲历史故事好，妈妈也赞成。姥爷拍了拍胸脯，说："这我拿手，要不来讲讲毛泽东小时候的事吧！"我兴奋极了，拍手叫好。姥爷便开始从毛主席的出生讲起，餐桌周围从刚才的谈笑立刻变得安静，我也听得津津有味，似乎着了迷……

那天，我只记得姥爷讲了很久，我们很晚才睡觉。睡前，我还回味着我们一家子在餐桌旁的快乐情景，嘴角溢出一丝笑意，甜甜地睡着了。

是啊，我们这餐桌旁的一大家子，总这样幸福甜蜜。

（作于 2013 年 11 月 25 日，初一第一学期）

老师点评：中心明确，通过一家子一起吃饭的场景表现出一家人和睦、和谐的一面，体现了爱的主题；选材精当，这样的事在每个人的生活中都有，你写得如此生动，不错；场景描写中凸显人物形象，如"我"的可爱、调皮，姥姥的和善等。

我在变

时光荏苒,它在流逝;树木葱茏,它在生长;斗转星移,它在穿梭;我长大了,我在变。

俄国著名作家列夫·托尔斯泰曾经说过:"所谓人生,是一刻也不停地变化着的。就是肉体生命的衰弱和灵魂生命的强大、扩大。"

从前,当我还是小孩子的时候,只知道接受别人的关心、呵护,不懂得关心他人,总以自我为中心。就拿生活中最普通的事来说吧,十一岁时我的嘴皮干裂得很严重,爸妈非常疼我,日夜为我操劳,又是给我找医生,又是天天盯着我喝水吃维生素。我因习惯了父母从小娇生惯养的生活,对此不屑一顾,似乎一切都是应该的,直到那一次我才真正地彻底地改变了……

那天下午,我放学回到家,看见水壶的水沸腾了,顺着壶盖边流了出来。我没太在意,心想妈妈会收拾,便回到房间关上门写作业。妈妈听见我进了家门,便踏着急促的脚步端着一杯水,拿进我的房间,带着疲倦的一句说:"宝贝儿先喝杯水。"我像往常一样,头也不抬地应了一声:"嗯,先放桌子上吧。"语气明显带着不耐烦。妈妈把水杯轻轻放在桌上,我似乎听到她心底的一声叹息……但仍无动于衷。到了吃晚饭的时候,妈妈轻轻推开我的房门,在身后拍了拍我的肩膀,正想说什么却被我一句话又噎了回去:"哎呀,吓死人了,你烦不烦!我自己又不是不知道吃饭,别老打扰我!"妈妈愣住了,目光渐渐暗淡,似乎蒙上了一层薄雾。

望着妈妈转身离去的背影,我忽然发现妈妈似乎老了,她的头发不再那么乌黑浓密,有些暗淡,还夹着许多银丝,她的身体好像十分疲累,不再那么挺直,竟然微微有些前倾。一时间,我的心仿佛被什么扎了一下,突然收紧了,鼻子有些发酸,心头莫名难受了起来……我不知说什么好,默默地来到饭桌前,妈妈笑了笑,默声给我夹着菜,好像什么也没发生过。这时我才发现妈妈的手指让沸腾的开水烫着了,红肿的食指在微颤,我猛地想起茶几上的水壶和那冒着的热气,顿时,泪水涌来出来,迸溅到我心底最柔软的地方。

我伏在妈妈怀中抽泣起来,一个劲儿地说:"对不起,对不起……"妈妈笑着拍着我,说:"不哭了,快吃饭!是妈妈不小心,没什么的。知道你学习压力大,不会怪你……"听着妈妈的话,我似乎有些理解了妈妈对我的爱是多么深刻，想着不懂事的自己，总对妈妈大呼小叫，她却从来没有狠狠骂过我，我真的好幸福。从那以后，我似乎一下子长大了，看到妈妈干活干累了，我会主动搭把手，看到爸爸写材料写累了，我就给他沏杯茶、捏捏头、捶捶肩……慢慢地，我学会了设身处地考虑他人的感受，学会善待他人……

　　我在变化中长大，在成长中变化。我渐渐变得成熟、懂事，变得学会去爱，学会珍惜被爱。

（作于 2014 年 3 月 18 日，初一第二学期）

爸爸评语："变"的主题表述非常突出，你将会变得更加完美！

寂静森林

　　"像是进入错乱的时空，柔软被披上金属的外套。胸口的优雅、撕扯、模糊。告诉我，铁链外的天空就是灰色吗？告诉我，风吹来的声响，就是嘶喊了？告诉我，这土壤的味道都是血腥吗？听我说，风吹来的声响，是人类狰狞的咆哮；听我说，这天空已因人类的杀戮和贪欲变得不再湛蓝；听我说，这森林和土壤已经在猎人的枪口下失去了生机。"

　　假期，我听了这首名叫《寂静森林》的歌，是作者在越南河内黑熊救护中心获得了创作灵感而写的。听到第一句，我就被深深地触动了。人类是地球上最强大的生物，然而欲望、金钱致使越来越多的生命从我们身边消失。当世界只剩下一片寂静，我们还能拥有什么？世界上有八种熊受人类猎杀的威胁，其中七种是用来提取胆汁做药。我们不能明白在那小得无法翻身的铁笼里，黑熊们忍受着怎样残酷的折磨；我们不知道多少黑熊在引流手术感染和饲养过程中得病而死；我们也不了解它们自小被关，有的一关就是十几年，而它们的寿命，也最多能维持本来应有寿命的三分之一。看到这些数据，我的心被揪了一下。同样是大自然的生命，为何命运如此不公？让它们承受任人宰割的痛苦，体验常人无法理解的煎熬。面对人类冷漠的面孔和闪着无限贪欲的眼光，黑熊，你炯炯刺人的双眸呢？你仰天长啸时的豪迈呢？你悲愤时在铁笼上留下的刻痕呢？墙上的爪印呢？哦，这不能怪你，我忘了，一切都是那些狰狞的幽灵——人类所造成的。你高大魁梧的身躯，却经不住那针管的刺痛，你厚厚的大掌，无力对人类的作为做任何反抗。

人类啊，你还不觉悟吗？你想看到一片静寂的、毫无生机的森林吗？你想听到一只黑色的身影死亡倒地时沉重的闷响吗？听到了吗，那灵魂被抛弃的地方，一切都如此寂静，而你，看到的也一样吗？听我说，昨天温热的喘息，他们不见了；听我说，阳光正好的清晨，他们却睡着了；听我说，午夜狰狞的幽灵都无处躲藏了……只留下一片，寂静，你的森林。

落叶被埋入土地。

（作于 2014 年 4 月 10 日，初一第二学期）

老师点评：文笔犀利，声声控诉着人类的残酷，尤其写到人对熊的虐待，更让人难以理解。利益，就是因为利益，大量动物被捕杀，其结果是什么呢？寂静，森林静了，人类也静了，最终人将会自食其果，人应该警醒了。

让音乐走进心灵

在一个安静的午后，想象着微风拂面，你走在山林里的情景，眼前的溪水似乎流到了你的心里，远处的一石桥，桥后有入心的琴音。一曲高山流水入耳，最绝尘世繁杂，心中已然是一片净土。

我爱中国风音乐，它能让我感受到古韵之气，仿佛将我带进了那个古色古香的年代，细细品味其中韵味无穷的歌词，觉得自己也像个诗人一般。

"风清隐旧窗，浅色画亭廊"的恬淡安逸让我憧憬；"不闻鸟鸣声声，荷香倚岸旁"最惬意、最舒适；"我扶着往事走，清风却不回头"令我沉醉其中……

是啊，每一句音乐背后都隐藏着一个不为人知的故事，或悲伤，或欢畅，或迷离，或哀凉。若你能让音乐走进心灵，就会有一种奇异的感受，似乎音乐跳动着的旋律正和着你心中的节拍，跟着你的情愫在悦动、在蔓延。

对于我来说，音乐是一项特别的爱好。我性喜安静，不喜嘈杂凌乱。或许亦是因为这一点，入我耳的音乐都纯净无比。除轻音乐以外，我也觉得音调纯净的山歌是一种享受。丝竹声声慢，入耳即入心。走在林间小道，抛开一切杂乱和躁动，播放让人安静的音乐和毫无杂乱的山歌，伴着阳光，走过木桥，闻见花香，那真的是最天然的一种享受。

当你感到疲倦不堪时，一首《和兰花在一起》的纯音乐会使你心中所有的倦意烟消云散；当你感到生命的活力与生机使你敬重时，一首《寂静森林》

诠释了你心中所念所想；当你独自一人散步田间，一首《归园田居》更能让你体验到乡下农村生活的怡然自在；当你心中无所依，当你哀伤低落，《摆渡》的旋律跃进你的耳朵，似乎正如它的名字，一切愁云都被摆渡开来，随波漾去。

或身临其境，或聆听音乐，在深山巨谷之中，歌唱者放开紧绷的猴头，将胸中一切忧愁、烦闷一吐为快。"山歌好比春江水哎，不怕滩险湾又多……"音调和韵味滋润着你的心田，似乎开启了你的心智，山歌会成为你的伴侣，成为你最好的倾诉对象。

我爱音乐，让音乐走进我的心灵，还浮躁的心一份淡然、一片宁静。

（作于 2014 年 6 月 10 日，初一第二学期）

考场上

安静的教室里只听得见写字的声音和沉重的呼吸声。笔触试卷发出的沙沙声正如窗外的落叶簌簌作响。没错，考试刚开始不久。第二场考语文，书写量较大，每位同学都奋笔疾书，马不停蹄。

选择题我做得很轻松，顿时信心满满，心想：这次的题好简单呀，我一定能考个好成绩。

但是考试总不会让你一帆风顺，毫无阻挡地顺着下笔。"名著导读"的第二小题我就卡住了，不由得一惊，呀，昨晚刚好没复习名著导读，怎么办呢？这一空就 2 分，一定不能丢。

我急得又是咬笔头又是抓耳挠腮，过了片刻，我对自己说：静下来，慢慢想，这本书我是读过的。突然，我的脑子里闪现出了书中的场景，对，没错，正是朱赫来影响了保尔走向革命的道路，豁然开朗！

我平心静气地往下做，可没做几道又在阅读上卡住了。我环顾四周，好多同学都皱着眉头、一副愁眉苦脸的样子，想必也是没读懂文章，有的轻叹、有的转笔、有的望向窗外，做思考状……

我看完题干后，将问题带入文章再次阅读，稍微琢磨片刻便想出了答案。

我看看时间还很充足，心里渐渐坦然下来。

第二篇文章是说明文，这可是最近训练最多的了，我不禁有点儿小开心，竟然没有一道难住我。只剩作文时，我看了看表才十点半，这次答得够快。我又将之前写的答案仔细检查了一遍，这才开始安心写作文。

在考场上写作文，我想到爸爸一直告诉我的，作文一定要先审题，抓住核心和主题，剩下的就简单了，只要把平时积累的素材布局好就行了。同时要注意做好作文的首尾呼应和观点的提炼总结。这次考试的作文题，我也胸有成竹，经过审题和思索，以回忆我小学的情景为主题，提笔开写，文思如泉涌，结尾时，我竟激动得热泪盈眶。

随着一声铃响，收卷了。

考试，是学习过程中随时会进行的，有人感叹，有人欣喜，有的若无其事。考试，一场又一场考试，只要用心、只要平静，考场上你就会胜利，让我们整装待发，准备迎接一场又一场考试吧。

（作于 2014 年 12 月 12 日，初二第一学期）

那一段宁静的时光

小院独坐，阳光正好，晴天碧透，微风徐来，手捧一本略带墨香的书，在这片静好中，做个安静的读者。

我喜欢阅读的时光，我喜欢从书中读到自然，读到广博的新鲜事物，读到古今中外的精彩。

每个周末的午后，这段宁静的时光都会到来。走进书屋，沉醉于淡雅清新的墨香，踏进书海，沐浴智慧的灵睿；徜徉书行，体悟着从古至今的历史更迭；翻动书页，思考着人生的理想……

在那段宁静的时光里，空气不那么躁动，心情不那么复杂。我看到了古罗马的兴衰血泪史，我感知着儒家文化的"仁、礼"，我欣赏到李白的清高，我也见证了曹文轩笔下"桑桑"的成长。

在那段宁静的时光里，我体味人生百态，我了解到"人生自古谁无死？留取丹心照汗青"的豪迈；陶醉于"正如我轻轻的来"的真情；我感受到了"仍怜故乡水，万里赴行舟"的失落留恋……是啊，每每在这段时光里，我都认为自己是最幸福的。我仿佛置身于书之天堂，人之仙境啊。

在那段宁静的时光里，我总能调整好自己的心态。当我徘徊在某个"十字路口"时，"山重水复疑无路，柳暗花明又一村"使我顿悟，当我觉得自己并不出众时："天生我材必有用，千金散尽还复来"让我信心倍增；当我失败的时候，"失败乃成功之母"是我最好的动力……

我感谢每周末的午后，那段美好的时光，那段宁静的时光，让我收获颇丰的时光。正是这段时光告诉我，阅读的最大理由，就是想摆脱无知。也正是这段时光让我明白这样一句话：把生活比作创作的意境，阅读就像阳光。

一直以来，我都很喜欢无意间从书中看到的这句话，并且现在能深刻地理解它：你想要的，宁静的时光都会给你。

（作于 2014 年 12 月 19 日，初二第一学期）

总有属于我的季节

我还在行走着，但有目标地行走着。不曾在任何一个地方扎根下来，在路上的时候，如果你看见一个人，在认真寻找属于自己原来的春天，那可能就是我。

——题记

"风雨呼啸过后，遗留了芳香的传奇。"

我有时不是一个特别有上进心的人，四季轮回，岁月更替，对我来说只是时间老人向前的步伐罢了，最终我的心还待在原来的季节。

还记得那是个阴雨连绵的一天。乌云毫无预告地出现在天空，瞬间笼罩了大地，黑压压一片。我在家中听到雨声，心情却显得有些舒畅，我从小就喜欢雨。它下落的声音一滴一滴似乎都落在我心底。我愿意张大嘴巴，吸一口新鲜的空气，整个人都神清气爽。我迅速穿好衣服，伞没拿就下了楼，一路小跑进了亭子。

已是深秋，亭子旁的树上只剩下几片叶子。在狂风暴雨中，我看到一片叶子，竟不畏惧这场风雨，始终昂扬地抬着头，似乎在与天公搏击，虽然它看起来是那么的弱小无力。

我冷笑："你这么脆弱，是熬不过这场大雨的，更等不到你的春天，不要坚持了。"

"不，我一定可以坚持下来。我有我的梦想，即使我看起来脆弱，但是只要坚定信念，就一定能等到属于我的春天。"它继续在风雨中坚持，不肯折服。

我怔住了，无言以对，隐隐地觉得惭愧。作为一片逃脱不了风雨魔掌的树叶，都有如此伟大的梦想，我有什么理由不去寻找属于我的季节呢？

风还在肆虐，雨仍下个不停。看到依然不落地的那些树叶，伴着心中恣意的豪迈情怀，我大步向前走去。是的，我要改变，如同那片树叶，无论多么艰难也决不放弃争取迎接春天的权利。我终究明白：风雨过后便是一片晴空！我们每个人都应该演绎出自己的精彩，有一个属于自己的季节，不是吗？

（作于 2014 年 12 月 24 日，初二第一学期）

点点滴滴都是爱

如果你在回家路上，突然下起大雨，那个送伞的人是最爱你的人；如果你在奔跑时摔倒，那个心里扎疼并跑来扶起你的人，是最爱你的人；如果你在困难中迷惘，那个用温柔眼神给你力量的人，是最爱你的人……我想，在我生命中给予我最多温暖和关怀的人，就是她了吧——我的妈妈。

我说不出自己对妈妈的情感，只记得那天的事儿让我泪流满面。

"宝贝，来吃饭了，下午要去看中医呢，别耽误了。"妈妈的话总是那么轻柔，而我却感到十分厌烦。我脾胃从小就不好，嘴唇干裂的毛病好几年也治不好，吃了不少中药，每次喝中药我都鼓着好大的勇气才咽下肚里。这几个月好不容易停了药还没高兴几天，竟然又要去看中医，我真是气儿不打一处来。

"哎呀，看什么看，又好不了！你怀我时'胎毒重'，现在调了这么久，都没见好，我看以后也用不着了！"我冲妈妈吼道，我自己也吓了一大跳，天哪，以前乖巧的我去了哪里呢，我怎么能……妈妈愣了一愣，张嘴似乎想说什么，但看到我充满怒火的眼神，竟什么也没说，只是默默转身离开，走

出我的房间，轻轻关上门。

我心里的气渐渐平息，随之而来的是无限的愧疚。爸爸离开我们到外地工作，经常电话说："要听妈妈的话，不要和妈妈赌气，学习之余干点家务活儿，学习要能够入脑，尽力就行。"这虽然是不知重复了多少遍的话，着实令人心烦，但想想看，我竟然没有做好，顿时我的双眸一片朦胧……我不仅辜负了爸爸的教导，也顶撞了妈妈。我回想着妈妈对我做的点点滴滴，天寒地冻时，解下围巾给我围上，急急忙忙穿着拖鞋跑下楼把水杯递给我；她参加完家长会总是要认真做总结，回来之后给我讲学习方法，坚持亲自熬中药，说是药店熬的药性不够，药效不好……

这一点一滴，全是浓浓的爱呀！而我没有给予她任何爱的回报。尽管我深深地明白：无论我身处何境，转身回眸，妈妈永远在我身后。

妈妈，我爱你！这三个字真是太过普通，但是，此时我只想说："我爱你，你对我点点滴滴的爱，护我整片晴空，给我整个世界。"

（作于 2014 年 12 月 28 日，初二第一学期）

因为有你

在我的印象中，你总是忙碌的。从早到晚，似乎没有片刻停歇。每当清晨睡意蒙眬时，我极不情愿地揉开惺忪的睡眼，总能看到从门缝中透进的一丝微光——哦，那是妈妈起床为我开始准备早饭了。每当深夜黄卷对青灯时，苦苦挣扎在书海中的我，总能听到"吱"的一声门的轻响，不用回眸，一定是妈妈端来了水果或是牛奶。

有时候，当我学习轻松、生活愉悦时，我总想：一切都是因为有你，我的妈妈。然而，我们这个年龄与长辈之间的摩擦也越来越不可避免，这是不是就是听大人们说的"叛逆期"呢？

那是个周六的早晨，直到太阳高挂苍穹时，我才打着哈欠、伸着懒腰从床上爬起来，内心既烦躁又自责，这个周末作业本来就多得写不完，又要留出时间复习生物和地理，我要是七点半起来的话，现在不知早做完多少作业呢！这时间全白白浪费掉了，我内心一阵自责和烦躁……我沉着脸皱着眉走出房间，看到餐桌上早已摆好一碗面和几碟小菜，心中很不痛快，冲进厨房冲着妈妈吼道："你怎么又做面！不是告诉你我吃不下吗？"正哼着小曲儿的妈妈停下手中的活儿，脸上并没有显露出对我突然暴发的脾气有任何惊讶和不快，我想她一定是习惯了！她转过身来，把手搭在我的肩上，正想说些什么，我一下把她的手打开，鼻孔出着怒气，眼睛瞪得老大。妈妈非但没有生气，反而笑着说："看你生气的样子，多丑！"说完，便又忙自己的活儿去了。作为一个爱美的女生，被别人说丑可是很伤心又崩溃的。我的气儿不但没消，反而火冒三丈，但又不知道该说些什么，丢下一句"切！"愤而转身摔门冲进自己的房间。这又是我的一次"叛逆"！

我赌气地坐在书桌前，看着书本发呆，根本没有心情写作业。这样不知过了多久，房门开了，还是那熟悉的脚步，我心里突然自责和懊悔，不敢回头看她。

妈妈坐在床边，话语依旧轻柔："你看，你这样才是傻呢！时间不是又白白流走了？别跟自己较劲儿，也别总以自我为中心，不考虑别人的感受啊。妈妈是你最亲的人，可以忍着你、护着你，可是你将来是要步入社会的，别人没有义务顾及你、包容你，你要学会管理好自己的情绪！"听着这些话，我的眼泪在眼眶里打转，终于还是流了出来。妈妈拥我入怀，抚摸着我的头。

妈妈，谢谢你！因为有你，你包容我的"叛逆"，我才明白这世界没有人会忍受我的坏脾气，才懂得对人对事需要心平气和，管理好自己的脾气才能管理好一切。

（作于 2015 年 1 月 5 日，初二第一学期）

老师点评：文章条理清晰，文字流畅、感情真挚。

忆海拾贝

听，拍岸涛声，风来浪卷，在记忆的海边漾起阵阵思绪。来，打开回忆闸门，低眸垂眼，我对那个女孩涌出万千怀想。

——题记

我记忆中的那个女孩儿啊，个头不算太高，笑起来眯眯着眼，她的一句话、一个眼神都洋溢暖意。有时看她读书很安静，微风翻动着书页，掀起她微斜的刘海儿。

已经忘了是哪一次在哪里的偶遇，也记不清彼此的对话，只记得要做"一

辈子朋友"的拉钩约定。从那以后，我们发现彼此爱好相同、性格相容，自然成了姐妹似的朋友，无话不谈，无言不语，无乐不享，无苦不诉。

我想，这是能一直走下去的情谊，我充满期待。然而，时光老人的脚步来过，终究还是带走了点儿什么，我渐渐发现我们俩之间的话题越来越少，心与心之间的默契感越来越弱……我恐慌，毕竟，她是我心中太重要的人。我回忆起，在无数个阳光正好的清晨，她与我走在上学路上，一起吟诗对唱、互相应和，一起讨论唐诗宋词，经典徜徉，一起钻研道道难题，一起熟背单词句子、古诗文言。我回忆起，在多少个幽暗宁静的夜晚，我们仰望着没有流星的苍穹，许下宏大的心愿和共同的理想，一起谈笑古今中外，一起回忆校园美好往事，一起搭载一叶扁舟在无边的想象中摆渡；我回忆起，她是怎样把我当娇弱小妹时时关心、处处包容，而我若需要，自然希望第一个出现的是她。

然而，是不是一切变作回忆犹未可知，为什么彼此疏远犹未可知。她的生活愈发宁静，不似从前那般，而没有改变的我，似乎也跟不上她行走的节拍，何以如此呢？

我还想找一个有丝丝风儿吹过的日子，看她静静地走着，手中翻着书页。我叫她的名字，她一回头，刘海上扬，眉眼带着笑，露出那一颗可爱的牙齿。

忆海之中，我拾起从前与她岁月堆成的贝壳，可是却在大风大浪中丢掉了最开始的那个安静女孩。

一个温暖的午后，在逆着光的巷口，我勾勒出她的轮廓，她正轻轻问候，问我一辈子够不够。

（作于 2015 年 6 月 23 日，初二第二学期）

老师点评：习作以细腻的笔触回忆了"我"与朋友在一起的美好时光，表现了"我"对友情的珍视，行文流畅、语言生动，文中用多种修辞增强文章的感染力，朦胧中透露真情，是一篇不错的文章。

那厢风景

淡淡清香聚拢，独自漫步于山林花海，大自然的气息扑面而来。过一道幽径，便得一处花坛。我独爱这花坛中不起眼的小野花，她们都娇羞地耷拉着脑袋，紧挨在一起，像是一对对情侣悄悄地私语。她们没有丁香花的清雅，没有牡丹花的鲜艳，没有菊花的高洁，她们有的只是在风雨中的挺立——虽娇小、却傲然。风雨说来就来，虽然这在我林中散步时，发生已不是第一次，但是每次总能让我在这烟雨朦胧中，看到不同生命生机勃发的样子。这次让我又遇见了她们，真好！

雨打叶瓣，风吹花枝。即使在细雨中，她们也显得那么弱不禁风。我不禁伸手去护那一枝两枝，一朵两朵。但是我发现，她不需要。没错，就是她！那朵最小的，最美的，她毫不畏惧风雨的袭击，即使雨越下越大。我禁不住在雨中打颤、发抖，而这些娇弱的花朵，耷拉着的脑袋反而立起来了，垂下去的花瓣反而更加明艳了！她们像是在享受着这天地间给予她们的恩泽，而不是老天对她们的攻击。我的敬意油然而生，多么顽强的生命，多么蓬勃的精神。

在雨中，她们更美了，一两朵粉色的花儿绽放着笑脸，四五朵紫色的花儿像穿着高贵的晚礼服舞蹈，还有那一丛丛、一簇簇本黯然无光的野花经雨露的洗礼竟也有了一抹亮丽。老天好像诚心跟这些花儿开玩笑似的，骤然间雨停了，是想看看她们被打得零落飘散的样子吗？哈哈，你一定要失望了，风雨中她们更加坚韧了，更加美丽了呢！雨停了，朦胧烟雾笼着这片绿意盎然，山林花坛焕然一新，空气中萦绕着一股股泥土的味道和花儿的清香啊。原来她们的香气并不比丁香逊色，她们的微小的身躯、单纯的气味才是最富有自然气息的，是她们让我明白"渺小中孕育着强大"，也让我看到了什么是坚强。看着这些美丽的小野花，我感到空气中弥漫着雨后阳光的味道，伴着那厢风景，我踏上了归返之路。

那厢风景独好！

（作于 2015 年 9 月 6 日，初三第一学期）

生活给了我一支歌

我喜欢唱歌，我走到哪儿都能唱。无论是在喧嚣的城市巷口，还是安静的小溪流水处。无论是鸟语花香，还是热闹嘈杂，无论我欢欣舒畅，还是怅惘迷茫。

我喜欢用歌感悟生活。无论是风轻云淡，还是疾风骤雨，无论是陌上花开的乡村，还是光朔迷离的都市，无论是站在高峰之巅俯瞰城池，还是怀揣梦想虔诚地仰望苍穹。让生活流淌成歌，欢歌唱响生活。

走到大山深处，呼吸着乡下的气息。碧空如洗之下，我张开双臂，任风向我投怀，吹乱我的长发。我放开喉咙，迸发出一声震天的山歌，顿觉心内一片明澈，一扫污浊。

我在空旷的地方唱山歌往往是最放得开的时候。毕竟经常生活在城市，这样的机会少了许多。而且被繁忙的学习任务碾压，哪里有时间和功夫去找一片旷野、一条山谷放声歌唱呢？幸好生活残存的安逸给了我一支歌。

我喜欢听父辈时期的歌。仅仅读一读歌词，便能体会其中意蕴，诉说着那个时代的故事，赞颂着那时崇高的、朴实的人们，流露着一世人的情怀。

现代气息浓重的流行音乐虽有其可赞之处，却始终是浮在空中，从未尘埃落定，无论如何是与那些老歌不能相提并论的。你从它们流行的生命力比较，你就知道了。也许，动人的歌都来自生活吧！

生活给了我一支歌。好像是我们歌唱着时光，其实是生活讲述着我们的故事，沉淀出内心真实的自己。正如，"世界本是无光的，该点燃的是我们的心灯"。我想，生活本是无歌的，该唱响的是我们自己。

（作于 2015 年 10 月 9 日，初三第一学期）

共享一盏香茗

我们走过一段很长的路程，像在品一盏香茗。一路上，嘈杂与乱耳少不了的，但是还是会有令你见了就舒心的人陪着你走，还是会有引领你继续前行的某件事物在茶花落尽时，为你续上满杯的清香。

于我，那人未到，那物却早已来到我世界——一本本书籍。

我想，在阳光不太燥热、空气不太急促的午后，大概是最适合执一本不薄不厚的书，先闭眼，感受阳光的恩泽，然后呷一口杯中清茶，翻开一页、再翻开一页……有时默声、有时诵读、有时微笑……

我也曾望着天，想象过这样的场景：茂林修竹，清泉石上，风将竹影与清泉声融合，反衬出一片宁静来，其间琴声袅袅，此刻我独坐躺椅，享受心灵休憩之乐。时光静好，将手中丹青，雕刻成一首首长诗，与我共享一盏香茗。

现实将我从梦幻中拉了回来。

我何尝不知，在如今这个时代，哪里还有"亮躬耕陇亩"的影子呢？哪里还有东坡纵情于山水之间的情怀？哪里还会出现陶渊明笔下的世外桃源呢？

无人伴我漫幽林，无人与我享香茗，独独只有书。

"轻轻地，我走了，正如我轻轻地来……"让我感受诗人缓缓的情思；"生命像一条河，我们都是那个过河的人"让我明白生命之河左岸是忘记，右岸是铭记；"时光和月光一起在古乐中飞舞，老人的面容在我面前渐渐模糊起来，因为屋外的清泉已入我眼……"让我体会迟子建含蓄而又饱含深情的笔触。

与书共享一盏清茗，伴着心中仅剩的一丝宁静共舞。"静以修身，俭以养德"是古人言语，而我要说："静以修身，书以养德。"我在书中，与千古诗人吟歌对赋，以其歌为痴狂，以其诗为烂漫。

想想便知，手中香茗伴书，便是众里寻她永恒的甜蜜单曲。

（作于 2015 年 11 月 6 日，初三第一学期）

那个声音又响起

"长亭外，古道边，芳草碧连天，晚风拂柳笛声残，夕阳山外山……"谁曾依依不舍她脸庞？却闻一曲道感伤，案前听一声，笛声悠扬。当时留恋，如今不过寻常。

在那个夏季，绿意盎然的季节。花开的声音入耳，鸟儿的欢歌入心。本来美好的季节却有了悲伤，因为小学六年已经结束。那青葱岁月，是否已跟随时间的潮流消失不见。小学的最后一天，我们站在操场上，伴着并不暖人的微风，轻轻哼唱着《送别》。"天之涯，地之角，知交半零落。"这感伤的歌词一出，喷涌而出的便是积攒了六年的眼泪。这泪水是真情的流露，亦是融入了那些年所有的快乐和回忆，难道不是吗？辽远的歌声似乎穿过了心中的任何阻碍，涤荡在我内心最柔软的地方，多么令人陶醉！只是，那个声音在记忆深处，如今哼唱却已没了那时的愁绪，只认为它是一曲让人留恋的歌罢了。我只有将这歌声浅浅安放在记忆深处，不至于再次回想时，却完全找不到当时的那般美好。

三年之后，很多人或都已成为过眼的云过眼的烟。但今年的今天，就在这个时候，我依然能唱出年少的旋律，我仍然记得当初我将那一曲歌深深珍藏。有一种声音在记忆深处回荡，总能给人以思恋、安慰和清净。烦躁时，想想相处了六年的小学同学，我总会情不自禁地哼唱出那旋律，虽然仍有伤感，但是给我慰藉——我又找回了那份典藏的美好。不安时，翻翻老师同学留下的寄语，我又会不能自抑，泪湿眼眶，耳边响起的，不会是别的，还是送别的声音。

昨夜雨疏风骤，平添几多离愁。今日阳光明媚，却也不及长亭外的友人回眸，明日又将如何？总会有山外的夕阳做伴，总会有一种声音在记忆深处回响。"黄卷对青灯，又闻笛声安详；一曲悲明月，又至芳草碧连旁"。留下的，是那"念去去，千里烟波，暮霭沉沉楚天阔"的释然，不变的，是那烙印心头"才下眉头、却上心头"的淡淡清愁。但不论如何，唯愿那个声音今后依然会再响起！

（作于 2015 年 12 月 28 日，初三第一学期）

老家院落的变迁

今年寒假期间，爸爸画了几幅院落平面图给我看，详细地反映了老家院落的历史变迁过程。他指着每一幅平面图认真仔细地给我讲解老家历史上每个院落的情况，让我边听边记，把每个院落的基本组成要用文字描述出来，并告诉我，这是一件有意义的事情。我用了整整两天时间，在"修建"老家几十年的院落。

——题记

老家最早的祖院，是解放前家族的驻地，是个"大宅院"，爷爷就是在那个院子里出生的。土改后改建成了乡供销社。

老家的第一个院子是从祖院搬出来后修建的箍窑。是曾祖母带领爷爷就地取材修建的，经济条件所限，没有一砖一瓦。院子里主房是三间大的箍窑，后来在箍窑西侧建了两间西房，东侧建了两间厨房，再后来箍窑东侧相连的地方建了一个两间小房。这个院子与曾经的祖院只有一巷之隔，院子的大门是木栅栏编织的。爸爸印象最深的是那三间箍窑。进了那个箍窑，对面是一个木柜，右侧是一个通炕，炕沿和箍窑顶之间用一根木橼子顶着，炕上能睡三四个人。炕上铺的是一张破荐，荐上面是补了又补的褥子和床单，连毡都没有。炕的北头是一个放被子的土台，炕的南墙上是一个方方的小窗户。在炕沿正对的窑顶上，有一个支撑箍窑的三脚架，这个三脚架上有一个箩筐，箩筐里装的干馍片或干馒头，大部分是黑面做的，有少量是白面做的，也常常是空的。进入箍窑，左侧是一个窄窄的套间，放着杂物、农具和少量的粮食。

老家的第二个院子是借用同村顾家的院子。由于家里人口逐渐增加，爷爷弟兄四个简单地分了家。爷爷奶奶借用同街顾家的旧房子暂时居住，腾出时间为新建院落做准备。院子里杂乱无章。没有大门、没有完整的院墙。两年时间借住这里，爷爷奶奶非常卖力地劳动，重新在旧院（箍窑院）西侧相连的一块土地上平田整地，修建院落。

第三个院子是1982年新建的院落。这个院落结束了借房的历史，从这以后，爷爷奶奶和爸爸兄妹三人就一直在这里生活，在这个院子里一直居住到1988年。这个院子有两间主房，和主房相连的西边是两间厨房，厨房的西边是一个草栅棚和厕所、猪圈。主房的东边是一个窄窄的夹道，顺着夹道进去是牲口圈，当时家里有一头黑色的瞎驴，是当时非常得力的农业生产工具。夹道的东边是一个窄籀窑，前后隔开，靠前半部分是装杂物、农具，门朝南开；后半部分籀窑门朝西开，和驴圈相套，是装草料用。籀窑的正前方是一个洋芋窖。院子里靠南边有一个小菜园子。这个院子当时没有修建大门，是用干枯的树枝编织的栅栏门。爸爸的初中主要是在这里度过的。

　　第四个院子是在1982年修建的院落基础上全部翻新拓建的，至今爷爷奶奶仍然居住在这里，我和爸爸妈妈逢年过节和平常找机会都会去这里住。这个院落自1988年修建，用了两年多时间建成了主房、耳房、东厨房、大门、院墙和西厢房。主房建成后，爷爷奶奶就把曾祖母从旧院搬到这个新院子居住，直到2006年冬天曾祖母离开我们。这个院子大门、院墙和所有的房屋都是砖木结构建成，所有栋、梁、椽、檩、柱、门、窗都是松木构建，全部用清漆刷饰。院子外面是村里通向中学的一条巷道。院子南墙的东南角是大门，用青砖构件，松木大门扇。进了大门，院内最南边是一个花园，里面栽了几棵树。花园的东南角原来有一个低矮的家犬房。与花园相连的西南侧有一个蓄水池，作为家里的生活用水。进了院子，是水泥地面。院子的正北方是主房、耳房，院落的东西两侧是对应的东厨房和西厢房。主房是三间大的八檐上房，房屋起架高、纵深长，房屋前墙前面伸出约两米长，用八根实木柱子支撑，雕梁画栋、木雕修边，檐头青砖青瓦，两侧建有拱门，用彩色瓷砖贴饰。主房的墙全部是实木双夹层装修，夹层内装有棉絮，冬暖夏凉。进了主房，开阔大气，左侧一间是通炕，中间和右侧两间是客厅，有两个联柜、一个独头柜、一组高低柜、一组大衣柜和一张三人沙发、一个茶几。客厅地面是用当时最流行的花纹瓷地砖铺成。通炕上有一组两头装有立柜的凹形柜。与主房的东西两侧相连的是两个耳房，起架比主房低一些，地面铺红砖。东耳房两间大，最初是做厨房用，东厨房建成后东耳房就作储藏室用，主要放粮食和杂物，东耳房靠东侧还套了一个小房子，比较阴凉，适合存放农产品。在东耳房窗户正前方是原来留下来的一个洋芋窖。在洋芋窖的东侧是一个小房子，有门有窗户，当初修建时，主要考虑做洗澡房用，也一直没有用过，在农村不适用。西耳房也是两间大，左侧一间是通炕，门正对的一间是客厅，有一个独头柜、一组单人沙发和茶几。通炕上有一组一头装有立柜的炕柜。东厨房和西厢房都是三间大。东厨房内中间和右侧两间属于厨房操作间，有灶台、碗柜、菜缸、案板、水池；左侧一间是一个隔间，用木雕边框和玻璃隔开，这个隔间里一半是土炕，一半是地面，地上放有一个单人沙发和一个木质茶几。西厢房和东厨房正对，一样大小，进门右侧是通炕，主要是家里来客人住，中间和左侧两间属于客厅，当时放置着爷爷的一些照相设备和器材。与西厢房相连的南边后来建了一个两间大的商铺，朝里朝外都有门窗，一直没有当商铺用，做了煤炭房和杂物房。西厢房的后面是一个辅院。在西厢房和西耳房之间用红砖砌的拱形门把主院与辅院隔开。辅院里与西耳房相连的是一间农具房，农具房的西边是牲畜圈、厕所。牲畜圈后来得到改造，把沼气用管道接到厨房当燃料能源，厕所也建成了水冲式。农具房、牲畜圈、沼气池的前方是一片菜地，后来也种了不少果树。

随着家里的经济条件越来越好，爷爷奶奶在 2011 年对这个院落进行了重新装修和翻新，也把原来的旧院进行了统一规划，整个院落连为一体，于是有了今天这样一个美丽的农家院落。

爸爸说，这里是我们的根。

（作于 2016 年 2 月 26 日，初三寒假）

爸爸评语：说明文的基本方法是先总后分。本文层次清晰、说明细腻，还原了老家院落在不同历史时期的基本面貌，亲切而有感染力！

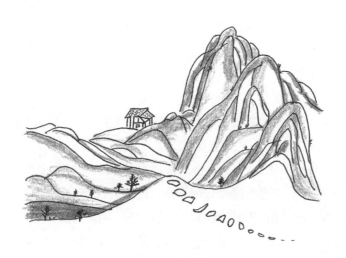

给自己一些想象

在心情抑郁的时候，为何不给自己一些想象，却在麻木中按部就班呢？

给自己一些想象，想象自己在一片湛蓝的天空下，不因灰暗天空而暗自神伤，毕竟那乌云无法变成铺天盖地的暗色，不会不余一丝地遮住你心中的阳光。要知道，天空那么大，总会有一角阳光明媚；云朵那么多，总有几片洁白无瑕。给自己一些想象，去哼唱阳光的歌谣。

给自己一些想象，想象前方是一片蔚蓝的大海。别因为那拥堵的交通而滞留了你愉悦的心情。想象你是一只在海中潜游的鱼儿，享受着蓝色的清凉。要知道，海洋那么广，总有一处美好的境地在等着你的光临，总有一丝蓝轻漾在你的脑海。生活在这个没有晴空碧海的嘈杂城市，人难免会觉得生活枯燥乏味。

给自己一些想象，因为身边的雄伟的大山；给自己一些想象，因为漫山遍野都是山花烂漫；给自己一些想象，因为春天的惊雷总会敲响；给自己一些想象，因为温暖的杜鹃一定会按期开放；给自己一些想象，因为那层层的厚重阴云必然悄悄消散；给自己一些想象，因为我们大脑疲惫后依然灵光；给自己一些想象，因为世间还有其他美好。

所以，来吧！在阳光下，在春天里，畅想清澈的天空要推开大山，畅想春天的乐曲融化了冬日的坚冰。畅想一个轻松的自己，望着纯净的天空，不含一丝杂质。

在我们内心焦虑时，在我们心神不安时，给自己一些想象，自由放飞，不设维度，留下一分轻松，适时放过自己、放飞自己。

（作于 2016 年 4 月 10 日，初三第二学期）

落叶也美丽

落叶，这个词语似乎代表着凄凉、结束、离别或死亡，其实不然，叶的飘零亦如花的凋谢，是透着人生沧桑历程的别样美丽。

曾几何时，一棵嫩芽沐浴着春风与阳光在枝头蓬勃滋长，在阳光轻柔的呼唤声中，嫩绿的芽苞探出脑袋。她肆意在枝头舒展着、旋转着、清唱着。

风雨将岁月的蹉跎注入一条条粗壮的叶脉中，沉淀出成熟的韵味。

到了秋天，树欲静而风不止。一缕秋风掠过这片大地，也经过叶的身体。颤颤巍巍，巍巍颤颤，叶的身体被无情抽打。猝不及防，她的生命终结在风中。没有呜咽、没有哀号，安静地告别，自若地落幕。我似乎看到叶走得灿烂，走得满足。

虽说树叶的天职是伴着大树为人们显出浓荫。她们一生都在默默奉献，但思想却一直停步在一个阶段，只有在飘向树根的那一刻，她们才真正接受了生命的洗礼。不论是人还是物，都有一个归宿，一生中最辉煌的时刻，是不是莫过于此？

她仰望着那高枝树梢，她在回忆，她在感谢，她回忆那稚嫩的幼芽，回忆那飘着柳絮的春风，回忆那一夜狂风夹杂着沙粒在她身上划下一道道伤痕……

人的一生就像是落叶的一生，也许不一定轰轰烈烈，只做一片平凡的落叶，安静地来、安静地去，沿着世界的经纬无声地滑落，或在草丛，或在地面，或在行人的肩头，枯黄的叶没了鲜绿的生命中，凋落成泥碾做尘。走在夕阳的余晖下，远方那稍显佝偻的背影，我又想到了落叶。一生奉献给热爱的事业，到老也不停下奋斗的脚步，给她的大树一种营养。一只折翼的枯叶蝶停落到她原来生长的树梢上，夕阳洒下，在蝶翼上折射出那沧桑的美丽。

一片落叶落地，尘埃已定。即使在别人看来一切都微不足道。不期望惊天动地，也不艳羡万众瞩目，平平淡淡、默默无闻的落叶也自有她的美丽。

（作于 2016 年 4 月 16 日，初三第二学期）

懵懂的道理

爱，还要会爱

爱，是一个博大的领域，每一个人都需要爱，但最重要的是——学会如何去爱。爱，若不讲求方法，不把握好尺度，则会酿成错误，甚至是不可弥补的大错。

一位年轻的妈妈带儿子去吃肯德基，没想到肯德基店人已非常多，妈妈怕儿子饿肚子，想让儿子早点吃上，便插到了另一位女士前面。不料，却发生了激烈的争吵。原来，这位女士也是带孩子来吃饭的，好不容易才排到前面，就有人插队，心里能不气吗？两位妈妈开始对骂起来，可她们的孩子却像什么都没发生一样，玩弄着手里的玩具。很显然，他们早已习惯了母亲为自己和别人争吵了。

这件事反映出家长对自己孩子非常溺爱，为了自己的孩子，母亲们不顾及形象，最后却让孩子迷失在这种错误的爱里，没有给孩子做好榜样。想象一下，如果孩子长大成人，还走不出这种爱，那么他将来也会继续这样娇惯溺爱他的孩子，那以后的孩子们会是怎样的性格？所以，我们要永远记住：爱，还要会爱。

同样的"错爱"还在我们身边发生。最近炒得沸沸扬扬的李天一案件备受关注。李天一出生在一个优越富裕的家庭中，他的父亲李双江和母亲梦鸽都是著名的歌唱家，可却没有教育好儿子，使他犯下大错，这全是因为他们的纵容、宠爱。梦鸽在李天一未成年时就让他开宝马车，一个月的零花钱可能相当于一些普通家庭一年的收入。在这样娇宠之下，李天一变得嚣张跋扈，不知天高地厚，这才犯下了不可弥补的大错。

这错误的爱真是太害人了。所以，爱一定要把持住，不然，是非常可怕的。爱，本身是美好的，我们要学会享受；爱，有时是错误的，我们要学会控制；爱，要把握好方向，我们要学会正确地去爱。

爱，还要会爱。

（作于 2013 年 9 月 9 日，初一第一学期）

老师点评：本篇文章很好地把握住了文章主题，"爱要会爱"。用两个例子说明爱孩子要讲方法，有尺度，否则爱会酿成恶果。

五个好朋友

每个人的脸上都住着五个好朋友，生活中他们形影不离、分工协作，每天很好地配合主人工作，缺一不可。

两颗黑珍珠似的眼睛，镶嵌在脸部的上半部分。黑色明珠在眼白的衬托下，显得格外美丽，他们是整个面部的核心和灵魂，他们是主人心灵的窗户，待遇当然也是最好的了。他们身边有上下两排整齐的睫毛，如同形影不离的军队，时刻保护着他俩的安全。遇到风沙，军士们挺身为眼睛遮挡，不让一颗沙粒侵入眼球；遇到下雨，军士们便上下扑闪替眼睛遮蔽雨水；当眼睛累了，军士催促眼皮慢慢拉近，像城门紧闭一样，严严实实地保护眼睛，让眼睛安

然入睡。眼睛对人的作用可大了，这对双胞胎让主人看到美丽的风景、美妙的世界。

眼睛的上方有一组厚重的眉毛，是脸部的一层外围军队，形态各异的眉毛，是脸部重要门面。如果没有眉毛，再漂亮的眼睛也显得孤单。眉骨稍微隆起，如同面部的一座城墙，额头的汗水不会直接流到眼睛里。

在眼睛下方就是鼻子了，鼻子的家安在脸的正中位置。他一直四平八稳，显得有些呆板，不像眼睛那样有地位和见识，但他的作用可不敢小觑。主人生命必需的氧气要不停地经过他输送，他把杂质和灰尘都挡在外面，人们辨别气味，可全靠他。他时刻提醒主人远离腥臭，亲近馨香。

鼻子的下方是嘴巴。他红润好动，优美的嘴角向上一翘，更是可爱无比，平时他主要根据主人需求进食，也辅助鼻子进行呼吸，主人的歌声、语言都要通过他传递出来。他的功能不止这些，主人的喜怒哀乐主要通过他来展现。嘴巴也是最调皮的一个，有时候会说不该说的话，骂不该骂的人，有时候还不讲理，把不住自己，胡言乱语。

还有一个朋友是耳朵。如果说嘴巴是往外传递信息的，那么耳朵就是向内接受信息的，他和嘴巴是最密切的搭档。他也是个双胞胎，脸庞左右各一个，形状是个不规则的图形，里面也是坑坑洼洼的，似乎他可以包罗万象，忠言、谗言、刺耳声、顺耳声都能装进他皱皱巴巴的口袋。

这五个好朋友，性格不一样，有的沉稳安静，比如眉毛和鼻子；有的比较活跃，比如眼睛和嘴巴；有的随和，比如耳朵，什么声音都会钻进去。对主人忠诚是他们共同的特点，他们五位时刻都按照主人的要求独立工作，也随时互相配合完成一些高级动作，体现主人的想法和意图。一张脸拥有这五个朋友就是最幸福的。但也有的脸没有完整地拥有这五个朋友，这是遗憾的。但不论缺了哪一个，其他朋友都会替他完成任务。

人世间的每一张脸，都应该珍惜和爱护自己的这五个朋友，都应该使用好这五个朋友，在某个朋友缺席时，其他朋友应该"拾遗补缺"！

（作于 2013 年 10 月 6 日，初一第一学期）

爸爸评语：这篇文章生动形象，描写非常到位！

微笑改变了生活的色彩

曾经一段时间，暗淡的色彩一直伴随着我。我怎么也摆脱不了。在他人心中，我是一个过于安静的女孩儿，不爱与人交谈，经常面无表情。这导致我的朋友越来越少，似乎生活没有快乐可言。

我总觉得，同学放弃了我，老师放弃了我，自己是否也该放弃？但我能吗？我不能放弃！因为我知道这样一句话：世界以痛吻我，我要回报以歌！是的，以歌回报，释放出真正的自己才是最现实的。我明白该怎么做了，我在心里告诉自己。

从此以后，我尽量把自己打造成一个活泼的女孩儿，学会让自己表情保持微笑。在学校，我主动和同学聊天说笑，笑容终于出现在了我的脸上，洋溢在我的心里；在家中，我不再是一头冲进房间，而是与父母交流，保持微笑，聊一聊在学校里发生的趣事，常会爽朗地笑出声来。我有了朋友，有了快乐！同学们说我变了，父母也非常高兴，我能打破以往的沉默，打开心灵之窗接纳一切。

就这样，我真正改变了。我的生活充满了愉悦的气氛和明丽的色彩，不再是以往的暗淡无光和平常无趣，我终于做到了，这是不容易的，但也是容易的，只要我们善于去做！

从沉默寡言到笑声朗朗，从不善言谈到滔滔不绝……回顾以往，真是困难重重。现在心里爽快，觉得轻轻松松。

毕业的那天，我以优异的成绩和较好的人缘代表毕业班全体同学发言，具体内容我已经记不太清楚了。但最后那句话，那句我铿锵有力说出来的话，一直铭记在心："让生活的色彩变得斑斓靓丽，用微笑造就一颗积极乐观向上的心！"

笑对生活，用心灵接纳生活，你的眼中将满是鲜艳的色彩。生活中的暗淡，会因你的微笑而烟消云散。微笑可以改变生活的色彩，微笑本身就是生活的色彩。

抛开阴影与昏暗，尽情释放新的情怀。让昂扬向上的力量在心中激荡起一阵涟漪，然后微笑着回眸，曾经暗淡，烟消云散。

（作于 2013 年 10 月 18 日，初一第一学期）

历史的脚印
——读《希利尔讲世界史》

当我翻开《希利尔讲世界史》这本书，我的心便跟随着希利尔生动有趣的语言漫游了世界，似乎做了一次有趣而快乐的世界旅行。

这本书把我引向了世界的开端。那是很久很久以前，也许还会更早，没有地球，没有人类，更没有生物，只有日月星辰，太阳是个巨大的火球，运行中，火星飞溅，其中一个，就形成了地球。有了地球，世界万物出现了，当然也包括人类。接着，石器时代出现了，青铜时代、铁器时代也依次出现了，人类开始繁衍，真正的人类历史从那时开始了。后来，人类逐渐在漫长的岁月中创造文明。给我留下最深印象的是文明古国，古罗马帝国是一个很强大的国家，可是最终还是被野蛮的匈奴打败了。从十六章到四十一章希利尔为我展现出一幕幕罗马帝国的曲折历史，简直让人读几遍都不过瘾，妙不可言。古印度、埃及、巴比伦和祖国的古代史，让我感知到人类的伟大。书中的每一句话、每一张图都会引发我对远古时代的思考和想象。

书中展现了在漫长的奴隶制时期、封建制时代，世界各国形态各异的统治方式、经济和社会发展情况。当人类在与自然界做斗争的过程中，各类发明和创造开始进入人类的生活，古代各国的生产工具从原始获取向人类制造发展。进入工业革命时代，资本主义萌芽，政体、国体异彩纷呈，人类世界的生产生活方式发生了不可想象的改变，电灯电泡、蒸汽机、飞行器……从太平洋、大西洋到印度洋，从英国、法国、德意志到北美南美洲……书中完整展示了世界各国的历史变迁和关键性的变革。

这本世界史，对我的启发很大。我惊喜地发现，我越来越喜欢历史。我可以在接受知识的同时，在千百年前人类世界中遨游。这本书像讲故事一样，让人很容易接受和记忆，不像其他历史书籍，循规蹈矩、生硬描述。只要你读希利尔历史书，你肯定不会再死记硬背历史了，也不用担心历史学习成绩了。这本书就是最好的历史老师，每天让我在趣味盎然的历史故事里享受无穷乐趣。

另外，这本书不仅让我走进世界历史、更加清楚地了解世界，给我的启发还有，我们应该以史为鉴，更加重视科学技术和发明创造。我们祖国有辉煌的过去，曾经好几千年都是地球上最强大的国家，后来近代落后了，主要是忽略了科学、技术、军事等自然科学。因此，我们不仅要学好历史文化知识，更要学好自然科学知识，将来才能为祖国的更加强大做贡献。

（作于 2013 年 12 月 7 日，初一第一学期）

蜘蛛的网

姥爷家的单元门旁边有一个铁皮房，在铁皮房的屋檐下有一个很大的蜘蛛网，似乎存在很长时间了。我曾在不同的角落见过不少蜘蛛网，但都是一眼而过，没有仔细观察过。今天，我要仔细观察一下蜘蛛网的功能和蜘蛛这种"精灵"究竟是怎么捕食进食的。

我走近蜘蛛网，看到一个非常完美的八边形，它是从中心向外围，由几十条八边形组成，密密实实的，每个八边形都是由从中心向四周的放射状的直线连接的，简直是能工巧匠的工艺品。看上去亮晶晶的，如果不找准角度观察，有时竟然发现不了它的存在。网上还残留着几个蚊虫半半拉拉的躯壳。我一眼就看见了一只体形较大的蜘蛛趴在网的边上，靠近屋檐的角落，这一定是一家之主，他一动不动，一副若无其事的样子，似乎在等候美味的到来，静静地准备饱餐一顿。这只最大的蜘蛛身边还有一只略小的，驻留在他的旁边，这一定是他贤惠的太太，整个网的建造，他的太太一定帮了不少忙。大蜘蛛的足爪显得很开放，他的太太则显得有些收敛和蜷缩，似乎像人类社会

中的男人和女人的姿态。最可爱的还是要属那只小蜘蛛了，显得比较调皮，似乎有多动症，不像他们的父母那么淡定。他们三个总是互相保持一定的距离，形成一个三角形，而且时不时地要动一动。微风吹过，整个网微微晃动，但丝毫没有断裂的感觉反而让人感觉到他们全家在享受着荡秋千的感觉。从他们丰满的身躯和毛茸茸的外衣，可以看出他们这个家衣食无忧，非常幸福。

我看得正入迷，一直披着黑披风的小苍蝇朝他们的大网飞来，天啊，这小家伙一定是忘记戴眼镜儿了，他肯定没有看清这个神秘的网，他被这张大网牢牢地粘住了，他闪动着翅膀，竭力地挣扎，可是哪能逃脱这个有来无去陷阱呢？认命吧……大蜘蛛见食物来了，得意极了，不紧不慢地朝小苍蝇爬了过来，咬住它的小脑袋，没有几十秒的工夫，这个可怜的小苍蝇竟然一动不动了，但他竟然没有吃。我很纳闷，我正急着想看蜘蛛究竟是如何吃苍蝇的呢，他居然离开小苍蝇了。后来我才发现，大蜘蛛到他太太跟前转了一圈，他太太似乎才睡醒，慢慢腾腾地活动了一下足爪，似乎在伸懒腰，然后便朝美食点上爬去。原来，大蜘蛛是请他太太先品尝美食啊，还挺有绅士风度！小蜘蛛似乎只顾玩，也不急于来吃饭，我并没有看到他们争先恐后抢食吃的场景，可能小蜘蛛挑食吧？一会儿工夫，又有几只飞虫送上门儿了，这个时候这个小家伙才开始向美食靠近。最后，大蜘蛛把每只飞虫逐个吸食了一遍，似乎在吃剩饭。原来，我以为蜘蛛会把整个飞虫吞到肚子里，没有想到，蜘蛛只吸食飞虫躯体里面的精华，把躯壳留在网上，随风慢慢掉落。

在不知不觉中，一个多小时已经过去了。蜘蛛的网，来自蜘蛛吐出的丝，蜘蛛的网又给自己捕猎了食物。蜘蛛的网，虽是一种隐蔽形式的陷阱，多少有些不够厚道，但也是蜘蛛为自己编织的生存工具，无可厚非，也许，存在的就是合理的吧。

（作于 2014 年 4 月 16 日，初一第二学期）

捡拾幸福

有时，我们也许会这样问自己：幸福是什么？我幸福吗？有人回答：我找不到自己的幸福，幸福离我太远。其实我们身边处处洋溢着幸福，只要你俯身拾起，幸福就在你身边。

独自一个人，走在一道幽径，径边小池荷花摇曳，露珠儿圆润剔透，在碧叶上流连回转。我只身于大自然深处，闻几声鸟鸣，伴一缕朝阳。阳光在这幽幽山谷中变幻迷离的色彩，漾出圈圈涟漪……看到一棵大树，又见很多小草，踏过石子路面，又逢木条栈道。也不知何时，空落细雨如丝，林谢红花黄叶，远离嘈杂，清香沁入身心，何等悠然之意境。如今在这个浮华喧嚣和躁动不安的世界中，若多些这般清静和孤寂，该是一番怎样的美好？和着花香轻舞，吟诵记忆中的诗赋，舞出幸福。

某个醉人的午后，捧一本书，坐在温柔的阳光里，静静品读，这又何尝不是一种幸福？沉浸在那浓浓的书香之中，感悟作者的心声，有时竟会觉得书中所写，正是自己。"一本好书胜过任何珍宝"，这句话是哪位名人所说，我已淡忘，但我铭记"珍宝"这个词。这个词没错，独自一人在闲暇时光，享受一本好书的熏陶，难道不是如获至宝吗？读到一处令人醉心的文字，我不禁要轻轻吟诵几遍，让它滋养我的心灵，温暖我的内心世界。那时，我总觉得自己马上静了下来，读到一句令人感动的词句，我不仅要努力铭记，让它成为我的伴侣，陪伴我那渴望的内心。那时，我总觉得自己马上充实了起来，我会觉得自己满是幸福，书签滑落，我俯身捡拾到的是幸福。

在这人世间，我们有太多幸福需自己寻找并捡拾，当你发现内心被什么所感动，或者你感到了快乐，那么你就捡拾到了幸福。自己捡拾的幸福，那真的是一种永恒的幸福！

（作于 2014 年 11 月 19 日，初二第二学期）

只需要坚持

思绪在脑海中纷飞，将记忆拉回那个烈日炎炎的上午。六月的兰州很是躁动不安，我的心情也同这天气一样，燥热得很。妈妈看我紧皱眉头耐不住炎热，便提议明儿一早去爬五泉山。我嘴里嘟囔着："早晚都一样热啊！"虽不情愿，可正好有空，去便去吧。

六点准时起床，收拾了收拾，七点半便来到五泉山脚下。仰望苍穹，没有飞鸟，没有云彩，更没有一丝儿风吹过。我心里咯噔一下——完了，今儿可能更热！在爸妈的催促下我紧跟上去。一入山门，映入眼帘的是绿树成荫，略微抚平了我的躁动。阳光穿过枝丫，疏影摇曳。我们一家三口就伴着径边小草，路旁野花，一路哼着小曲蜿蜒前行。刚到半山腰，我已累得气喘吁吁了，虽然还没有到正午，但是火辣辣的太阳早已发威了，似乎要把世间万物都要烤蔫儿了似的，将强有力的光和热射向我，我有些急躁，感觉也有些累，停下不想走了。

爸爸喘着气走过来，对我说："怎么了，难道要放弃？"我拉下脸来，赌气地说："明明知道今天很热，还要来！真是的，烦！我不走了。"妈妈转过身，擦了擦额头上的汗说："都到半山腰了，不要半途而废哟！到山顶能够看到整个兰州城啊！"可我，仍然无动于衷，嘟着嘴沉着脸。爸爸有些生气了，不耐烦地说："这点儿困难你都不能克服，今后遇到更大的困难你怎么能成呢？"说罢，头也不回地自己走了。妈妈鼓励我说："爬个山算什么，长大以后要面临很多大事难事呢，你不是很好强吗？咱们继续吧？！"听了爸爸妈妈的话，我什么也没说，只是跟着他们，走着，走着，心里告诫自己要坚持、坚持、再坚持！

在不知不觉中，又爬了好一段路，我回头看看走过的山路，再放眼望向更开阔美丽的兰州城，一下子豁然开朗，心中感叹着坚持的力量。奇怪的是，头顶烈日的我，早已不觉得烦躁了，更多的则是冲向顶峰的勇气和信念。因为我一直在心里重复这个词：坚持！坚持！微风吹来，吹动我的发梢，吹开我的气恼，背上和额头的汗滴也被吹跑，我感到一阵神清气爽……

登上顶峰，我极目远眺，眼前更加开阔，真是"一览众山小"啊！我突然想起了那句话："海到无边天作岸，山登绝顶我为峰"，一切困难都显得那么渺小！是的，很多时候，我们不需要付出很多，只要坚持走下去就是胜利，要想成功走向人生之巅，就不能轻言放弃，坚持，只要坚持！

（作于 2015 年 6 月 28 日，初二第二学期）

爸爸评语：在亲身体验之后，你深刻地领悟了"贵在坚持"的道理，这就是财富！

不要轻易改变

路边一则广告吸引了小明妈妈的目光。只见一张大大的白纸上写着几行黑字，前面正有几个人围观："各位家长，改变您的孩子就在现在！全新科学技术能调整您孩子的内心世界，让您的孩子不再因孤僻而缺少朋友，因自卑或自负与成功绝缘，因浮躁不懂事而荒废人生！如果您愿意尝试让您孩子拥有更完美的、令人满意的性格，就赶紧来找我们，我们的权威生物学家将展开一次与您的'大脑对话'！详情请垂询 xxxxxxx，王医生。"

小明的妈妈立刻来了兴趣，对小明说："明儿，你一直很内向，我想让你试试这个，也许你会更开朗更阳光。"小明已经习惯了妈妈的安排，默不作声地点了点头，快步向前走去。第二天，妈妈经过询问带着小明来到"性格整形医院"找到了王医生。妈妈简单介绍了小明的性格，小明在一旁玩弄着手机。王医生听了之后笑着说："这样的孩子是我们最常见的，性格内向、不爱说话、每天干的最多的事情就是玩手机，不过放心吧，把你的孩子留在我这儿一周，保证让他开朗阳光。"

小明妈妈想都没想就在合同上签了字。

一周后——

"小明妈妈，小明现在已经改变了，大方、开朗，您尽管放心，他这样的性格一定能让他走向成功。您如果没有其他问题，可以去交费了。"

小明的妈妈看见儿子的脸上露出小酒窝，眼角洋溢着笑容，心里别提有多开心了——儿子终于不再一副愁眉苦脸的样子了！

之后的半个月，小明的朋友多了起来，成绩也提高了不少，老师经常表扬他，这让小明妈妈心里乐开了花。可是好景不长——

"妈妈，我最近头好疼，很难受。"

"没事的，可能有点儿感冒，吃点儿药就好了。"

可谁知小明妈妈这下酿成了大错：这世上哪有能改变人的性格的呢？不知道这医院使了什么招数让小明短暂地改变，之后又将百倍的痛苦偿还给他，学习成绩因整天头痛而直线下降；朋友们觉得他怪怪的，开始躲着他；老师甚至怀疑眼前的小明到底是不是上回考第二名的他。去找那医院，哪里还有？小明的妈妈后悔莫及，看着儿子一天天比之前更消沉，真是欲哭无泪。从此，小明不仅没有成功，反而越来越孤独、沉默，因为性格的巨大变化，让他无法承受。

每个人拥有自己不同的性格不是很好吗？为何非要改变呢？若是人人都成了一样的性格，生活也不会如此多娇了。对有些方面来说，不要轻易改变，可能更好。

（作于 2015 年 7 月 21 日，初二第一学期）

老师点评：小明妈妈根据自己的意愿，改变了儿子的性格，结果却害了孩子。可见，想要改变，还是得自我调整、自我管理。生活中每个人的改变，只需在性格形成过程中自我调整即可，切不可任意乱为。

乐享宁静是一种美德

这日，雨淅淅沥沥地下着，放下一大堆的作业，落座窗边，暂且独享一份清欢。

我翻出家中闲置已久的茶具，洗刷干净，取几撮溢着香气的茶叶放在杯中，欣赏着茶叶在沸水中上下翻滚，最终泛起淡淡的绿意。

聆听雨声，与茶暗语，静静地看着杯中的茶叶，它们经历了滚烫的热水的洗礼，已全然释放了自己的内涵，把清香奉献于我，轻呷一口，沁人心脾，感觉甚佳。

向窗外望去，雨已渐大。路上的行人纷纷疾行，雨水肆意地冲刷着一切，似乎万物都在接受着灵魂的洗礼。

此刻，我沉浸在这静谧中，心中所有的烦闷，已消逝得无影无踪，单纯贪婪地享受着这份宁静。茶的清香依然在升腾，弥漫在空气中，窗外的雨声仿佛是一种如音乐般的伴奏，水中的花、雨中的画，在我的心中形成一种境界，脑海中浮现出这样的画面：刘禹锡在陋室中独怜"苔痕上阶绿、草色入帘青"；欧阳修寄情山水，得之心而寓之酒也；陶渊明在亦真亦幻的桃花源，有良田美池桑竹的美景和采菊东篱下的悠然……他们正是在纷繁之中独自选择了一方净土，在一朵菊花、一间陋室、一杯清茶中，让心灵静下来，这是一种境界。

一花一世界，一茶一静好。洗尽铅华，成长中不只拼搏劳碌，适当让自己的心灵得到放松，乐享宁静，也是难得的可贵。灯红酒绿，霓虹闪烁，车水马龙中独享宁静，作业扎堆，学海无涯，找个间隙静坐歇息，这是一种美德。

（作于 2015 年 9 月 16 日，初三第一学期）

给生活加点糖

生活是一杯咖啡。有些许苦涩，却又馥郁醇香，关键在于你如何品尝，是否懂得欣赏。苦，不要紧，加点儿糖。

咖啡，在刚冲泡时，入鼻是若隐若现的少许醇香，待那沸水渐渐氤氲开来，似又掺杂着少许苦涩。轻呷一口，你皱眉，好苦；转而加快方糖，再呷，虽苦、回味带着淡淡甜意；水雾散尽眼前的咖啡安静下来，又呷一口，你一脸的满足。

生活亦是如此，感悟它，会带给你苦涩，但每一口都会有不同触动，在不同的温度抑或不同的空间，面对不同的人生际遇，渗透在你的灵魂深处、传遍你心灵的角落。

如何消退生活的苦涩？我苦苦寻觅着答案。人到初三，生活中除了学习似乎还是学习。人人都在努力、都在奋勇向前，不甘落后。学习成绩常会令我烦恼，"为何总止步于此，没有进步呢？"我黯然神伤，两眼迷离。书桌前的我，深陷题海，如同一条再弱小不过的小虾米，无论怎么努力挣扎，都有着无法到达的彼岸。

夜深了，星星都困得眨眼，我未浑噩入眠。身伏桌前，周公伴着去背公式、定理、文言、古诗、单词了。恍惚中听见门吱呀一声，猛然惊醒，抬眼一看，是妈妈端来一杯咖啡。"来，加了糖的，提提神。"我接过，一气喝完，立刻有了些精神，苦与甜交替着刺激着我的神经，于是，又重拾手中的笔卷。如

此生活过了很久，咖啡的甜只是暂时的，苦涩似乎一直持续。

某天中午，我正在书房写作业，听见短信的提示音。打开手机一看，原来是音乐老师在问是否去上课。我这才想起，很久没去练歌儿了。妈妈见我愣在那里，问我怎么了？"要不要上音乐课呢？"妈妈点点头："生活不只是学习，你还需要充实快乐的生活，要学会调剂。"

仔细想想，何不轻松应战，放松自己，也许效果会更好。收拾好便去练歌，也许是大脑得到了放松，回来后再学习，感觉到前所未有的愉悦。从此，每当我心情烦闷抑或是学不下去的时候，总会大声唱出来，仿佛能吐出一切不愉快似的。练歌似乎是我苦涩学涯中的一块糖！

生活如同一杯咖啡。如何消退苦涩，品味醇香，关键在于你是否懂得调剂，学会如何取舍。适时"给生活加点糖"，有何不可？

（作于 2015 年 10 月 16 日，初三第一学期）

学会隐忍

寒冬里待放的梅花，巨石下萌动的春笋，冰山下隐藏的岩浆，柳枝下挣扎的清风。它们是不是同人一般，都在隐忍？

如何是忍？心上一刀。难！难！难！提到隐忍，便不得不提人人皆知的典故——《韩信受胯下之辱》，"一日，韩信被一年轻人当街拦住，'你若有胆识，就拔剑刺我；你若是懦夫，就从我胯下钻过'。韩信终于还是选了后者，世人皆笑之曰懦夫！"可在我看来，实则是智举。这叫什么？"小不忍则乱大谋！"试想，当时若韩信拔剑而起，又会是何结局呢？正是因其忍常人之不能忍，才成为辅佐刘邦的功臣贤臣啊！最终成就了自己。西汉时，司马迁不惧腐刑，受辱几十载，隐忍到了极致，终著成千秋史册。

俗话说得好，忍一时风平浪静，退一步海阔天空。隐忍，是品格修养的最高境界，是一个人淡泊的心境、优雅的步履、宽大的胸怀和走过的平常岁月。让我们都学会隐忍吧，用淡定和忍耐成就一个又一个梦想。

（作于 2015 年 11 月 13 日，初三第一学期）

拒绝平庸

我从来不曾想过要做一个平庸无为的人。我们青春年少，我们风华正茂，更应耻于平庸。

人的一生如此短暂，若庸碌地过了一生，不寻求高度和境界，又有何意义呢？有多少人平淡地耗费了易逝的时光，留下了多少遗憾啊！但在历史的长河中，又有着许多古今中外的人，值得我们学习——学习他们拒绝平庸。

想必大家都知道 KFC 创始人哈兰·山德士的艰辛创业故事。66 岁时，他不甘心过完平庸的一生，也不相信只有年轻人创业才会成功，他用 105 美元到处寻找投资合作商，并在 1930 年在家乡开了一家餐厅。在此期间，他潜心研究炸鸡的独特方法，终于在 88 岁时大获成功，他发明了 11 种香料与特有烹调技术合成的秘方，这种口味深受顾客的欢迎，生意日趋兴隆，直至世界各国都有 KFC 分店。每次去吃肯德基时，见到纸杯上笑容和蔼的白胡子老头儿，我总会想到他一生拒绝平庸的励志故事，心生敬佩！

再看我国历史，吕蒙拒绝平庸，在战火将起之际，手不释卷苦读兵书，得到孙权"非复吴下阿蒙"的肯定和赞誉；孔子拒绝平庸，在他人"两耳不闻窗外事，一心只读圣贤书"时，他周游列国，行万里路传其道义，在他人未得蟾宫折桂时，他早已桃李满天下；祖逖、刘琨拒绝平庸，在金鸡报晓时闻鸡起舞，发愤图强，揣爱国热心，立志为国家打天下……

我们接受平凡，但我们拒绝平庸。如果说人生，是一块粗糙的、再平凡不过的石头，那么拒绝平庸，就是点石成金的手指；如果说人生是一场梦，那么拒绝平庸，就是成就梦想的画笔。

（作于 2015 年 12 月 9 日，初三第一学期）

自由是可贵的

裴多菲说："生命诚可贵，爱情价更高。若为自由故，两者皆可抛。"显然，自由是他一生所求，而我也认为自由是最可贵的。

谈到自由，我先说说何为自由。对于一只毛羽未满的小鸟来说，在碧空中迎着暖风追赶云朵是一种自由；对于被束缚在教室里学习的孩子们来说，去到田野里放飞心灵是一种自由；对于一井底之蛙来说，越出天井脆声歌唱是一种自由。从古到今，我们阔步在渴求自由的道路上，正如塔西佗所说："追求自由是人至高无上的心向。"

我想，作为一个人，美好的生活是以自由为前提的，若一个人的思想被禁锢、行动被限制，何来美好的生活呢？这便让我想到距今几百年的法国大革命。1789 年 7 月 14 日，巴黎人民起义，攻占巴士底狱，人民高呼——自由！自由！我们要的，是自由！一切源于路易十四开始的专制统治，人们受到压迫与限制。看吧，失去自由与民主是多么可怕，以致爆发如此这般的革命动乱，路易十六被送上了断头台，一场悲剧。自由，高于一切权利。

在人类世界里对自由的定义，在动物世界里，似乎同样适用，甚至被诠释得更好、更透彻。那是在阿根廷的潘帕斯草原上，牧民抓到一只母狼，在她的颈部套上锁链，她失去了自由，她拒绝任何食物，每到夜黑夜降临，她便发出悲苦的嘶吼。若有人靠近她，她的目光立刻现出一种叫人不寒而栗的愤怒。七日之后滴水未进的母狼已经奄奄一息，好像知道自己即将要离去，她的眼眸中呈现一层令人惊奇的色彩，没有哀伤、没有愤怒，取而代之的是温和与平静，多么不可思议，与自由相比，面对死亡竟毫不畏惧！也许，在她的世界里，自由才是活着的真正意义。自由，甚至高于生命。

自由，值得去追逐。就像一种信仰，每个人都应虔诚对待。

（作于 2015 年 12 月 28 日，初三第一学期）

享受孤独

午后的阳光洒进心里的时候，不知道自己的心里是不是孤独，虽只身一人走在小路上，但有阳光与你为伴。独坐窗前品一盏香茗，不知道自己的心是不是孤独，茶喝败了飘落杯底，但淡淡清香仍然犹存。嘈杂闹市中一人闲游时，不知道自己的心是不是孤独，但有其他人的微笑在你的周围。

享受孤独的时候，不知道自己的心是不是孤独。图书馆的角落只我一个人。我不愿坐在人群中去，总觉得一个人读书才够清静。靠在窗边，手捧一本《简·爱》，细细体味。

刚开始读这本书时，便觉得文中那可怜的小女孩苦命。那颗爱书、爱生活的心却被囚禁，每次看书只能偷偷摸摸的，生怕被发现后惹一阵谩骂甚至毒打。我想，她心里也一定很孤独吧……但她仍坚强，仍享受孤独。

与他人分享孤独时，不知道自己的心是不是孤独——

"唉！昨天我又一个人吃了午饭，你们又没有陪我。"失望的声音。

"哦，那今天一起吧。其实我也是一个人吃的。"嘴角带着笑。

茶余饭后听陈奕迅《孤独患者》时，不知道自己的心是不是孤独——

"我像个孤独患者，自我拉扯……像个孤独患者，有何不可？"

是啊，谁说孤独与伤感是画等号的呢？很多时候，正是身处孤独的环境中时，才能感受到更多平时触及不到的事。比如一句，迟迟不来的问候等等。所以，我宁愿享受孤独。

孤独，人们常将它定义为：伤、悲、凄等压抑的词句，而我则认为，孤独是清净、思索、沉淀……享受，人们总认为是享乐、是奢侈，而我则觉的是体悟、是感受、是理解……

享受孤独，让你的心沉淀下来。就像往池中扔块儿小石子，荡开圈圈波纹后又很快恢复平静。温盏茶，捧本书，执笔而临窗，阳光自然会悄然无声入心田，温暖你心中的那份孤独。

（作于 2016 年 1 月 19 日，初三第一学期）

抽烟的"学问"

爸爸从甘谷回来，一进门边换拖鞋边和我热情地打招呼，我从我的房间跑出来抱了抱爸爸，然后去给爸爸倒杯水。他一屁股坐在窗户边的藤椅上，一副动也不想动的样子。

爸爸说："给我拿支烟。"我就拿了支烟递给他；爸爸说："把打火机拿来"，我就把打火机给他拿去；爸爸又笑着说："给我把烟灰缸拿来。"我白了爸爸一眼，又去取烟灰缸。我感觉爸爸是在故意戏耍我，为抽一支烟让我跑了三趟。爸爸把烟拿在手上，把烟屁股朝下对着茶几顿了几下，然后点上，眼睛笑眯眯地看着我，慢条斯理地说："来，宝贝儿，我给你讲讲抽烟的道理。"我一听，很惊诧，心里嘀咕着，抽烟还有什么道理可讲？抽烟的道理只是污染环境、危害健康啊！爸爸似乎能看懂我的心，说："我给你讲的不是抽烟的危害，我给你讲抽烟的过程。"他吸了一口烟，接着说，"抽烟是一个完整过程，首先得有烟，只有烟没有火当然不行，有烟有火了，可以抽了，但抽烟留下的烟灰和烟蒂总得收拾吧？所以，有眼色的孩子就知道把这几件事一并都做了。"我点着头，但心里想这不是很简单的事儿吗？

爸爸从来都是借题发挥，把一件不起眼的小事论述成哲理语言。今天，我就不信他能把"抽烟"说出"花朵"来？！听，爸爸的大道理来了：人世间的事儿都是关联的，一件事和一件事都是密不可分的，世界上不存在孤立存在的事物。事情如何处理，就像抽烟一样，有些什么事儿？怎么实现这些事儿？实现这些事儿之后有什么结果，如何应对和处理这些结果？爸爸讲完

道理，就给我提要求了，他要求我，做任何一件事情，首先要把事情的完整过程想清楚，才不会手忙脚乱，才不会东一榔头、西一棒槌。爸爸既像个老学究，又有些幽默，他说："抽烟这个事里有很多哲学问题，考虑到你的接受和理解能力，今天，暂时不讲什么全面的、片面的、矛盾的、因果的、辩证的之类的问题了。要知详情如何，且听下回分解······"爸爸把我逗乐了，我说："你的道理讲完了，我明白了，我听你的。我也得给你讲个道理，你听我的，这样才公平！"爸爸说："只要你的道理是真理，我一定听！"我紧接着说："经科学研究证明，吸烟有害健康！这是科学，你必须戒烟或少抽烟！你必须执行！"我的命令一下，爸爸把烟头掐灭了，像个受训的小学生，点着头，说："我少抽、我少抽······"

我和爸爸显得那么轻松、快乐。我听了爸爸这一根烟工夫说的话，果然是道理不同凡响。人世间，烟头这么大点事儿里，都有这么多的道理，今后，我得好好学学哲学！至于我给爸爸讲的道理，也许只是一个科学和健康问题。

（作于 2016 年 1 月 29 日，初三第一学期）

兰州城市"牛皮癣"调查报告

城市"牛皮癣"是指在公共场所张贴或者涂写小广告的现象。由于这种现象和人患的皮肤病"牛皮癣"一样而得名。我们身边存在着许多形形色色的城市"牛皮癣"，不仅影响市容市貌，还潜藏着违法犯罪行为。为了深入了解这一现象，我利用寒假时间，在妈妈的帮助下，先后三次到兰州市城关区的部分巷道和七里河区建兰路街道进行实地查看，上网查阅了相关资料，并在吴家园社区和嘉成小区和一些叔叔阿姨进行了请教和交流，做调查报告如下。

一、城市"牛皮癣"的现状。这些非法张贴的小广告在表现形式、类别、内容、清理程度等方面都有一定差异。张贴广告手段多种多样，主要有：喷漆、贴纸、图章、水笔等。从类别上看，可以分为五大类。一是办证类：身份证、毕业证、工作证、驾驶证等假证件，此类广告分布较广，主要在建筑物墙面、公共设施上。二是招工类：按摩师、劳务工等，此类广告主要出现在公共设施上以及社区的大街小巷。三是游医类：祖传秘方、民间奇药、根除疑难杂症等，此广告主要出现在社区公告栏里和居民住房墙壁上。四是社区服务类：开锁、钻孔、维修、疏通、家政服务等，此类广告主要出现在小区楼道和店面的卷闸门上。五是商业类：出租店面、酒店招商、中介服务等，此类广告主要出现在各车站。

通过与相关人员交流，我感到"牛皮癣"的确不好对付，由于张贴广告覆盖的范围广，小区对"牛皮癣"的管理防不胜防，社区工作者难清理。在访问嘉成小区保安时，他们说："小区也在做工作，安排我们巡查，但还是防不住。张贴广告者总是很隐秘地张贴小广告，假借看望朋友、亲戚进入小区，我们也不好阻拦。他们一般都把喷涂工具藏在包中，我们没法搜查，所以屡屡让他们钻了空子。"在访问吴家园社区工作者时，他们说："这些小广告很不好清理，张贴者大多用涂刷的方法，我们多次进行粉刷墙面，但是效果并不好。贴纸的小广告还比较好清理，但是会留下印子，还是影响美观。而且我们清理得越勤快，张贴的人就贴得越多越快。"

二、城市"牛皮癣"产生的原因。作为一种存在多年的顽固产物，能在城市中长期生存和发展，有着多方面的原因。一是管理方面的原因：由于城市"牛皮癣"是一种新型的城市垃圾，政府并没有严加管理，社区、城管、公安等部门没有形成合力。并且社会诚信机制还不健全，我们没有对"制癣者"进行惩罚、不诚信记录。相关法律不完善，监管机制治理不到位，社会打击力度不够，导致小广告屡治屡犯，使城市"牛皮癣"有了生存和发展的空间。二是经济利益方面的原因：许多"制癣者"成本低收益高，容易逃脱惩罚，比如做一个假证件成本最多几元钱，却可以卖到几百元钱。再加上张贴费用也低，"制癣者"们便大肆张贴小广告进行非法宣传。目前新闻媒体广告费比较高，对于从事小本生意的开锁、搬家等公司来说比较昂贵。发布信息的渠道不畅，而社区的公告栏又不太到位，社区服务信息无法让居民清楚地了解，小广告比较方便宣传。三是居民需求和习惯的原因：有不少人为了自身利益忘了小广告的种种弊端去拨打电话，如办假证、假文凭等，这些做法支持了"制癣者"张贴小广告的行为，助长了小广告的泛滥。有的人认为偏方一定有用，就以高价购买奇药，结果上当受骗，不仅耽误了自己，还便宜了"制癣者"，让他们更猖狂。

三、整治城市"牛皮癣"的办法。城市"牛皮癣"的成因是复杂的，治理办法也应该是综合性的、多样的，这样才有可能根治城市"牛皮癣"。我建议整治城市"牛皮癣"主要应采取以下几个办法：

（一）对市民广泛宣传。社区应该制定市容环境卫生管理办法，让所管辖的市民了解并认识到在自己社区中应尽的义务。并且定期进行法律普及，如法制讲座等，来提高市民的法制意识，向市民提出发现"制癣者"的不良行为要及时举报，给"制癣者"敲响警钟。

（二）建立奖罚制度。广泛发动市民，实行"人海战术"，鼓动市民抓"制癣者"，对抓到"制癣者"的市民给予物质和精神奖励。同时，对抓到的"制癣者"、尤其是对有违法犯罪内容的"制癣者"严格惩罚，要顺藤摸瓜，揪出所有关联的"牛皮癣"的制造者，不光要他们交大量的罚款，还要他们亲自把一定区域内的牛皮癣清理干净，别人不能代劳。

（三）多提供宣传栏。在社区、街道等地尽可能多地设置信息公告栏，不仅为没有能力在媒体上发布信息的经营者提供方便，又使社区公告张贴干净整洁规范，便于清理，保持社区美观，让市民及时了解便捷的服务信息。

（四）采取科技手段监控。采用科技手段，在一些背街小巷更大范围地安装监控设备。公安局、街道、社区等单位通过监控把牛皮癣制造者查出来，写保证书、承诺书，发现再乱贴乱写，就打入失信名单。组织成立一个专门的"牛皮癣"清理保洁公司进行检查、追踪、清理。

通过这次调查，我亲身体会到了城市"牛皮癣"给人们带来的种种影响与危害。我认为，整治需要多方合力和建立监管机制是关键，当然也少不了群众的共同参与。只要大家共同行动起来，采取相应措施策略，再加上群策群力，我相信一定能严厉打击"制癣者"，还我们一个干净美丽的城市！

（作于 2016 年 2 月 10 日，初三寒假）

妈妈评语：本调查报告的基本要素齐备。发现问题、分析问题、解决问题都很到位！

你会递剪刀吗

当有人要你把剪刀递给她时，你会怎么做？一般情况下，你可能拿着剪刀的柄把，剪刀尖的方向对着她，然后说"给！"以前我也是这么做的。今天，我因递剪刀这件小事受到了最严厉的批评和训斥，我才真正学会怎样给别人递剪刀。

爸爸正在维修电源插座和台灯，他的手顾不过来，就喊我一声："笑笑，快，把剪刀给爸爸拿来。"这是很平常的家务事。我赶快找到剪刀，手持柄把，朝爸爸跑过来递向爸爸。爸爸愣了一下，然后放下手中的活儿，站了起来，一脸严肃的表情，把我吓住了，我心想我没有做错什么呀。可爸爸严厉斥责我说："有你这么给人递剪刀的吗？！"我生气地反驳说："你急着要剪刀，我不是这么快就给你拿来了吗？"爸爸说："拿是拿来了，速度也快，但你递剪刀的方法不对！"这让我觉得纳闷了，有什么不对的呢？不就是递把剪刀嘛！

爸爸看见我有些生气和不解，就接过剪刀，对我说："我今天还得教教你怎么给别人递剪刀。"爸爸拿着剪刀给我比画着，他用自己的手握住剪刀的金属部分，把剪刀的柄把对着我，递给我让我接。我接上后，他说："你接的时候是不是有一种安全感？"然后他又拿回剪刀，把剪刀的尖刃朝着我让我接，说："你接的时候是不是心理有不一样的感觉呢？"

爸爸接着说："以后给别人递送东西时，尤其是剪刀、刀具、利器之类的东西，一定要注意把方便别人接拿的方向朝着别人，不能把可能给别人造成伤害的部分朝向别人！"我一下子明白了：当我们把剪刀尖部和刃部朝着别人递交时，一是别人不方便接拿，二是别人就会没有安全感，虽然我们毫无伤害对方之意。

这就是我今天学到的递剪刀的哲理。递剪刀，看似小事，其中蕴藏了多么深刻的内容。在日常生活中，我们存在不经意间给别人心理上造成不安全感的情况。给别人方便，就是能站在别人的感受中行事，当你掌握主动权时，在保护好自己不被伤害的同时，要考虑给别人方便，这样人与人之间才会和谐快乐。给别人安全感，就是不要把危险、伤害或可能潜在的危险、伤害对着别人，让别人觉得舒心、踏实，这样别人才愿意与你成为好朋友。

其实，在我们的生活中，不只是这些简单的递送物品，包括语言传递，也是这个道理。我们经常在大街小巷看到有些人没有做到"有话好好说！"而是，你争我吵，有的语言污秽，伤人至深，还有的尖刻狠毒，满嘴咒语脏话，更有甚者大打出手。这何尝不是给别人的伤害呢？如果我们人人做到语言能好好传递，不把尖刻和刻薄对着别人，那么，我们的世界是不是会多些太平和幸福呢？如果我们都能够站在别人的角度去理解人、体谅人，设身处地为别人着想，我们是不是也很开心呢？如果我们的世界多一些温和，少一些恐吓，我们的世界是不是会多一些安定和团结呢？

（作于 2016 年 5 月 1 日，初三第二学期）

论宽容

高山毕竟留寸土，故能高耸入云；大海终须纳细流，方可浩瀚无边。纵观上下五千年，能成大事者，无一不有宽广胸怀也。

此处尚举刘玄德三顾茅庐的故事，若其厌亮恃才怠慢，不宽容其性，怎能如鱼得水三分天下有其一？由此见得，有忍有容德乃大。吾辈较之于古，更应传此德行。汉朝刘向曰："心如大地者明，行如绳墨者章。"可言其妙哉！"心如大地"乃心胸宽广如地，"行如绳墨"则办事严守规矩，古人早已有此先见，吾等泛泛之辈怎能不效而行之？

宽容，非包庇、隐瞒和放任也。宽容乃学问一门，恰似一泓清泉，即可使人间和气，又可抹去一时对立敌视之态，使彼此冷静。而宽容，当"严于律己，宽以待人"。若一味原谅自己的过失错误，那便是自溺，而非宽容！宽以待人应有一定限度，看清对象，若对于不值得宽容之人给予宽容，那便是滥情，是放纵！

如何做到宽容？我想应当做到：一是自己莫生气。因为生气是拿别人的错误来惩罚自己。既对他人无益，也对自己无利；二是知道人非圣贤。在特定的时间、地点、情景之下，对一事一人进行宽容，在合适的限度内宽容，考虑每个人之间的差异和思想的不同，有些错误和毛病是暂时的，孰能无过呢？三是克服"自己不能吃亏"的心理。扔宽容于脑后，仅以对自己有利为目标，如此这般，必成气量极小之人。

宽容之度从何而来？一言鉴真：忍一时，退一步；心中无私，光明磊落，不计得失；有度量、有接纳、有理解。

今吾辈当自省其身，学做宽容之人，不亦乐乎？

（作于 2016 年 5 月 18 日，初三第二学期）

要合作还是要竞争

清晨的草原上，一群野鹿瞪着警惕的眼睛。为了躲避天敌，它们随时准备逃命，而要逃命，就要比同伴跑得快。同样的，为了获食，哪头狮子不拼命向前捕鹿呢？自然界中物竞天择，适者生存。同一物种内部，抑或是不同物种之间，竞争都是激烈而残酷的。人类社会同样存在竞争，若是只有竞争没有合作，则竞争未果；若是只有合作而没有竞争，则合作浅薄。

竞争，对人的发展和社会进步有促进作用。它赋予我们压力，同时带给我们动力，还可激发人的潜力。好比在运动场上，并排跑步的运动员，人人心里知道谁冲出去谁就是赢家，竞争的念头愈烈时，整个人处于极度兴奋和激励状态。这时大喊一声似乎要用尽浑身力气向前迈步，当手握奖杯时，便体会到了竞争的意义；使人们客观评价自己，提高自己，为平凡的生活增益，同时也使人们所在的集体更有生气。如果没有竞争，就不会有发展。当然，竞争也有不利的一面。竞争中的失败者，也许会因一时之失，过分忧虑紧张并失去了信心，而成功者也会因一次成功而滋长骄傲。

竞争的过程中，还需要合作。合作，给予我们面对困难的勇气和战胜困难的力量。我国不是有句老话吗，"人心齐、泰山移"，社会生活中，谁都不可能脱离群体而单独存在。因为我们要明确一点，个人的力量是有限的，我们看到那经济的发展、社会的和谐、科技的力量等等，不都是基于合作才得以实现的吗？倘若只有竞争、没有合作，怎么会形成一个统一意见，又怎么会有下一步的进展呢？生活中要做一个有合作精神的人，这样也更容易获取他人的支持和帮助。有人说过这样一句话：一堆沙子是松散的，可是它和水泥石子混合以后，比花岗岩还硬。

合作与竞争不是水火不容的关系，而是相互依存的，你中有我，我中有你。我们参与竞争的目的在于超越自我，开发潜能，激发上进心，提高效率。我们参与合作的目的在于发扬集体精神，凝聚力量、启发思维、取长补短等等。

合作和竞争，是人类文明需要的，是国家需要的，是社会需要的，也是我们成长需要的。

（作于 2016 年 5 月 26 日，初三第二学期）

第三篇

成熟理性的美丽

披星戴月，是为了梦想。

年少轻狂，是渴望欢畅。

只愿乘风破浪，踏遍黄沙海洋，寻找最初的锋芒。

苦乐的年华

规　定

现在，中午 13：24，按照规定应该是午睡的时间。而我刚洗完头回来，似乎是违反了午休规定，可我不服。我想写一些东西来叙述过程并表达现在不可描述的心情。

每天中午放学时间是十二点整。今天刚好老师拖了五分钟的堂，12：05 下课；收拾书本并且询问音乐老师关于合唱团相关事宜用时五分钟，12：15 到食堂，排队、打饭、找座、开吃、收拾放好餐盘，12：40 回到宿舍，没错，离睡觉时间仅剩二十分钟。舍友几乎都说要洗头，我便想，让她们先洗我后洗，这样比较有效率。毕竟，我还要向她们借个吹风，等她们洗完吹完，我正好洗完，OK，这样安排，完美！然而一声呵斥让我的心情破碎成片："一点之前就睡，要么去学习！再不许洗头，12：50 必须上床！"多么不和谐的声音！

在我的住校生活中，我认为最刺耳难听的，就是这个楼妈的呵斥声。大家都是女性朋友嘛，别伤了和气，有什么话不能好好说呢？难道只是为了表明您是长辈，可以对我们这些小屁孩儿厉声厉色？哦，那您可真是多虑了，您不用以这种方式告诉我们您上了年纪，您眼角的鱼尾纹已经说明了一切啊！不过，还是谢谢您——费尽心思让全舍人对您有意见有议论。但我们能怎么办呢？我们知道自己是学生，得遵守规定，其实如果不是您那些高高在上的语气，我们附中学子个个都愿意听从学校安排，严于律己。青春期，谁都有，您也有过，应该理解什么叫叛逆，对，还真是，自己的生活自己有计划，我计划完成的事一定做完，再进行下一步。为什么人人都要听楼妈的，我很不明白，把全楼人的生活要神一样地统一起来，好无聊啊！

虽然我明白学校需要管理，但我在干自己的事儿并未影响到其他人，你斥骂我干啥？我刚才在洗头时就有不祥的预感，一转头看见楼妈在身后，我没戴眼镜，差点分不出"雌雄"，吓我一大跳呢——哪个怪叔叔这么变态，站在女生宿舍楼里看人洗头？要不是听到骂声，我几乎都要叫出口了。

"咋还洗呢！你！"

我心里咯噔一下，灵机一动："我把咖啡不小心弄头上了。"呵呵，妈呀，洗个头还要编个谎，郁闷！

仍不改厉色："别人都睡觉了，你一个人洗合适吗？"

我听了差点笑喷，要是别人都在洗，我哪有位置，这什么逻辑？在附中当楼妈难道不该想想如何以正确方式和学生沟通吗？再说了，就算是您考虑到我影响别人午睡，怕我吵到大家，那你雄性一般的呵斥声难道不影响大家？老天哪，我是一个很注意别人感受的人，在水房最里面的角落里洗头，怎么会妨碍到别人？会吵到睡在宿舍的何人？

现在是 13：50 分，舍友起来了，提前十分钟早点打扫，希望不会被骂。

李老师曾对我说，我善于发现美，但是我觉得我更善于发现丑，因为有些人的"丑"实在是很明显，挡也挡不住！

其实，还有很多想说的，但我一想，不应该把精力花在无用之事、无用之人上。可是，刚才真的是心情复杂才起了笔，竟一时刹不住车了。

哦，此文中的楼妈，仅指那个短发的楼妈一个人，不是全部。这随笔如此叛逆，但绝不无道理，也许我还不懂事，但我相信，若我尊敬的李老师少年时代遇到这般的住校生活，也会崩溃的。

但是，规定就是规定啊，我只希望更具人性化，毕竟人是活的，规定是死的。

真是的，我现在头发也未干，怕影响同学休息而不敢去吹。啊！时间催我了，还有好多要写的，但是真的不能写下去了！

李老师，您看到了文艺范儿的我背后的另一面吧，可文艺愤青就是我。平时多数是淑女形象，但是人嘛，总要丰富一点才好。我不想以后变成只会看电视剧的大妈，比如……再说下去就很不尊重了。

那就这些吧，快两点了，吹干头发，准备上课。

【下午补记】其实我很快发现，我的情绪平复还是很快的。看书总是一个好的放松情绪、调整状态的方法。借了舍友的书——林清玄的《玫瑰海岸》。我第一次接触这个作者是在小学六年级，记得只看了一本黄色封皮的散文集，看了作者的名字就有一种清新脱俗的感觉。林清玄的散文如其姓名一样，有淡淡的哲理在文中，不是大道理的堆砌，而是内心深处迸发的情感流露成文。我很喜欢这句"问山、问云、问海、问天空，没有一个给答案。问人、问船、问浪、问岩礁，也没有任何回声"。

因为，生活中有如此多的问，都是只有自己能解决的。问谁都不如问自己，比如对于情绪的控制。

（作于 2016 年 8 月 31 日，高一第一学期）

爸爸评语：语言生动、有个性，酣畅淋漓，赞！补记简要、有思考，懂得自控，赞！

我也不知为何流下了眼泪

那一天过得很快，不是毕业日，不是特定令人感伤的季节。我却不知，为何一张张原本洋溢着笑容的脸上，在训练员说了最后一声"任务完成"时，凝聚成一片泪海。

一大早起床，期待、兴奋、也有点恐惧，会是什么样的特训？真像那些体验过的同学所说的那样赞、那样感动吗？不到八点，我们都在操场集合完毕，耳边是总教练洪亮的声音。八点半左右，我们分好了八个小队、选队长、通知相关事宜、画队旗、想口号，一切都还历历在目。忘不了，刚开始大家满心欢喜脸上透着红晕，不知是风吹来留下的恩泽，还是从心底涌来的神奇的力量，在每个人的脸颊上绽放成花；忘不了，展示团队风采时，每个队都带给大家别样的特色，笑声起起伏伏，心情放飞于高空。

很快的，我们开始了第一个项目，类似于管道运球，一次两次不成功，第三次眼看就成功了，失误再次出现！笑脸呢，呐喊声呢，全变成了焦急的抱怨声，甚至出现了骂声，这时不知谁说了句："大家心静下来，稳住稳住！"顿时又一股新的信念，在我心中升腾。我也跟着说："调整一下高低、速度放慢。"躁动的心渐渐稳定下来。操场上也一下宁静了，大家集中精力期待一个好的结果。那一刻，时间如静止了一般，只剩全队凝聚的眼神和心跳声。遗憾的是，我们最后一次也失败了，看着另一个队顺利完成任务，而我们却连最后的机会也没利用好，失落是自然的。可是，我回想刚才的过程，每一次都有不同程度的进步，这也是好的结果呀！有成长有蜕变，这才是训练的目的所在吧，心里突然有了一丝安慰，连冰凉的空气似乎也有了温度。

此后，我们队慢慢进入了竞技状态，后边的项目中，虽然不是都很成功，但在有些项目中，我们也取得了较好的成绩，身体的疲惫被心里的满足感征服。这感觉，真好！终于，到了最后一个项目——"抢渡金沙江"。在这之前我就听说过，这是最痛苦最具有挑战性的一个项目。之前体验的几个班中，就有不少同学落泪，当时听来只觉得可笑。这时，全操场上只剩下教练说明规则的声音：需要各班二十位同学用腿手搭座桥，其余全体同学依次通过，不论哪个班谁失误，四个班二百多名同学全体从头再来，限时一小时！听着这些规则，我的心中如被石子儿一块儿一块儿填满，随着教练的声音高低起伏，我显得愈发沉重起来。教练喊话："能不能做到？"全体同学还是整齐划一地喊出了："能！"似乎都是自己给自己一些信心和勇气。准备工作完毕，我们开始一个接一个上"桥"，不敢发出任何声音，被踩疼了同学却不能说一个"疼"字，也不能发出任何疼痛的声音。一次失误，重来！两次失误，再来！周围渐渐出现了小声抽泣的声音，一时间，我和周围的同学眼眶中也下起了泪雨。第三次，大家互相鼓劲，有一种齐声壮行的感觉："这次，我们一定咬紧牙关！一定坚持！"这一次，我们全部成功通过。那一刻，胜利的喜悦、激动的心情、身体的疼痛交织在一起，抽泣声、呼喊声、笑声混织在一起……泪海中，映衬的是一张张笑脸，那是怎样一种复杂的心情啊！每一个同学，都体会到了笑着流泪的感觉。

　　这次特训，四个班、八个组队在这个项目中紧紧团结、齐心协力，在合作中展示了青春的活力，更多的是诠释了团队的精神。自这以后，团队和集体的概念，在我心中更是深深扎根。在最艰难的时候，每一个个体都要为自己鼓劲，团队才有力量战胜困难！这和当年真正的抢渡金沙江相比，算个啥呀？！能和十六班这样一个优秀的班级共同进退，共同追求卓越，真的很幸福。

　　幸福的泪水、激动的泪水、开心的泪水啊！团结的十六班，一定能争创一流！

（作于 2016 年 9 月 5 日，高一第一学期）

　　老师点评：诚然，那是一个令人难忘的一天，苦涩中带着幸福的味道。你们的勇敢，你们的担当，让我的心不由得震撼！你的文章再一次将我带回到那个痛并快乐着的一天，真的很棒！

黑暗中曼舞

　　这些日子，都似黑暗中曼舞。

　　就如 Eason 的那首歌词一样："为何未能学会起舞便已抱紧你，陪你跳通宵都够力气，请看我姿势美不美。"不要误会，我这是形容和赞美学习和作业的。我还没从朦胧困意中清醒，便抱紧作业本曼舞，陪它通宵都 OK，看到我试卷上满篇的对钩，可美？

　　白天课程的学习不在话下。黑夜降临，各门功课都需"曼舞"，何以显示舞姿、舞出"舞霸"？其实我的"舞蹈"是狼狈的，一科一科说道说道。

　　从数学题海中刚曼舞出来，累趴下了，还有个什么"姿势"可言。虽说刚开始学高中数学并不难，可我总是心慌，一遇难题便犯迷糊，这可不就是那种感觉吗？——到嘴边的食物吃不到嘴里去。有时，真恨自己在数学题中曼舞的脑细胞和肌理都不够用。

　　既然如此，那先缓一缓，曼舞一下"英语"吧。翻开英语单词表，心想这是拿手的菜，先炒了再说！然而，若不是密麻如蚁的字母挨在一起出现在我眼前，我都忘了高中的词语难度，不仅在语音音调上难了，还在拼写上也更难了。恐怖的是，十个单词中有五六个是之前从未见过的生词。面对生僻，我好羡慕已经成功在四六级词汇中曼舞的同学。

我还要说说这门课——物理,我中考成绩中最差的一科!也许是"课代表效应",自从老师选我当物理课代表,我大概是在心中就形成一种力量,或者说是暗示,那就是我要重视它、努力学好它。"领舞者"怎能不发挥积极的作用呢?可是,有时还会力不从心,毕竟没有过硬的底子,在某种程度上我是落后于人的。技不如人,何以领舞?不久之后的月考,我又如何在物理试卷上"曼舞"呢?

话说至此,因有困惑与不安,故而常与黑夜曼舞。不知为何,总有同学乱将"学霸"一类的光环扣在我头上。我不是不想当学霸,而是对自己的水平并不自信,我希望每次考试有进步就 OK。但在高手林立的集体中,"学霸"的称谓,似乎就有"舞霸"的味道,"舞霸"的头衔岂无压力?

开学至今,我开始后悔这些日子在深夜中仍然"曼舞",一点左右睡觉已成常态。夜深人静了,三天充电一次的台灯很快就用完了。然而,我发现,第二天,舞者并不是清醒的,思维有点儿跟不上节奏,效率十分低下。

我决定,好好调整,黑暗中曼舞必须得到控制,务必在晚上十二点丢弃"舞伴"!坚决禁止"深夜中曼舞"!即便,高一的第一次月考就在眼前!即便,我很担心我的差距较大!我要说,彼岸的彼岸,很美,风的呼啸,海的尖叫,我的骄傲,哪怕只占一厘一毫,舞者当舞,何须黑暗?!

(作于 2016 年 9 月 23 日,高一第一学期)

老师点评:带着你的骄傲去努力吧!

语 言

今天,在某练习册上看到一则小漫画:一个小孩,指着手机屏幕上类似于"qwq""7456"这样怪异的"语言"符号,嘲笑身旁一位手拿汉语词典的老学者。老学者看不懂这些符号语言是什么意思,一脸无奈的画面。

类似于这样的网络语言,所谓"新型文字"的泛滥,我在平日里也接触过不少,甚至觉得新鲜、稀奇、逗乐,偶尔自己也用。我以前看到这方面的"语言",觉得是时代和社会的一个符号,对那些说三道四者,总是不屑一顾。认为那些"应该远离这样的用法,保存文化精华,珍惜汉语语法"的说法,未免太不跟潮流,我们总归挡不住时代的发展。

可是，就在看了这则漫画以后，我的心上被重重敲击了一下。我看到的重点不是手机上的"语言"，而是那位拿手机的小孩儿，看他双肩背着包，显然是个学生。作为处在学习文化知识年龄段的学生，竟以这样的"语言"为益，还嘲笑研究汉语文化的学者，这才是漫画所反映问题的严重性。

静下心来想，这究竟是科技信息的发达、语言认识的进步、流行浪潮的顺应呢？还是对汉字语言文化的亵渎、对中国传统文化的歧视呢？这难道是人类在进步吗？还有，当下有些人热衷什么没有任何艺术价值的涂鸦、丑书等等现象，都是令人担忧的。

我自上初中，就对古诗文很感兴趣，在一字一句品味的过程中，我更深刻地体会着中国的古典文明。在众多诗坛文豪中，那些唐诗宋词的作者，把中国语言文字运用到了极致。正如，电视上热播的"诗词大会"年度冠军武亦姝所说，我国的文字自古以来，散发的都是智慧，诗词用最简洁的语言描景、状物、抒情。没有任何语言和符号能够代替中国的语言文字。中国的文字、中国的诗词、中国的书画……都是中国传统文化的精髓，其魅力不是时代的辗转能够改变的。

今天的我们，缺乏的是，对真正有魅力的事物的热情。沉迷网络，沉迷虚拟，渐渐地导致忘记传统，缺失根本。祖国的花朵需要文化来浇灌，需要把民族的精髓继承和发扬光大，而不是"TMD""吃你妹""擦尼玛"之类低级下流的网络语言充斥青少年的生活。文明的社会和国家，也不是把胡写乱画、让人看不懂作为艺术的时代追求。

需要改变的是，要让各种最美好的语言深入人心，从儿童开始。比如，歌词经典的音乐是流动的语言，功夫卓绝的书法是畅逸的语言，现代诗歌的流畅、平仄格律的诗赋是修养的语言……希望我们在表达开心情绪之时，别用"hhhh……"，而是说："月光鼎盛，我是池中一朵碧莲"；在表达悲伤感受时别用"嘤嘤嘤……"而是说："天地一别，两宽相隔甚远，我伤悲，长短如其二者距离，暖风吹来，却如寒雨凄切。"也希望在传递文明和艺术时，不要低等涂鸦，不要胡写乱画。

珍爱文明的语言、珍爱我们的精华吧！

（作于 2016 年 10 月 11 日，高一第一学期）

老师点评：很庆幸你有一颗发现美的心灵。

Baba yetu

"Baba yetu, yetu uliye, mbinguni yetu yetu Amina baba yetu yetu uliye Jina Lakio Litu kuzue."

接到合唱团的新歌，心里很激动。这首被译为"我们的父"，来自非洲东岸斯瓦希里族祷歌，有着浑厚古朴的风范。从女生哼鸣开始，接着跟进主旋律，整个乐曲的律动感随优美的和声缓入缓出，在歌词间游走，游刃有余。

我曾听说和声是世界上最美的声音，尤其是西方祷歌或是非洲原始乐。当不同声部相依而成，向同一个声音靠拢时，又像在各显不同风采，这时，请闭上双眼。用心去感受世界，感受一个静好的时刻。

现在这首歌已成了我的单曲循环，跟上去哼唱，感觉自己真的融进了音乐的河流，"周围是岸，岸上是茂密的热带雨林，而我在舟中。流水时缓时急，还有小石子砸向我，遇上河中兽，似乎在与我同声歌唱。抬头看不到天，只能看见点点阳光投射在林间，映出生命的绿色，活力的影子。"

这就是音乐的神奇，一股流动的力量，足以在你脑中徘徊，接着流贯你的身体、感染你的心里，还你一片净土。我在听一些祷歌或教堂乐曲时，终于明白了宗教信仰的圣洁，毫无沾染污秽，最纯最真，不仅是曲调，还有那几句循环往复的简单歌词。例如，这里的《Baba yetu》："我们的父，你是在天上的，阿门！我们的父，愿人尊你的名为圣，我们日用的饮食，今日赐给我们，求你赦免，我们的罪债……"

《Baba yetu》的歌词，简单的希望、发自内心的祷词，歌词中对于基督教的信仰是深入骨髓的。有时，最原始的声音是最能打动人心的，就如同，最原始的爱，才是最美的爱一样。尊重每一段可以打动人心的旋律，从喊她的名字到喊她的灵魂，那是奇妙的感受，不同的体验。

我相信，人们都应该喜欢音乐，喜欢《Baba yetu》。

（作于 2016 年 12 月 6 日，高一第一学期）

老师点评：我也会去听听，你描述得这么美的音乐！

复习过程中的心得小记

（一）拒绝多科目学习同时进行

即便电脑，也会死机，何况人？一个人的精力是有限的，一个人做两个人的工作量，与两个人做两个人的工作量相比，肯定是后者完成得更好。同理，在学习中，你集中精力完成一门功课后，再学另一个科目，这就好比两个人去完成两个人的工作量。有的同学会认为同时做几件事，就能完成更多任务，比如你写两道理综题就沉不住气了，这时不要转而背背单词或看看古文，而应该看看关于理综的基础概念，也许会对解题思路和专注于解决同一类问题有帮助。

（二）拒绝不反复总结

每次做完题目，问问自己是否知道哪里错了，哪里没错，错了的题是否总结了？对了的是否真正懂了？"别因嫌麻烦找各种偷懒的理由"这句话，为我们复习敲响了警钟。因此，可以尝试用一个笔记本来记录关键的内容，然后根据本子上的内容，每天重复复习，稳中求进。以前总觉得，建立错题本是很浪费时间的，现在发现不管是通过什么途径，要想有进步，不能不重复记录、反复学习。

（三）拒绝熬夜

不停地学习不代表成绩一定会提高。学习的时间一长，大脑变很疲惫了，"会休息才会学习"，这话不知听了多少遍。仔细想想，白天时间我们真的充分利用了吗？难道只感叹逝者如斯、不舍昼夜？睡眠的时间我们还得熬夜，有效率吗？有意义吗？第二天的学习有质量吗？白天的时间，除了课程的统一安排，剩余时间也要有个合理的规划。规划好时间就是一种成功。熬夜的唯一好处，仅仅是博得别人对你"用工"的夸赞，除此，只会事倍功半。把握好晚上的学习时间，一切都会变得有规律、有成效。

（四）拒绝任务清单太满

即使我们对学习的内容和方法再熟悉，都不可能一下子完成所有内容。人脑每天存量有限，并没有那么大的运转能力。所以还是要安排好进度，给自己缓冲的机会，给自己留出消化的余地。"求全责备"、面面俱到，往往是抓不住重点。要把自己薄弱的、缺少的、陌生的内容确定列出来，一项一项去攻破，这才有效。

以上即为备考、开学考试的一些体悟。现在是开学考，还有七八百个日子便是高考那天，无论复习是否到位，无论是否发挥正常，都要迎风起航，踏上这战场。从现在起，我就要编制好未来的每一个日子。

这其实，不是我的经验，而是我自勉的尺子。

（作于2017年1月6日，高一第一学期）

老师点评：你已经在用心编织了，会更好的。

丁酉之春雪

三月十二日，我的生日。一场瑞雪纷纷扬扬飘落人间。赶在了时光的前面，洒在未醒之人的梦里。细小的，如行人的目光，优雅的，像一首小诗。春的气息还没来得及降临，灰色的树林正用悲悯怀抱瑞雪。我出门，身上穿着久未拿出的棉大衣，再一次去感受天地间洁白的雪花，感受自己可以拥有的宁静与空灵。

黄河南畔，已是白茫茫一片。黄河北边，除了白色，也看不到山川和楼宇有其他颜色。流淌的黄河，像是在诉说前缘旧事的柔肠。在我的身后，留下两行随河水流动的脚印，或深或浅。在风中，我长长地吁了热气，眼前的白色"蝴蝶"，凌乱而慌张。

有人说，时光是一场最浩大的雪，而我将迎接自己的第十六个生日。我想到了十六年来的人，十六年来的事，想到了大雪中热腾腾的早餐，傲立良久的雪人，也想到了大雪中有过的欣喜若狂和种种忧伤。我的双眸空蒙而炽热，

我的思绪竟逆流而上。似乎十六年，是突然间来到的。此时，我知道，一层洁白的瑞雪已经覆盖了我的帽子、头梢和衣服，有的雪花已悄然藏到了我的帽檐里，还有的，被我轻轻地护在手心里……因为，这是时光。

丁酉之春，年仅十六。岁至六十，花甲几何？真的满头白发时，再次映衬瑞雪，可否更美？那时的春雪，更不觉得冷，没有瑟瑟发抖，继续向前走着，朝着那个方向。

（作于 2017 年 3 月 12 日，高一第二学期）

敦煌嘉峪关记叙

四年级的时候，我有机会和爸爸一起陪北京来的朋友去"河西走廊"，感到这是一个神秘而古老的地方，有着很多文化和自然的东西。时隔多年，当时出行和游览的情景、见闻、所得体会似乎还历历在目。这次学校组织敦煌、嘉峪关研学，我又坐上西行的火车，与班级同行，再一次感受那里的风情。

敦　煌

那天早上六点左右，列车把我们送到了敦煌。下了火车，感觉与我初来时不同。不觉得有多干燥，但是热。简单用过早餐，我们便前往莫高窟参观。我望着窗外，淡漠一点点漫过了心头原有的热情。我记得那年来时，街道整洁，城市节奏慢，让人很舒服，深深被这所历史文化名城的美丽所吸引，而今天我所见到的它，却似乎没那么令人激动了，可能是由于第二次吧。

不过令人欣喜的是，到达莫高窟景区，我们看到那里建设了之前所没有的数字化观赏介绍区，规划和设计都与时代的步伐紧紧相连，我的心潮开始澎湃。跟随导游的脚步，我们先后了解了八个必看洞窟的历史渊源和文化内涵，这一次我听得很仔细，边听边身临其境地想象那些远古的神话传说。一尊尊佛像，满墙的壁画，飘逸的飞天形象各有所异……我不禁感叹，这就是虔诚的文化，这就是甘肃的文化，这就是艺术的文化。

来敦煌，要游赏的除了莫高窟，当然也少不了鸣沙山月牙泉。鸣沙山之所以叫这个名字，是因为很多人一起滑沙的时候，山便会发出嗡嗡的声音。有资料记载，在 1908 年，百名学生一起滑响了沙山，声音达 83 分贝。那天行程紧张，我们一行人没有参与这个项目。不过也没有遗憾，毕竟能滑响沙山需要很多人的力量。

在我的记忆中，进了沙山就能脱掉鞋，感受细腻的沙子漫上你的脚背，还带着阳光的温柔。我向同伴讲述着第一次来这里的经历，还说不用租鞋套进沙山，沙子细着呢。然而，车离鸣沙山越发近了，我却觉得沙山像蒙了一层灰，颜色不似从前的纯正沙黄。唉，有了一些失望。太阳毒，还有蚊虫，心情不免有点糟糕。

我们骑骆驼上山，一览全山风光，除了沙还是沙，偶尔见到几丝绿色并不能给人耳目清新之感。这种只有大漠，没有孤烟、落日、长河的景色多少有些缺憾。我们绕到山的那边就能见到月牙泉。月牙泉附近的一片景区，有绿色植被，有亭台楼阁，虽说地方不大，但是在鸣沙山之巅俯瞰脚下那一眼清泉，还是有种大气、神奇和别样的感觉。

晚上我们露营在鸣沙山的后山基地，环境差了些，伙食差了些，娱乐设备差了些。那晚除了和大家在一起说笑之外，我没有感受到任何值得描述快乐的事情。于是我又有感叹了，鸣沙山月牙泉吸引游客的方式完全没有创新。仅仅凭历史支撑的旅游业是不会有发展的吧，周边物价高，商品样式集中却并不多样，这终究会造成人们渐渐失去热情。就连这样听起来很大型的露营基地，也搭建得如此简陋。是建设者为了节省建材、减少投资，还是急功近利、不顾细节？总之都不是好的方面。不重视餐饮业，就是忽略旅游业；环境恶化不整治，就是忽略旅游业；待客方式不创新，就是忽略旅游业。敦煌本来就是靠旅游这一主业生存和发展，如果这方面做不好，可能，连珍贵的历史遗存都帮不了敦煌。

嘉峪关

两天在敦煌的时间，除了参观，还有一些研学。行程紧，我们拖着疲惫的身躯坐上前往嘉峪关的列车。想想这两天的行程，我们仅靠在车上的时间补觉，真是有些累。我期望着嘉峪关能给我们的行程添色。我想，嘉峪关发展很快，城市规划比较好，整个城市整洁有序。听说人工湖已有十五座，教育等也很好。这个新兴发展起来的"戈壁明珠"应该比我第一次见到的还要吸引人吧。

我们第一个去的地方便是"天下第一雄关"古迹，一切都很熟悉，有一种与老友重会的感觉。导游进行简单介绍之后我们自由活动。我登上角楼，极目远望，古战场上战士们的威风凛凛的形象出现在我的脑海里，自己竟也有了一股豪迈之气，我向天大喊一声，耳边呼呼的风声将我的喊声传得很远。

不知道传到古丝绸之路了吗，传到遥远的汉唐了吗？不知道是否遇到了驼铃声、战马声？巾帼历代多少，我可否骑马斩妖？

下一个景点——悬壁长城。当我在悬臂长城脚下看到直上云霄的那个角楼，虽有放弃攀登的念头，但看到同学一个个都在攀登，也紧跟其上。已经登上顶的同学在为下面的同学加油鼓劲，大家没有一个人退缩返回。邓爷爷曾说，"跟着走"就是胜利，这让我不断向上向上……来到顶台，看到开阔无边的大漠风光，大家的心情似乎变得更加开阔，共同呼吁集体合照。人人都满身的汗，双腿酸痛，脸红扑扑的，气喘吁吁，却享受着坚持的喜悦，欣赏着大自然的魅力。

如果说之前的一切活动都是来"见识"，来参观和了解文化古迹和历史源头，那么，最后一天在酒钢三中，我们体验到的就是一场书香气息的碰撞和交流盛宴。两校都很重视这次读书交流活动，我们出发前每人就已经准备了一本要进行交流的图书，并制作书签，写上名字以及联系方式等内容。两个同在陇原大地的学校，就在这样好的机会下结缘，共同分享读书经验。我们两校的同学因书结下情谊，我也不例外，对方在书签上给我留下的联系方式，拉近了我们的距离，虽然并未晤面，这是一种我未体验过的体验。

短短三天的行程，收获不能说多，但也不能说少，就当是流水账吧。这四天里，我旅游了，学习了，思考了，收获了，不虚此行，这就是最宝贵的了吧。

（作于 2017 年 6 月 18 日，高一第二学期）

找到属于自己的时区

最近看到一首在美国疯传的小诗：

纽约时间比加州早三个小时，
但加州时间并没有慢。
有人二十二岁就毕业了，
但等了五年才找到稳定的工作，
有人二十五岁就当上 CEO，
却在五十岁去世。
奥巴马五十五岁就退休了，
特朗普七十岁才开始当总统……

我似乎明白，每个人都有一段属于自己的发展时区，都会有不同的人生阶段。可每当我看到超越我的人，还是会心慌。于是我要加快脚步追上去，把退却远远地甩开，于是我孤身前进，找到自己的时区，并不让我满足，我还要超越自己的时区。于是，我累了。

身后的人匀速走着，最后与我并肩。而我经历了一段令人气喘吁吁的加速跑，此时却慢了下来，只能瞪着眼、张着嘴，看自己被超越。

本来，我待在一个合适的时区，可一旦打破了节奏规律，便不再那么轻松了，似乎那不是我的时区。有些人看似走在我前面，也有些人看似走在我后面，不要羡慕，不要悲伤，不要放弃、不要自满。放轻松一些，再放轻松一些，然后发现：

我没有落后，也没有领先。我只待在自己的位置上，适合的时区里，一切安排都准时。

（作于 2017 年 6 月 26 日，高一第二学期）

老师点评：如此这般最好！

稳住是最重要的

开始发试卷了。

首先接到的是让我惊诧的化学试卷。作为有"强迫症"且自认为化学成绩不错的我，竟然只是九十九分的成绩，我内心瞬间坍塌。我不得不从过度伤心到深刻反思：基础是否全掌握了？物质、元素的性质是否还是在脑中乱成一团？计算题的步骤思路是否清晰明了？我粗粗地看了一下试卷，划"X"的地方，问题就出在这些方面了。我简直不能容忍我自己，我真的是在吃初中的老本！学习方法并没有转变过来。

接下来，"武俊含，你的政治卷子！"我一惊喜，这下总得让我高兴一会儿了吧，我可是在政治上花了好多功夫的！然而，现实并不为我的意愿涨精神，是个中不溜的成绩。

唉，我陷入了纠结和迷茫之中，从这三次考试的情况来看，文科方面，有历史和政治在拉我的成绩，理科方面，成绩忽上忽下，且以下居多。考虑文理分班的事也许早了点儿，但这个情况到时怎么办呢？我内心一阵阵焦虑和着急……

试卷一门一门发下来，总体成绩虽然还不错，但心里的滋味真不好受，离我的期望值差得太远。我真羡慕那些天资聪颖的人呀，他们不怎么累也能拿高分，甚至，可以发展与课程考试无关的其他爱好。我很清楚自己的学习处在疲于奔命的状态，该怎么摆脱呢？

沉静片刻……

思考，我的问题在哪里？思考，我的强弱在哪里？思考，我下一步怎么办？归根结底，固然有我基础不扎实的问题，但心理、情绪对学习的影响太大。有时候很不自信，有时候自暴自弃，有时候又过于自满，矛盾复杂的我，让我的心不能够沉稳下来。对，这是关键！

从现在起，做一个踏实学习的人，重要的是"稳住"，不浮躁、不自满，明确任务是什么，做出科学的学习规划，每日要有自己的计划。把与学习无关的事，包括音乐、课外写作等都可以先放一放。只要每天有积累、有进步，最终会成功。对当前综合排名前十几的成绩，重要的也是"稳住"，绝不能掉队，不求突飞猛进，只求"一步一个脚印"，分门别类地再进行渐进。

那就这么办吧！先稳住！

（作于 2017 年 7 月 28 日，高一第二学期）

那景致

初遇，你是日光照耀下的未来；又逢，你是花开云卷的期待；再见，你是一期一念的告白。

——题记

我记得第一次来见你。那时在小学四年级，随学校一起来你这里参加"十城市体育公开课"。我们排队成列，过嘈巷，走狭道，身转路口，便到了你的怀抱。

你的声音曾多次滑入我的一帘清梦，一直向往你。那天，我在如此真切地感受你古典优雅的气息。师大附中，你如端庄女子款款向我移步，直到校门之上、朝阳下生辉的几个大字映入我的眼帘，我才悄然发现，噢，是我在一步步向你走近罢了，这一点儿也不夸张。你骄人的成绩出现在报纸上，网络上；流动在人群里，家长的耳朵里。那在一个小学生的眼里是多么神圣，多么望尘莫及。痴痴地看你，以至于忘记脚下正在行进的路。自那时起，对你的敬意也好，爱慕之心也罢，都让我暗自下了决心：几年之后，一定来这里读书，与你续缘。

六年之后，如人所说，梦想成真的滋味非常甜。你的模样没有大变，我豁然发现，小时候在我眼里你广阔无边的操场，原来也就是两三分钟的奔跑，宿舍楼与教学楼之间不过五分钟的行走。当时我还在想，这些哥哥姐姐要是睡晚了，迟到要罚站多久……

以前我以为，你只是一座拥有诸多光环的优秀学府，众多陇上学子来此求学，这里高手如云，大家是否但求个人上进？是否不互相帮助而看重自己名次？这样想来，这里似乎会是个冰冷的无人情之地。而今亲身深入其中，才为曾经的无知而感到可笑。几千学子在你的宽怀中尽展风华，各显特长。你不局限于死板教条的教学方式，大力支持各社团活动的开展，创办了很多文娱活动。这让我们在学习课本文化知识的同时，以适当有益的方式放松自我，充实着枯燥乏味的今天，明天，未来。

你是我们的良师益友，我们是你丰富的快乐因子。优良的教学风格，正确的教育理念，让我们感受到"附中风范"。严谨不教条，包容不松懈，如此甚好！

身为附中人，骄傲，感动，青春，勇气……它们每天都环绕在我周围，给我一股向上的力量。有时不经意间的一瞥，就能有别人注意不到的收获——"……那这道题是不是和早上讲的……也就是说……把这个参数的范围先解出来……"

"对，你看这个范围你已经表示出来了……没错，计算一下，再代入原始式子……来，我这有笔，你看啊……"

身后的未名湖，因雨水的敲打而奏出乐声，这边安静和谐的一景常被很多人忽略，却被我捕捉到了。那一瞬间，我内心最柔软的地方也被雨水打湿了。我想，这可谓校园一美好景致了。

若谁在食堂吃过午饭后不急于走出校门，请在校园内四处走走。最好是安静点，轻声点，因为广播室的音响设备声音有时调得很小。是的，我是让大家听听广播员的用心朗读。

我知道，在高中几乎都有广播部的存在。我也深知附中的广播部办得并不十分出色，相比一中，我们做的努力很小。没有每期的海报宣传，没有更好的硬件设施，没有更专业的朗读者。但是作为一名广播部部员，我还是要说，母校的广播声还是很美，为学校服务是我们喜欢做的事。每周广播的时间不长，但对大家，却是个很好的调节。在优美散文中抒发自己的情怀，在时事新闻中感知世界的变化，在英文歌曲中体会欧美的魅力……没错，不仅是整个校园在享受，广播员也乐在其中。中午、下午放学后的时光，让耳朵伸个懒腰。也许还能看到跟着哼歌的小伙伴，看到某几个老师走在一起谈论："今天广播的这篇文章我在《读者》上看到过，准备推荐给学生……"谁能说这不是一处独特校园景致呢？

校园各处稳立着寓意不同的雕像，不用说，它们肯定也是道道风景。牛顿一双慧眼让我们感知理性的光辉，孔子两垂胡须体现着仁善慈爱，英才之石代表通向国际大道，"传递"之石作为 20 世纪五六十年代的校友所赠，更多了几重含义……

身在附中是幸运，幸其氛围极佳，人心享受其中乐趣，体验别样的校园景致，不只是自然之景致，更是人情之景致；心浸附中是沉沦，沉沦是因爱之太深，靠近其无限魅力之中无法自拔，恨不得多驻留几年。你是曾经走过风雨飘摇年代的百岁老人，又或许是经历许多挫折如今茁壮成长的青年，不论是何，请接受来自一个普通附中人的致敬。

我是附中人，深爱附中，深爱附中的景致。

（作于 2017 年 8 月 2 日，高二第一学期）

六校联盟展演暨新加坡合唱节纪实

2017 年 8 月 6 日至 20 日，辗转北京、新加坡、兰州之间。这是一个充实而有意义的假期。

我先后随校天河合唱团赴北京参加 2017 年中国高中六校联盟第二届"民族魂·中国梦"合唱展演，又赴新加坡参加 2017 第六届新加坡国际华文合唱节。我所在西北师大附中天河合唱团得到国内外合唱指导专家的一致好评，并在北京六校联盟合唱展演中拿到最佳表演奖、最佳指挥奖、最佳团队奖三项奖项，在新加坡国际合唱比赛中荣获金奖第二名。这样的成绩令人欣喜，对于一个并非专业且尚未十分成熟的高中生合唱团，可以说是很大的鼓励和肯定。当然通过这两次大型活动，我学习到很多东西，要说的很多也比较杂乱，且在此慢慢梳理。

北　京

——初感·观闻打击乐展演

全国各知名合唱团陆续齐聚首都北京。我校天河合唱团于 8 月 6 日下午五点左右抵达北京，晚饭后便来到北京市第三十五中学（教学活动和展演活动都在该校的金帆音乐厅进行）。晚七点至十点半，大家观看了一场国际打击乐文化节的颁奖仪式和精彩的打击乐表演，我虽然从未接触过音乐领域中的打击乐这一块，但是只因音乐是通用的国际语言，不论是哪个音种，具有什么特色，以什么样的形式展现，只要音乐开始流动，心绪就会跟着起伏。先是感受节奏，然后体会速度，最后便能理解和感悟到每首打击乐作品要表达的情绪。感受音乐是一个渐进的过程，用耳朵还远远不够，用心用脑才更重要。

——指挥·万众一心的歌该如何演绎

7 日清晨，我们带着崭新的心情来到金帆音乐厅，已有其他学校的同学坐在台下，还不知道早上要开展什么内容。片刻过后，我便看到台上的大红色背景屏幕上显示出几个金灿灿的字：唱响万众一心的歌。我有些摸不着头脑，万众一心？难道要唱国歌？这时，大厅里顿时安静，一位体态端庄、神情严肃的女老师走上台。没有多说什么，一声"起立"，全场学生立即站起来，直到钢琴伴奏跟着老师的手势弹出国歌的前奏，我们才回过神来，展喉歌唱我们的国歌。不知是否是因为这音乐厅的专业性，我们的声音显得浑厚而年轻，坚定而有力。歌罢，又突然一阵安静。在我暗中欣喜，等待老师表扬时，老师脸上却露出更加凌厉的表情。她说："唱得不好。"我的心里咯噔一下，哪里不好，节奏掌握得不好？拍子没唱够？音准有问题？好像都没有。老师又说："表演得很好，唱得不好。国歌我们从小就听，却没有谁真正唱好。歌唱是情怀，表演是技巧，只有技巧的歌唱怎能说唱得好呢？"确实，唱歌是为了抒怀，可是我们刚才似乎并没有很好地诠释这首音乐的本质。接着，老师说国歌是每个人都应该会指挥的，便向大家示范指挥时的动作。双手抬起略高于胸，手掌自然轻拢，融入音乐中去，每一次高起低落都掌握在手中。激进时坚定地挥臂，舒缓时柔和地摆臂。显然，自己边指挥边唱歌会很容易地和音乐融为一体，这便是动作与声音的完美结合吧。老师教会我们对于音乐的态度是尊重而不是刻意。

——演唱·肯定和评价让人热血沸腾

经过一些时间的训练，并且聆听其他学校的演唱，我们又成长了些许。终于到我们上台，清楚地感觉到大家的状态很不错。我们演唱了《面朝大海春暖花开》《NORTHERN LIGHTS》《玫瑰三愿》《IBELIEVE》四首作品，演唱结束后，中国合唱协会和北京三十五中艺术中心的领导给予了这样的评价：首先可以听出"天河"合唱团的演唱风格是与国际接轨的；其次这是一支成熟的队伍，是经过长期系统正规训练的队伍，如果能像西北师大附中天河合唱团这样训练，中国的合唱才是有希望的。要说问题，就鸡蛋里挑骨头，建议指挥能把作品处理得再细腻一些，比如渐强渐弱再明显一些。这么高的评价，我的神，把人激动死了。

——回兰·列车上所作感想

Part1：自打节拍，体态律动之下，再展少年风华。顶绕余音，或显现音乐风情，或回味孩提时光。古今相连，中外互通。如此新教法诠释什么是传统，什么叫创新。在专家老师的点评下，我们深刻地了解到在创编融合新型音乐的同时应注重艺术表现能力与文化理解的重要性。作为中国新一代，我们有责任努力进取，挥洒汗水，歌舞青春！遗憾未能参与前六天的教学活动，这确乎是对于音乐热爱者的损失，只待明年续歌韵舞，六校同乐。

Part2：缥缈悠远，灵动清扬，曲调变化巧妙。时缓时展，时轻时沉，展喉于情，融情于怀，抒怀于声。这便是我在聆听他校演唱时的感受。我们来自各地，各具特色。音符跳动起落，变化紧促而不失条紊。闭眼享受，沉静在音乐的流动世界里，我的眼前似乎出现河流山川，高林密树。在赞叹别校高水平演唱的同时，我也轻声哼唱，寻找那根牵动我的音弦。借此交流机会，我们与各地热爱音乐的伙伴们相识相交，在专家老师的指导下，大家相互学习，共同进步，多么美好的体验啊。活动结束得这样匆忙，我们师大附中天河合唱团昨日才匆忙而来，未能经更多指点而收获颇丰，但因合唱是我们共同梦想，我们的距离未曾远过。

北京小感：为歌声而赞，为友谊而歌！

新加坡

——亲切·异国风情华人居多

初到新加坡，游玩一天，体悟并不多，此处略提一二。

到新加坡的第一天，是 8 月 18 凌晨，潮热、湿润。不知道激动什么呢，熬到很晚才迷迷糊糊睡着，湿热的空气，提升了心底的温度。18 日和 19 日上午没有相关的比赛，随导游去了些景点。鱼尾狮公园有新加坡著名的鱼尾狮像，坐落在新加坡河畔，是新加坡的标志和象征。感觉金沙、滨海南花园和国内南方城市的景区花园没有什么差别。据说圣淘沙这个田园式的度假岛屿上，有世界上最大的海洋馆，但没有时间去参观。乌节路是繁华的购物区域，牛车水则主要是吃货向往的地方。最大风景是我们和我们的歌声：我们每走到一个景点，找个阴凉地方，扔下背包，站好队形，开始放声歌唱，引得许多外国游人驻足聆听，我们是自信的，也是自豪的。歌声传递情感，这真的是一种很好的交往方式，不论是与亲近的人还是与陌生人，甚至是不同国籍的人。这片生活着 70% 以上华人的土地上，留下了我们年轻的脚印和永远荡漾的歌声与微笑。亲切啊，Singapore!

——初赛·在平稳提高中旗开得胜

19 日下午六点，初赛正式开始。上午去圣淘沙游玩过后有些疲惫，大家都已经有点打不起精神，毕竟又热又累。心里只期待早点坐上空调车，对于比赛的概念已经很模糊，紧张感也没有了。这让人很担心害怕。之前在北京取得那么好的成绩，如今走出国门更要唱出更好的水平。20 多个合唱团来自各地，中老年团居多。在三个青少年团里，我们的专业度如何不得而知。稳居第一的圣尼格拉女校合唱团是新加坡本地的专业女声合唱团，这是世界有名的。在后台准备时，我们听到她们的声音极具统一度，和声非常和谐。尤其值得一提的是，女声的高音似乎非常容易就能上去，气息也保持得很好，渐强渐弱，把握得游刃有余。这是我们需要学习的地方。当然，作为混声团，我们的优势也很明显，男低的衬托尤为重要，在此之前，我们团的男低音确实弱一些，但是这次，可谓比赛中爆发吧，我们终于在和声里听到了大提琴拉弦般的声音。大家渐渐调整比赛状态，尽量不拘束，等待上台。主持人报幕，我们依次走上合唱台，放松身体和喉头。曲目和在北京演出时大约一样，只是调整了顺序，选择最有利于发声，且可以循序渐进的演唱顺序。比如先舒缓，后紧凑，先低音中音，后有高音，这样的方法确实不错，我们的三首曲目进入了决赛。音乐的表达就是需要有序的安排的。不同的安排就有不同的效果，这也是音乐的一大神奇之处吧。

——决赛·我们是金奖得主

20 日，是最后的角逐。初赛我们演唱了《面朝大海春暖花开》《美丽的草原我的家》和《THE SEAL LULLABY》闯进决赛。决赛演唱了两首难度很大的作品《NORTHERN LIGHTS》《玫瑰三愿》，得到了新加坡著名合唱专家的好评，他还希望有机会来兰州与我校的合唱团交流。如题，我们获得了少年组金奖第二名，第一名当然是圣尼格拉女校合唱团啦。这样好的结果真的是没有想到。我们本想与国际优秀的合唱团相比会有很大差距，看来是我们一直低估了自己的实力和蕴藏的潜能。音乐也是需要自信演绎的。结果甚好，无须多言，自信便好！若能向更开阔的地方迈进，不可不抓住机会。

　　新加坡小感：为自信干杯，为和谐致敬！

后　记

　　以此作为合唱团队的"非职业生涯"体验报告，仍有不足。但是，我却实实在在做了自己喜欢做的事，是师大附中给了我非职业训练的平台和机会。此次北京合唱展演和新加坡合唱节是助我成长的重要一步，这是长达半个月生动的社会实践，这是长达一年的业余训练而产生的结果，这是长达千里相聚的音乐盛会，这也将是长达三年师生情谊、团员友谊的纽带。这是天河合唱团历程中辉煌的一页。

　　就因如此，我是附中人，是天河人。

（作于 2017 年 8 月 22 日，高二寒假）

优雅·淡泊

　　身为好，柔中带刚最妙，集优雅、淡泊于一身最美。行走在岁月的光阴里，真应始终明媚而从容。快乐也好，悲伤也罢，都是生命中的过客。心守一方乐土与一室书香，坚守最初的信念与方向，不要让生活中小小的波澜，惊起心头一丝涟漪。

　　拥有了优雅的气质，便会显得与众不同。但若光明或昏暗，无尽头的路上踽踽独行，这不仅是淡定从容，更是参透了人生智慧和活法。人优雅，心亦优雅；心态淡泊，人亦从容。优雅，是不是可以带给别人踏实、安全、和谐和美好呢？淡泊，是不是可以带给自己稳健、轻松、无私和安然呢？

　　我庆幸，世间曾有这样一个人，杨绛先生，可以活得如此宠辱不惊。她虽离去，但高贵而有香气的灵魂中萦绕人间，在看不到的地方，以优雅和淡泊给予人无邪的力量与信仰。

岁月风尘,难掩其风华绝代。且已优雅过一生,放缓脚步,这才是生命本真。

问自己,优雅,淡泊,知道了吗? 做到了吗?

(作于 2017 年 9 月 2 日,高二第一学期)

老师点评:语言很美,"优雅、淡泊"提炼得很准确。

端起酒杯

"元丰六年十二月夜,解衣欲睡,月色入户,欣然起行……何夜无月? 何处无松柏? 但少闲人如吾两人者耳。"这是东坡先生月夜所感。如积水空明之境,让我的思绪回到元丰年间,我好奇着先生的世界,时而纷乱时而宁静,时而急促时而舒缓的世界。

云淡风轻的夜晚,我穿过时光来到北宋。在一处悠然亭下初次遇见了他。他正端起酒杯空对月,独自畅饮这杯中的"滋味"。

悠然亭下,他儒雅地端坐在席间,脚下的溪流潺潺,与佩环声起,心即乐之。先生"对酒卷帘邀明月",虽不见对影成三人的意境,但与月光独处也别有一番意味,他并非孤独。世间无人拥有和他一样的对明月细腻的感触。他端起酒杯,与明月干杯。我在旁边赞助!

诗词在他的妙笔下静静流淌,那是一位词人的心境。才情背后是真情的流露,他举杯问天,发问"明月几时有"。然而在他的心里,不仅有酒,还有诗和远方。也许他的词比不上少陵野老的"诗史"坚韧有力,比不上易安居士的春闺之心柔情似水,但我同样能领会他的深意。那过往的历史遗迹和光阴的故事,扎根于中华大地的沃土之上,未曾消逝。他豪放不羁,充满力量,一挥笔就是词墨留香。他端起酒杯,与诗词干杯。我在吮吸这里的墨香!

我抑制不住自己的心情,想借这束温柔的月光,温一壶烈酒,为先生斟酒,聊表敬意。我知道,先生只会淡然一笑,因为在他眼中,一切皆虚无。他的宠辱不惊,他的淡泊名利,在文字之中,更在言语之外。犹记得在先生被贬的境遇下,他淡然地接受命运的不公,独自远行。他就像是在岳阳楼上的范仲淹,不以"但愿人长久,千里共婵娟"为喜,不以"人有悲欢离合,月有阴晴圆缺"为悲。正是这样的精神,激励了今日千千万万学人。他端起酒杯,与乱世干杯。我随着他一样忧伤！

  面对车水马龙、灯火不熄的世界，我们或许都需要东坡居士这样的情怀。在当下，难觅田园精神，难寻淡泊之人。我们习惯了低头玩手机，忘记了举头邀明月；我们习惯了匆忙向前赶路，忘记了一步一步缓行；我们习惯了故步自封墨守成规，忘记了冲破世俗身心投入自己的世界。我边赏良辰美景，边闻赏心悦之事！

  如今的人啊，端起酒杯，你一言我一语奉承之词；那时的他啊，端起酒杯，与明月诗词共饮，与纷乱人世干杯。我跟着时代的潮流向前，却频频回头，流连感叹着古人的生活。现实的生活困扰之时，心里不能平静之时，神烦意乱之时……用先生的文辞正可聊以慰藉，就如那旧时的月光，它的光辉照进心里，照亮我整个年华。

  月如钩，人犹在，只是朱颜改。远望东坡居士，只见他再次端起酒杯，依旧仰望流云。那渺远的地方传来他的声音："明月如霜，好风如水，清景无限。"

（作于 2017 年 10 月 13 日，高二第一学期）

人何以为人

  一撇，一捺，立于天地之间，是为人。如此简单，如此奥妙。人当幼时，无知无欲，无忧无虑，于是顺父母、从恩师，建其人生之初构，是谓"从"；青葱之时，私欲各异，争强好胜，一切奋斗，拼搏扎根，是谓"立"；再过多年，不惑、知天命、耳顺、随心所欲，不逾矩……淡观世界，成熟安稳，终有逍遥之感，是谓"静"。

  纵览人生短暂历程，无非从、立、静。人成长的变化与人格的丰富，使我们经常都思考一个终极问题：人何以为人？

  "三人行，必有我师焉。"人的初级阶段便是不断吸收知识、滋养当下的过程。趁心无杂念，保持一个求知的状态，恰是接受新知与消化旧识的绝佳时期。人常说求师不得，则心有学之意而外力不足，这原本就是悖论。求外力不得，何不向内探求，扪心发问？寻到知识的真谛，便知：人人可为吾师，处处可做学问，顺从地吸收是最原始的。明此理者，是以为人。

  求学之道亦是实现价值之道。随年龄增长，世事变化，在竞争、合作、奋斗中立言、立行。人之所以为人，是因为人有广阔而渺远的思想宇宙空间，当不同的人走到一起，思想的火花碰撞出整片星空。在那里，把月光融化，把星辰放大，栖居在丰富的生活里、奋斗里、创造里，时时思辨，展现才能和力量，让自己的言行能够站立稳当。得此道者，是以为人。

当人的心境已足够开阔，步入社会多年之后终能不为外物所滞，不为情愁所困，一切的一切都要安静下来，那么便可谓其"至仙人境也"。这也是人们所追求的逍遥状态，无论成仁成智者，总在心底守住一块随时可居可停的净土。那时的你，不再如此执拗和倔强，你明白，唯有变通转化才是天高海阔，唯有淡然才会理解春鸟笙歌的诗情画意。入此境者，是以为人。

人生境界有很多，王国维先生的剖析深刻而直中要害。而我但求达到最舒适的自然，知晓人何以为人。这样之后，也许才有资格和信心去谈人之"境界"，也许才会众里寻他千百度，最终却灯火阑珊处微笑。

人何以为人？从、立、静，三个字可否？

（作于2018年1月16日，高二第一学期）

爸爸评语：这种提炼和总结，反映出你对人生进行了深入思考。分"从、立、静"三个阶段进行深刻论述，不简单啊！

渣滓洞没有什么新闻

七十年前，在重庆歌乐山麓，最可怕的事情在这里发生了无数。从某种意义上说，这里不应该有阳光明媚，不应该有欢声笑语，不应该有热闹非凡。今天，看到了这些，觉得比七十年前更可怕，这真像一场噩梦，一切都可怕的颠倒了，毕竟，这里曾经是人间地狱啊！

历史能够变成回忆，可回忆却不会从历史中抹去。未经一场红色之旅的洗礼，便不知红岩精神留给后世的意义。你知道陈然"任脚下响着沉重的铁镣，任你把皮鞭举得高高，我不需要什么自白，哪怕胸口对着带血的刺刀"的精神无比可贵，却不了解是什么力量让她在接受酷刑时，用坚毅的目光和丝毫不颤抖的心灵，回应特务头子丑恶的嘴脸；你知道江姐被严刑拷打之时，身心痛苦不堪，可是浑然一体的悲愤战胜了女人的娇弱，却不能体会难友在一旁歇斯底里地大喊"江姐！江姐！"亦是她更大的勇气和力量源泉。

铭记历史、缅怀先烈之地，不少人只是为了"来过""看过"，这和鲁迅笔下的"看客"有何两样？知其一不知其二，一切概念都浮于表面，所有名字都只在脑中停留片刻，一闪而过、转身消失。历史究竟是什么？是11月27日屠杀之后仅存活的三十人推墙而出的瞬间？是最后一个特务堵上他们最后的生路？是烈士不屈且坚的眼神还是被撕扯下的皮肉撼动今天人们的心？……都是！历史是会呼吸的，是会说话的，这里有一种可以拨动心弦的力量！这就是历史。

我们回看历史，回望七十年前的人有着如何强大的意志，回望艰苦环境压迫之下革命烈士的爱国情怀，回顾某个夏天一个苦工找机会开辟生命之门的智慧与勇敢。历史可是本厚重的书啊，是一个严肃的场景啊！因此，步踏历史烟尘中，看到烈士们的旧照片，默念他们留在笔尖的慷慨激昂，你难道还只是为了"来过""看过"？我们的情绪不应只有惋叹和缅怀，不应只剩下悲哀，更应该有一股崇敬，流自心头涌到喉头，更应该敬佩烈士们的机智与坚韧，有这种感觉油然而生时，也许你才略微嗅到了当年的一点点气息，领略了一点点当时的历史。

渣滓洞是一个历史，已经不是新闻。渣滓洞景区却是一个现实：这里阳光明媚，绿树成荫，人潮涌动。在"渣滓洞"三个大字下，孩子们在追逐游戏；研学的高中生嬉闹着说要把对方扔进刑室；有的俊男靓女搂搂抱抱；还有那吆吆喝喝的叫卖声……按下快门的一瞬，这里的历史，就只停留了一秒，一个短暂的一秒。试问？你们这样做，是准备和家人、和朋友、和同学分享些什么新闻呢？

记住，渣滓洞，没有什么新闻，只有历史！

（作于 2018 年 6 月 7 日，高二第二学期）

青涩的评说

描摹两个人物

今天我描摹两个人物，一位同学，一位教官。

这位同学，不长不短的头发束起，别起的蝴蝶结作为秀发间的点缀。她回眸，阳光钻进她虎牙间的缝隙，嘴角上扬，脸蛋儿上的痣安置得很贴切，她的眼神经常跟随她清脆悦耳的歌声飞舞。是谁的歌声在飞？私密"小百灵"便是最适合她的称号了。在学校，是她将我从朦胧的困意中拉回现实，是在我耳边唱着洗脑神曲。抑或是，她拿起笔，在纸上一遍遍教我百思不得其解的数学题，就是她，都是她。我和她之间有时略有争执，谁也不让谁一回。她的那张嘴，我可真是服了，我争不过她，只能，终以一笑而过。她的笑容十分温暖，脸上漾起的红晕十分可爱。可她，专注起来，可以不露一丝微笑，疯起来，竟能和我的"恐怖笑声"有几分相似。每天放学，不用抬头，不用回头，即使她的位置离我不近，我也能听到那声响亮的呼喊："含儿，等等我！"喜欢她，一切一切归于她永远乐观的性格，不计前嫌的心态，我们注定是同路人。

这位教官，训练了我们整整十天。他板直板直的身材，穿一身合身的迷彩，非常矫健、灵活和敏捷。表情单一，但眼神丰富，似乎严厉和微笑仅仅只是通过眼睛来表现的。我们已习惯听他洪亮有力的号令，因为他的声音有一种利剑划破苍穹的穿透力，甚至可以撕裂我的心肺。主席台上传来一声"教官集合！"只见各方队的教官分别向台上走去，他是最耀眼的一个。主教官给他们训话了几分钟后，他冲下台，来到我所在的动作方队前，沉默了几十秒。

"咱们的方队安排别的教官训练了，今天是我最后一次给你们训练。"他的声调不再那么洪亮，有些嘶哑，有些失落，有些无奈。他又沉默了，我们的方队有些躁乱，大家窃窃私语，"为什么呀？""凭什么要换人？""他把我们训练得这么好！"我盯着教官，看见他双手紧贴裤缝线，站如松柏，脸还是那副熟悉的脸，但我看到他眼睛里含着迷茫、疑惑、不解。然而上级的决定不可改变，可我这心里还是很不是滋味。"立正，稍息，立正……"洪亮的声音又响起，手语动作、拉场子、站军姿……时间过得真快，落日光辉染上我们的队员的脸颊，燥热褪去，细雨渐渐下起，带着些许凉意，训练结束，看着他离去的背影，不知是雨水还是热泪，在我脸上滚落。今天，雨一直没有停。第二天，操场的那边，他在训练体操队，操场的这边，我们队来了新的教官。可我只能听到的，还是离我较远处传来他洪亮的声音。他的名字叫"马教官"！

（2016 年 8 月 16 日，高一第一学期）

想念一位老师

是的，这是个十分普通的题目，我忽然意识到教师节就要来了。这让我想起一位老师，是我的小学班主任李慧芳老师，她教我语文。

在近十年的上学生涯中，遇到过性格全然不同的各种老师，我记忆最深的、最喜欢的是李老师。我记得初见她时她长发披肩，穿着粉红色的上衣，面带微笑地静立讲台。新生报到的那天，天幕还微微地喘息，阳光努力揭开天幕散发出万丈光芒之前我就醒来了。兴奋，想知道新的老师是长发还是短发？脾气是否像幼儿园的管宿大妈一样急躁？哦，对了，可不要是男老师当班主任呀，看着就凶巴巴的，多吓人！我恍惚了一下，在卫生间的镜子前发呆。

八点整，我背着书包和爸爸妈妈一起走进那个陌生的校园。已经是秋天了，我只记得梨树下白色的花瓣还发着残余的香味，我看到天上有很多片云，主席台前有很多人，广播里放的歌曲是那些我一句也不懂的歌词。

我知道自己在一年级一班，然后我看见了李老师，她开口对我说了第一句话"小朋友来啦"，好温柔啊！我才明白什么叫悦耳动听，什么叫声如清泉叮咚。她的发间带着自然的香气，妈妈身上也有那样的清香。顿时，好感度又升了一个档次。像妈妈一样的老师，这便是我对李老师的最初印象。

我在小学低中年级时，成绩一直很不稳定，有时就落到了班上二十名后，而我当时仍未觉得这不是个好的名次，竟认为已经不错了，于是上课没怎么听过，还很爱玩。我想起一节数学课上，我在玩橡皮被数学老师抓住，她过分的严厉，在她的课上，似乎从未有人敢做小动作或接她的话。我只能说，被她发现不听课，是件十分可怕的事！果然，她罚了我，还把我叫到李老师办公室谈话。我心里有些害怕，毕竟是我错了。

当我站在李老师面前，前一秒心中还是担心，但看着她那双眸中泛着平静的眼波，顿感心尖儿上一层迷雾揭开似的，我知道，她是不会骂我的，毕竟她从来都是温柔的，在她带我们这班以来，从未见她大发脾气。当然有时也是严厉的。

"你做错事了？"她轻轻地、平静地说。

"嗯……"我怯怯地说。

"那你知道怎么改正吗？"她又轻轻地、平静地。

我迷惑着，两眼疑惑不解。

她笑了："你是聪明的女孩，有时有些调皮，改改好吗？"

我使劲儿点头。上课铃响了，李老师的课。她抱着课本牵起我的手，往教室走，边走边说："你喜欢语文不喜欢数学，是吗？"

我说："我只喜欢上你的课。"

她说："那就咱们赶快上语文课走吧。"

说着，我们进了教室。从李老师办公室到教室没有多少距离，我的小手一直都能感受到李老师掌心的温度，她说话如此风轻云淡，但是十分深入人心，我到现在仍记得清楚。

那节课后，李老师又叫我去她了办公室："你要明白各个学科都十分重要，语文课上的你，也会成为数学课上的你。语文的魅力，我想你已经深深体会

到了，数学也是一样的，只要你用心、用脑学习，你的数学一定没有任何问题。"
她仍轻轻地、平静地。

那次期末考试，我惊讶地看到，我自己的数学成绩竟然超过了语文，李老师念成绩单时，我有一种莫名的感动。

此刻，台灯下的我，将记忆转到了那条美丽的小巷。我想起今晨窗上一层朦胧的雾，似乎幻化出了她的模样，我记得那几年，从太阳睁开迷离的眼睛，到太阳缓缓地朝西落下，总是李老师那双美丽的眼睛和轻轻的声音在鼓励着。那个办公室和教室里，一直在反射着很多温和而透亮的光芒。

"秋天的风吹来，李老师，我想你了！"脑海中闪念着熟悉的旋律，今夜，会不会，她又入梦而来。

（2016 年 9 月 8 日，高一第一学期）

老师评语：一位好的老师会真的走进人的心灵深处。写得很真实，也很感人，"想念"确实很打动人。我也姓李，我可能真的成为不了那个温柔的李老师。走进附中，在刚开始我必须严格要求你们。但人人都不同，虽然我严厉，但不代表我没温度，想想也挺好的。

雨是最原始的打击乐

"浮漾湿湿的流光，灰而温柔，迎光则微明，背光则幽暗。"这便是余光中笔下的雨。在《听听那冷雨》中，他说下在砖瓦上的雨已经构成了一个没有音韵的雨季。我不这样认为，我说，不存在没有音韵的雨季。

我曾在 Ted 演讲上，听一位非洲女讲师讲到，大自然中处处存在的音乐现象，并现场放了一段关于人、鸟声混合的慢乐，大家的耳朵欺骗了自己，事实上，那音乐并不是人、鸟声所唱的和音，只是一滴雨滴落时那一瞬滑过树叶时的声音被采集，又经过特殊技术拉长这 0.01 秒的灵动，变为一长段音乐。是的，是音乐，各种声调与意韵的集合。

自那以后，我开始有意识地听雨。前几天，朦朦胧胧、淅淅沥沥的小雨，给躁动不安的空气带来了几丝凉爽。我仔细地努力地听，可是，似乎并分辨不出什么音调有不同，也品味不出它该有的韵味，美在哪里？我说不出；但，它是有规律的，甚至是有大自然之中的规则的，这我也说不出。或许是因为人耳的构造并不能完完全全欣赏到自然界美的声音吧！所以我只能说，雨是最原始的打击乐，说它是打击乐，是因为它只是庞大音乐体系中的小部分，但又是很重要的一部分。

"青雨绵绵听到秋雨潇潇。"春雨像持着棉花糖的女子走来，情意绵绵；秋雨则多了几分凄瑟和潇凉。不一样的季节里，大自然会创造出不一样的乐章。自然环境中许许多多事物都有不为人知的一面，就像雨水，我们只知道是云层在运作，只知道是液化的结果，只知道是上天赐予大地的礼物来滋润万物，我们有谁会去倾听它呢，会去感受它呢？如果不懂倾听，不会感受，生活中会少了很多乐趣和美感，而如果多留意多用心，就会多很多不一样的精彩。

因为个人喜好问题吧，我对音乐天生敏感。尤其是，有特色的声音或音乐样式，因此在小学没毕业时就开始学美声和民族唱法。这过程中当然有父母一直在支持我。老师对我说兴趣是最好的老师，而在我了解了万物自然的神奇之后，我深知自然才是最好的老师。它不经任何污染，带给我们的只是最干净、最纯朴的体验，就像那雨声、风声，都是原生态的，最原始的打击乐。听自然的声音，那强烈的节奏感便是对心灵的击打，有时甚至会不自觉地哼一曲小调，和着雨声，也许会有人说你疯子，但若你真的想懂音乐、热爱自然，成为一个对它痴狂的疯子又有何不好？毕竟那是生活，是一种鲜为人知也鲜为人悟的音乐学习途径。并且在这过程中，我会发现不一样的美好，对生活、对自然、对音乐。

雨，滋润万物的时候，也将它或冷漠或凄寂或热情或狂躁完整的地传送给每一个愿意懂它的人。只要你感受得到位，它会是个不错的伴侣。因此，我喜欢下雨啊！不仅是宜人的舒适感，还是一种对心灵污浊之气的净化，也许说得有些夸张，但我从音乐角度出发时，至少是这样认为的。

雨是最原始的打击乐，最原始的。

（2016 年 8 月 18 日，高一暑假）

妈妈评语：把雨的灵魂写"活"了，好！

清玄集

一周的时间读完了林清玄的《玫瑰海岸》，那是早想看的一本书了。

单从文笔来看，已是妙绝。我脑中能浮现很多优美的文辞，"在冬日的晴天，风吹的高粱，饱孕着橙红的色泽，夕阳以优美的姿势，穿过灰蓝的海面"。每每读到此处，我脑中便已勾画出当日情景。是在冬日，尤其兰州如此，少见晴天。风、雪、寒冷，这是我提到"冬"这字眼时想到的，也只想到这些。而在林清玄的笔下，冬天是另一番景象，夕阳的艳影、俏姿并不是不存在，只是我们从未留意冬天这明艳的一面，惊鸿的一面。

如果说是他清丽文艺的词句吸引了我，那么其蕴含的人生哲理便更让我感动至深了。"我们常常会在心里听到温柔的水声，如同我们也常从流动的河里召见我们的心灵"，这是《温柔的水声》里的一句话。读完此句，当时心情很特别，感觉朦胧又很清晰，清晰又很虚无，不知道自己是否已领会其中含义，只是那淡淡的哲理，像层薄雾蒙在心尖儿上，随时可见可感，知道凡事从心罢了。

我喜欢林清玄很多方面，赘述显得刻意，不叙显得虚浮。其实，也并不是特别之处，与众多散文作家一样，林清玄就是位普通文艺劳动者。但从他的文字中，我体会到的是不平凡、不普通。要我具体说些什么，我也说不好，这便是所谓"只可意会，不可言传"吧。

读完一本书，体悟不在于多，不在于非要记录在纸上。好的文字是多么神奇调皮，一下子就跃进了我的心房，也许是觉得那里柔软和舒服，便再不愿跑出来了。

我要以我最喜欢的一段作结："我们不可避免地要去求生，不过我们在紧张匆忙的生活里，可以让自己有较优雅的姿势，或者在为生活盘桓时，还可以谛听远方与心灵的潮声。"啊，真的太美，有一天我若也有如此温柔的作品，该是多么令人高兴呀！

（2016 年 9 月 14 日，高一第一学期）

老师点评：如果没有记错，《玫瑰海岸》中有这样一句话我最喜欢，"再温柔平和宁静的落雨，也有把人浸透的威力"，正如你的文字，你的感悟！

能言善辩的孟子

出生于战国时期的孟子，留给后人的印象不仅是学识渊博的儒学亚圣，更是一位游走在列国之间的雄辩家。在《寡人之于国也》一文中，孟子巧用设喻手法，"请以战喻"，简单地阐明了梁惠王治国不力的根本原因。无论他的观点是否为君王所喜，他始终未改变"仁政"这条路，是君王面前敢于直言的志士。当然《孟子》中也有简单发表议论的文章，例如初中所学的《鱼我所欲也》，明了细致，层层递进，从小事引申出生与义的关系。通俗易懂，这是最令我敬佩的地方——很多最简单的议论之词，也能体现其雄辩之才。

再回到《寡人之于国也》上来，光论设喻，这是很多人都能办到的，而孟子的出众之处，在于对不同的对象有不同的设喻方法，比如面对梁惠王，他紧扣其"好战"，故引之入圈套，这才有了后边的层层论述。再者由"王道之始"到"王道之成"，不仅是深入的、递进的，更是两个不同的并列关系，同时从百姓生活入手，将"亲民"思想辩论得淋漓尽致。辩，时时在体现。我想最根本的还是"仁"这一思想吧，是"仁"促使孟子成为一个伟大的雄辩家，也许在为君王服务、传播思想、纠偏归正的道路上他不是成功的，但他还是将《孟子》一书著于后世，感染着一代代中国人。

真不愧"亚圣"也！

（2017 年 2 月 2 日，高一第一学期）

老师点评：观点突出，一切围绕"能言善辩"进行，不错！

阅读随笔

"当你藏着秘密生活，你不可能交到真正的朋友。和朋友们在一起，你会过于放松，开始不由自主地透露出一些东西，然后他们就会知道你一直都在欺骗他们。"——这是我在最近看的一本书里摘出来的一个句子。

这本书叫"往事"，是一个不出名的澳大利亚作家写的，他主要写儿童文学，名字好长记不住。这是一套系列书，共四部，《往事》是第一部，我还没读到一半儿就已经很喜欢了。全书是以一个犹太小男孩的口吻叙说的，可能是因为年龄太小，在他眼中，纳粹的残忍行径竟不那么残忍。我是说作者写的充满童年的味道，给黑暗的背景涂上一层略明朗的色彩，但我读着这些看似美好的文字，心却更痛了。都说"无知者无畏"，可能真是这样。在前几章中，这个小男孩都认为那些枪杀犹太人的枪是猎人打猎用的枪，以为纳粹恨的是犹太人的藏书（前几章都有他们烧书的情景），到书行半本时才出现了这句："大概纳粹不只是憎恨我们的书，大概他们憎恨的是我们。"

看到这句，我不由自主有了一丝丝伤感的情绪，虽然不是很强烈，但是已震动了一根心弦，让我不禁感叹：现在的我们生活得太幸福了。我用心去感受书中的每个文字，希望能够多少体会一下那个世界、那个年代、那种伤痛，那种在人类灵魂深处印下烙印的命运。

我想，与《往事》中的往事相比，我们岂止是幸福中的幸福！

等看完这本书，我想我一定会再写点儿什么的。

（2017 年 3 月 28 日，高一第二学期）

老师点评：这便是"生活在别处"的真正含义吧！慢慢体会吧！

聆 听

"十点半的地铁，终于每个人都有了座位，温热的风，终于能轻轻地，静静地吹。对面的阿姨，左摇右晃，她睡得找不到北，身旁的大叔，在鼾声之中张大了嘴"——这是《歌手》第九期时李健演唱的一首歌。

最初的他爱民谣风格，没想到多年之后还是回归了歌谣民谣。喜欢他的

原因，是他的歌声源于生活和自然，听起来是对耳朵的恩泽吧！上学期一节音乐课上，老师放了一段他在《歌手》的表演。因为是音乐课，几乎人人都在写作业，我这么喜欢音乐，但也不得不为即将到来的月考而复习，于是音乐课啊，美术课啊，竟成了一种辅助和调节。看到此番埋头苦写的景象，老师说了一句话："都停下听听李健，这才是学霸。"

我顿感惭愧。李健，清华学子，不弃追音乐梦想，这真是名副其实的学霸啊！我的音乐老师每周和我们训练的时候，总问问我的学习状况，我每次都回答：还可以、挺好的。这时她又总要感叹一下自己的儿子——三年前附中的年级前一百名，却走上了复读之路。"要是坚持让他跟着我唱歌，他最后的压力就有法子缓解了！"

我在心里默默感叹了一下，我一定不要放弃。聆听歌曲、音符，一切美好的音乐，都是一种缓解和放松，太美太享受。

（2017 年 4 月 2 日，高一第二学期）

老师点评：音乐真的是特别好的调节，一定要坚持唱歌。

这个世纪仍优雅
——品读《杨绛传》小感

最近，品读桑尼著作的《且以优雅过一生——杨绛传》一书，这是我第二次读到有关杨绛的文章。毫不夸张地说，跨越了105岁的杨绛先生，其形象和气质似乎就在我的眼前，她给我留下了极为深刻而美好的印象，不像林徽因让我有些排斥。

同许多民国的才女一样，杨绛出生在一个地位"显赫"的家庭。不过这显赫并非是指权势，而是书香世家的另一说法。杨绛曾谦逊地说，只是"寒素人家"罢了。正是在这样安然若素的家庭环境中，杨绛成长为一个豁达开朗、气质脱尘的奇才女子。

我自认为一个良好的成长环境对于人的一生有重要的影响。

杨绛的父亲杨荫杭是一位刚正不阿的律师，在人生道路上他不知经历了多少坎坷和风雨，然而无论有什么样艰难的抉择，无论社会如何混沌污浊，他都只选择正义和真相。这样一位如松柏般劲拔的父亲，给子女树立了多么好的榜样！他的一言一行使得他的子女们做人做事都向他看齐，也造就了杨绛淡定从容、坚持向前的品格。

杨绛的母亲唐须嫈是一个贤良淑德的女子，她的身上凝聚着的都是中国女性的传统美德。她最优秀的一点就是为人内敛，这体现在生活中的点点滴滴。她安静地踱步，不紧不慢地生活着；她安静地料理家务、相夫教子，在培养子女的生活中绽开绚烂的花朵；她安静地读书，一本《缀白裘》带给她温柔的微笑。家里的孩子们多么幸福有这样一位伟大的母亲！

如此父母已令人煞是羡慕，而杨绛与其丈夫钱锺书的美好爱情故事也成一段佳话，已流传近一个世纪而为人们所知晓。杨绛笔下常说的"默存"，是不是就是"默认"和"顺从"呢？也许就是两个人的世界里的一种互相依存和深爱吧。

杨绛的文章写的是人，是情。姐妹亲情，朋友之情……当然最深刻的还有自己和丈夫的爱情。她字字句句中都令人感到心安和温暖，她始终散发着优雅的气息而走过沧桑的百年人生。

她的文字，热烈煽情？矫揉造作？都没有。她用质朴的语言，淋漓尽致地诠释简单的幸福，着实打动人心。人们说，"有趣的灵魂万里挑一。"若我说，杨绛和钱锺书二人的脉脉深情才是万里挑一。他们的感情藏在田埂上吹来的风里，藏在窝棚旁的水渠里，藏在一封封油墨未干的书信里，藏在世人实实在在的赞叹里。

谁能如她一样，生活在时光的荒野里，始终如兰芷，如清水，在纷繁的尘世里寂静欢喜，缓步前行，从不间断？要知道，九十六岁时，她仍然出版了一本散文集《走到人生边上——自问自答》；一百岁时即使被查出患有心衰，也还是坚持写作；甚至在她故去的前一年里，她依旧思路清晰，精神矍铄，风采优雅。似乎对将发生的任何事情都是那么坦然、淡然、自然。敬佩！敬佩啊！

我有个很要好的朋友，她读了很多杨绛的书，对杨绛的了解甚深。去年这个季节杨绛先生病逝，她很伤感地说过一些关于杨绛的故事和文章，使我每每想起来，心中对杨绛的敬重又多一层——于是，我也渐渐爱上了杨绛，我想走近她的世界，如她一样。

"她可是为数不多的几个能被称作先生的女子啊。"

心灵不为尘世所动，而是深埋于地下，岁月的风华带不走美丽的风景，一生只求简单的丰盈。以最美的姿态期待明天,优雅了过去的一个百年。今天,仍然优雅着这个世纪。这,就是杨绛先生。敬畏也好,虔诚也罢,我愿意追随她走过的光影,感受生活的素与静。

如果可能,我努力愿与她一般,成为第二个杨绛。

(2017 年 5 月 5 日,高一第二学期)

妈妈评语:祝愿你能成为第二个杨绛先生!

把日子过成一首诗

我相信,这世界在很久以前到处都是充满诗意的。

数千年前,人们吟唱着"关关雎鸠、在河之洲"诗意是什么?诗意就是生活中呼之欲出的、随感而来的。到了今天,我们似乎在追求一种刻意,而不是自然了,我们不会轻易抓到诗意的一角,比如写这篇随笔,自己也不知出于什么原因,连自己也不满意。

然而诗意还是在的。"顺境之中的人,触手可及都是风生水起"。人们在顺境时能有诗意暂且不说,遭遇逆境就会发现更能激起自己诗心的,往往很多。泪水可灌溉出花朵,苦难可凝聚出山河。丘壑中有雄兵,奔腾自是归流。

如果能回归本心,繁杂的事也就少了吧。有时不想做理科的题目,只是觉得不能心静,想想其他的事,想想平日里平凡的生活波动,或许能生出小诗一首。有点羡慕古人的生活,过自给自足的生活。虽然清苦,但那样的日子,毕竟真如诗一般啊。

如今的社会生活中,不管心中对美好事物有多好的期待与憧憬,都已经很难诗化,为什么呢?心行不一。心里憧憬的是一方面,言行却未能与心一致。所以说,人们的生活追求是刻意的,刻意不能成诗。

我希望有一座房子,可以不面朝大海,我也不追求春暖花开。只要它身在诗海,能让诗开成心花就好。

我希望,把日子过成一首诗。

(2017 年 6 月 2 日,高一第二学期)

老师点评:我也希望!

养就心中一段春

"上路前，我虽然对山上的风景有所期待，但想到那种不能天天洗簌的日子，就提不起劲儿。这种状况下，要振奋自己心情，得靠准备工作。"日本某杂志工作者松浦弥太郎如是说。

他曾在登山工作前，预料着种种可能出现的状况，例如登山时间长、走路磨脚、吃饭用铁质餐具影响食欲……这让一颗满心欢喜的心瞬间沉寂了下去。然而事情的好坏，往往不如人看到的那样简单，正如遇到崖边陡然下坠的石头、紧闭了双眼等着粉身碎骨，却遇到了缓坡，拖着柔软的身子滚落，平稳安宁地停在了崖底的溪水边，静看日月星辉的起落。松浦弥太郎就在遇到了他的"缓坡"。

那条等待他的登山步道，连接优胜美地山谷，迎接他的不仅有山高谷深的壮景和情怀，还有一个多月的沿途艰辛。处于两难的境地，是向前走迎难而上、获得生活来源的稳定，还是向后退缩、过暂时无所忧虑的平安日子？他终于战胜了心中一闪而过的恐惧，也战胜了心头那团懒散的迷雾，给失落难熬的心披上了春天的外衣。

信心倍增的他，寻着眼前的那丝光明，各处打听登山鞋和木制碗具的制作工厂，想各种"准备工作"。有人笑他太疯狂，竟为了工作，用专用石膏制了脚膜，搭飞机去地球的那一头量身定做了一双登山鞋。也有人不解他为何为做一只木碗而奔波，一定要找一位

作者手迹

坚持用古法制作桧木碗的师傅，一点儿也不马虎、不将就，似乎有着"用上一辈子"的决心。对于这些疑问和嘲笑，他只是淡然一笑：每一天都要用心生活啊。因为，不仅要做到，而且要做到最好。

从刚开始的犹豫、纠结，到后来坚定了信心，再到全身心做好工作前的准备。松浦弥太郎这一路的收获，不只世上绝无仅有的、贴合脚掌的登山鞋，做了他旅途中的护身符，也不只之后在山中端着的桧木碗，暖和了他困倦的肠胃。最大收获，应该是，切莫言困苦，切莫言险阻。也许他竟有了些中国诗人李白的情怀，"云霞明灭或可睹""且放白鹿青崖间"，在山中艰苦的环境里，过着"神仙"般滋润的生活。

越是艰难的处境，越应该制造"缓坡"让自己愉悦。生活越是为我们设置障碍，我们就越是要找到春色，这叫养就心中一段春。养好春色，你就能嗅到花香，听闻鸟语，沿着山路一直走，上到自己的心尖儿，向未来的远方眺望，再看看自己的脚下，未来的路竟然还有那么多，你不觉得苦闷和彷徨。

在自己心里这个狭小的房间中，冬天的雪来得太狂暴，秋天的雨下得太凄清，夏天的火太热烈。唯有养就一段温柔的春色，把月光融化，把星辰放大，把白云留在画笔上，把远方刻在骨头里。这样之后啊，快乐因子俯拾即是，一切都明朗、无忧。

（2017 年 11 月 8 日，高二第一学期）

老师评语：文章散发着一股与众不同的魅力，语言深刻、到位，素材新颖，审题准确。

论黛玉与宝钗

同是满腹才情的女子，同是以"悲"字在大观园中结束一生，一个含恨而终，一个不得幸福。林黛玉和薛宝钗，我不好说我喜欢哪一个，我可怜黛玉的柔弱多疑，也疼惜宝钗在封建大家庭中虽有大家闺秀之特质，却没能收获甜蜜的爱情。

黛玉，在我还未读红楼梦时，便知你多愁善感，孤傲多疑，翻开书时，便见你时常落泪伤神，你对宝玉的痴心叫人断肠，而命运的波澜让泪水变得深刻。由于家庭的变故，正处豆蔻年华的你在外祖母家里寄居，生性冷傲的，生怕人耻笑了去。又因你才华横溢，不把任何人放在眼里，总与人冷言相对咄咄逼人。正是这样，多疑猜忌的性格也在你身上体现得淋漓尽致。然而，我深知，你只是一个柔弱女子，水一般柔情。在你身上，我还看到了对爱情的执着追求，你不受封建礼教的束缚，性情率真，敢爱敢恨，对宝玉的痴情能表露出来，让我很佩服，真是奇女子！

黛玉可谓大观园群芳之冠，聪慧绝顶的她对于现实社会有不同的、大胆的想法，相比宝钗的贤良淑德，她个性鲜明，与世不入，她和宝玉一样，都是那个社会里纯洁无瑕的美玉。世人说你心眼儿小、爱使小性子，但我认为，这便是你的独特之处。不会有第二个林黛玉，众星之中最闪耀的那颗。

宝钗，你是规规矩矩的大家闺秀，美貌与智慧并存，你的沉稳让人刮目相看，一家老小都宠你。在大观园里的生活，众姑娘作诗，你总夺得头筹，满腹才华，也只有林姑娘能与你相当。你的睿智，体现在超强的办事能力上，语言和行为圆润柔和，但也不像凤姐的八面玲珑，你言行举止都令人舒服，心胸开阔的你又乐于助人，完全不介意一得一失。

宝钗一直都是端庄优雅的标准，大家闺秀"行为豁达，随分从时"，荣府主仆上下无一不喜。这样一位修养极高的女子，在封建势力统治的环境下，无能为力，有时为了生存还去奉迎，如金钏被逼跳井后，宝钗竟去安慰杀人凶手王夫人，这是现在我们所不能理解的，却是当时社会潮流所顺应的。"金簪雪里埋"预示了宝钗的悲剧结局，也证明了她是封建道德的牺牲品，让人叹息。我明白，宝钗一定想追寻自己的幸福，然而旧时代的封建牢笼已将你束缚，只得听从长辈的安排。长辈当然也是从最好的角度出发，想要做出最好的安排，但毕竟在那个时代背景下，只能以不如意告终。

都说《红楼梦》是封建社会的一部百科全书。是的，在这里，我看到两个奇女子的一生，映射了当时封建社会一种独有的"风景"。

（2017 年 12 月 1 日，高二第一学期）

诗词大观园

《红楼梦》作为中国古代四大名著之一，其地位之高自不待言，其中尤以诗词为甚。它不仅是精彩荟萃的艺术大观园，形象生动地表现了人情世故和情景状物，也为小说润色不少。

在一篇篇诗词曲的背后，是那个时代的真实写照。诉说风月宝鉴的故事；在看似"附庸"或"点缀"之下，是四大家族的兴衰风雨，尽显曹先生的"辛酸泪"；在"满纸荒唐言"之中，是突破世俗礼教的萌芽。

这是一部永远也读不完的巨著，在此，我谨以拙见抒情，表达所感，请随我看——诗词大观园。

除开篇词外，《石上偈》便是几乎人人皆知的。"无才可去补苍天，枉入红尘若许年。此系身前身后事，倩谁寄去作神传？"此诗真乃作者感慨之语，生不逢时，有才无用，是古代封建子弟最哀伤愁闷之事，看似在讲宝玉身世之源，实则是对自身的叹息。人们都说贾宝玉是块"顽石"，这也是很有深意的。之所以称其"顽石"，正体现了他不与世融通，是因为曹先生将一个与社会处处不合拍的形象，安排在了需要顺从而被禁锢的时代，这就是"玩货"的表现。

通过一首短诗，我们能洞察作者直接而明确的情感，也可对宝玉的性格略有大概印象，这便是诗词的魅力所在。当然，我不敢对小说构思及写作技法进行评论，单看诗词的内容，也应和着亦真亦假、如梦幻妙的基调，可谓此诗意味重重！

在第一回中，出现了贾雨村中秋对月抒怀之作两首，且择第二首说说。"时逢三五便团圆，满把晴光护玉栏。天上一轮才捧出，人间万姓仰头看。"时值

中秋，甄士隐请贾雨村到家里饮酒。"二人归坐，先是款斟漫饮，渐次谈至兴浓。"此时贾雨村狂性不禁，饮酒作诗。乍然看去，此诗并没有多高深的意境，平淡无奇的描写正让人有些失望之时，后两句陡然飞升，气象非凡，而在这"狂语"之下，显露的是他胸中渴望，其利欲腾达之心溢于言表。莫怪人功利浮躁，在学而优则仕的年代，一切封建的思想，都有其社会存在的深厚土壤，这不是凭人的意识就能变化的。在掩盖不住的利欲背后，藏着社会的腐朽与没落。然而我们并不能对"追功求利"的现象完全否定，毕竟在封建压制之下，有的知识分子的济世精神是存在的，"达则兼济天下"又何尝不是一种积极健康的想法呢？

在《红楼梦》一书中，各个人物的判词也是一大亮点。记得从前学过《香菱学诗》，我为她的身世深感同情，但也被她的灵动之处所感染。"根并荷花一茎香，平生遭际实堪伤。自从两地生孤木，致使香魂返故乡。"这是英莲的判词。英莲即是此中"荷花"，她姓甄，大名连读音同"真应怜"，正对着"实堪伤"。在大观园中的群芳与之照应之时，整个作品的悲剧色彩也就更多了几层。鲁迅先生曾有语："悲剧是将人生有价值的东西撕毁给人看。"因此，从被文章震撼为女子伤感之事，我挖掘到了那毫不避讳地被"撕毁"的价值意义——抨击那个时代和社会。痛惜！

《红楼梦》中与菊花有关的诗很多首，反映着人物的内心世界，《咏菊》《问菊》《菊梦》就是经典的例子，且即使与中国古典诗文中最为经典的咏菊之作相比也不逊色。我注意到，这三首咏菊诗似乎都明显或隐晦地提及陶潜："一从陶令平章后，千古高风说到今"（《咏菊》），"喃喃负手叩东篱"（《问菊》），"忆旧还寻陶令盟"（《菊梦》），然而诗中所透露的是淡淡哀愁，而不是陶潜的田园恬情之美。

林黛玉自幼读书，她身上所具的孤傲之气注定了她的与众不同。寄人篱下的滋味始终在她心头挥之不去，"满纸自怜题素怨，片言谁解诉秋心""休言举世无谈者，解语何方话片时""醒时幽怨同谁诉？衰草寒烟无限情"，写出了黛玉无法言诉的心灵困境，又在人的心头蒙上一层灰暗的色彩。

若说诗词之悲，全书中最为凄婉绝美的诗歌，要属黛玉的《葬花词》了。这是感时伤怀之作，凝聚了曹先生丰厚的思想情感。这不仅是黛玉的身世遭遇和悲剧命运的真实写照，也是集中体现她人格理想之作。在万花零落的季节，看"花谢花飞花满天"，"游丝软系飘春榭，落絮轻沾扑绣帘"的景致，心生无尽伤感和对生命的感叹；"柳丝榆英自芳菲，不管桃飘与李飞"寄托了她对世态炎凉、人情冷暖的愤懑；"质本洁来还洁去，强于污淖陷渠沟"，表现了她高洁与孤傲的气质。现实如此痛苦折磨，理想渺茫，飘忽不定，黛玉对于命运的追问是有理想的，然而"天尽头，何处有香丘？"这便是理想与现实的矛盾吧。

《红楼梦》中的诗词曲赋，将全书串联成有机的整体，让人能体会细腻的情感线，它们在暗示故事发展方向和人物命运的同时，构成相对独立的诗词"大观园"，让情节的构架和读者有了不一样的味道。

正如一些评价，黛玉的诗风流清奇，宝钗的诗温润敦厚，湘云的诗洒脱清新，宝琴的诗富丽妙奇……这些生动的诗词将是千百年的延续，是时代的精华与财富。

（2018 年 1 月 24 日，高二第一学期）

我和祖国读一本书
——读《一本书捍卫一块国土》有感

书还没读完，真的已经心潮涌动，想写点什么了。

最近在读一个系列丛书：社会主义核心价值观读本。它以二十四字核心价值观为纲，每个关键词为一书主题。在这 12 本书中，"爱国"这一主题必然是最能激起读者对祖国原始情怀的，最能让人心中五味俱全——自愧、自豪、自勉……似乎所有的情愫都在这里相聚了。

作为人类，我们首先属于自己的祖国，这是我们的家园。谁也无法否认，是祖国让血液在我们身上流淌，是祖国让泪光常在眼角徘徊，是祖国给了我们强大的自豪感，她是我们最坚固的后盾。

《一本书捍卫一块国土》就是以"爱国"为核心的一本书。其主要内容大概是近十年来各大期刊报纸上摘录下的有关文章，我大致将它分为"近代爱国"与"现代爱国"。虽然同是以爱国为主题的文章，但体悟到的情感冲击是完全不一样的。在近代爱国的篇章中，我看着谭嗣同"我自横刀向天笑"；看着蒋梦麟这个默默无闻的北大人，替蔡元培管理学校，成果硕硕，却不为人所广知而自称"北大功狗"；看着第一个走进哈佛教书的中国人戈鲲北，作为中国文化输出的先行者带去的中国风范与气魄；看着无数个战火纷飞的场景邂逅

20 世纪中叶之前的中国公民……

对于近代中国来说，1840 年到 1945 年，在受尽百余年凌辱之后，民族和国家的含义从未如此深刻过。战争中，壮士们前冲的呐喊声，敌人凶残的杀人手段，因是弱国而受的种种不平等待遇，都是沉重而痛苦的烙印，印在了祖国大地上，印在中国人的心里，牵动着中国人大脑中最敏感的神经。

历史，我们自然无法忘记。但如今时代不同，1949 年新中国的成立，拉开了现代史的帷幕。在整个世界和平发展的当下，如何正确地保有赤诚热烈的爱国之心，是我们每个人必须认真考虑的事情。当年与我们开战的是旧时代的列强，野蛮和残暴成了他们的代名词，百姓生活在水深火热之中，可是现在，我们的民族越来越强大，要求国际上的公平合理对待，已有十足的能力保卫家园，人民的生活水平日益提高，一切都在朝着好的方向转变，即便还有很多令人匪夷所思的事件和境况。

如今的中国已是世界第二大经济体，也是政治、文化强国。今年改革开放四十年了，这四十年里，中国无时无刻不在发生变化。在这开放的时代，经济全球化和信息网络化已经实现，国与国之间的交流日益增多。我们汇聚各国人才，不仅在为中国努力，也在为世界做贡献。

　　但是老一辈的观念人很难转变，生活在美好时代的我们无法想象不和平的日子，也就无法理解他们心中永远的痛。但还是要说，爱国不是愚爱，尤其是"现代"的爱国，更要有理性。以下引用《一本书捍卫一块国土》中《变味的"爱国主义"》的一段话：《我认识的鬼子兵》的作者方军对日本老鬼子的庄严宣战……小伙子在公交车上抢占外国女士的座位，还要放言"都什么年代了，咱们中国人还怕他洋鬼子不成"！是的，都什么年代了，咱中国人怎么还说这样的话，做这样的事呢？这真是变味的"爱国主义"。我们一定要把目光放长远，行事之前多考虑中国形象、大国格局，展现我们大国的包容态度。有的中国人在国外的言行举止，真的丢了中国人的脸。

　　有的书在写祖国的味道。我看到《思乡与蛋白酶》一篇文章时，尤为感同身受。"威尼斯有一个温州人开的小馆，我进去要了盘儿炒鸡蛋。手艺再不好，一个炒蛋总坏不到哪里去吧？结果端上来的炒鸡蛋炒得比盐还咸……"身在国外，一切都会变味。去年9月初，根据教育部和外交部的计划，我有幸随团前往日本参加2017年第一批高中生访日本友好交流团。日方友人对各访问团招待周到，安排妥当，交流活动等也进行得愉快，品尝了几天的日料之后，几乎所有人都想家乡的味道了。第二天的午饭安排了中式餐，不是我夸张，所有人都雀跃了。然而高兴越多，失望就越多。中式餐厅，却是日式饭桌礼仪。上的几道菜，我们竟不知道是国菜，这哪里是中式料理？更别提菜的味道了，实在不好形容。可能，一个国家，要真正读懂另一个国家的味道，几乎是奢望！只有自己祖国的味道，才是最好的味道。

　　我和祖国的关系，就像水滴与大海的关系，一滴水在随波浪前行的同时，随时在感受大海的宽怀博大。因为，我在与祖国一起成长！

（2018年2月10日，高二第一学期）

爸爸评语：家国情怀永远是最美丽的情结！

关于历史政治几点感悟

近年来，钱穆先生编写的书很受欢迎。其中讲到一些关于历史和政治的内容。通过五个朝代时代背景论述了"政府组织""考试和选举""赋税制度""国防与兵役制度"等内容。读后有一些感悟和思考，在此记录。

谈起中国古代政治制度，人们往往想到封建专制和皇帝暴政。在读此书之前我也是这样认为的，甚至将其一笔抹黑。现在确实有了新的想法：不能以现代人的眼光、现代人的标准来评判旧制。毕竟，一个制度的存在，有当时它存在的原因和道理。我们知道生产力是发展根本，它决定了生产关系；而生产关系的总和是经济基础，这就决定了上层建筑。我们所说的政治制度便是含在上层建筑之中。由这一层层的关系看来，当时的制度存在有一定的合理性。

再说第二个方面，古代政治制度毫无先进的管理、只有专制吗？我在书中找到了否定的回答。在讲唐代政府组织这个子目录时提到：凡属皇帝命令，在"敕"字之下须加盖中书、门下之印，即须政事堂会议正式通过，然后再送尚书省执行。由此可观之，唐代虽然仍是中央集权，皇权加强的时代，可并不能说是皇帝绝对专制，因为皇权是有一定制约的。甚至我大胆地猜测，如果当时已出现资本主义萌芽（只是假设），以唐代开放包容的心态，也许都会出现现代民主政治的状态，这要比西方资本主义萌芽早一千年。这当然不可能，因当时中国古代小农经济占主导，人们无法超越生产力状态萌芽资本主义政治。

又如唐代科举考试一讲中："在中国，则一切用人，全凭考试，都有一定的客观标准。即使位至宰相，也有一定的资历和限制，皇帝并不能随便用人做宰相。"我记得历史书上有过类似这样的话：皇帝制度下（秦始皇首创），官员是直接任命的。这官员虽指的是地方官员，但足见当时皇权至上，皇帝专权程度之高。到了唐代，我们通过考试制度瞥见了一丝公平公正的体现，这较秦汉时代已是很大进步了。

再以唐代经济制度租庸调制为例。租庸调制之所以能推行，基础全靠"账籍"之整顿。何为账籍？其实和现在人口普查差不多，只不过当时"壮丁册子一年重造一次、户籍册子三年重造一次"，而现在十年一次人口普查。（我在想，现在人口增多了不少，为什么反而普查时间隔得长了？）再说此项制度，其用意颇有些近似现代"计划经济"，全国民众都纳入计划。唐代中央政府的组织似乎较汉代进步了，但以地方政府论，则唐代似乎不如汉代。因此，看待任何事情都不能过于绝对，对历史事件则要辩证的思考！不能一棍子把"历史"上的"政治"打死！

另外，取其精华、剔除糟粕、以史为鉴都是我们对待历史的简单道理，对历史一定要有继承和发展。突然想到，屠呦呦为什么能成功？源于她借鉴中国古代的医术药书，从以前医者留下的精华中，寻找新药物的突破口。这也是借鉴历史的体现啊！割裂历史、抛弃历史，怎么会有现在？我们知道，自元代以来开始，开始实行行省制度，而自战国出现的郡县制，到秦朝确立至今也在延续。我们现在的省、自治区、直辖市和县，都是这两个治理制度的继续。说明了这样的问题：在现代社会中，仍保留着古代贤者所立制度。在以史为鉴的时代，是不断创新、不断思考、不断进步的时代，我们总能找到与历史的共鸣。

钱穆先生编写的书，选取了五个朝代的政治得失做分析评说，有历史、有政治。他从经典的制度出发，找了最有代表性的五个朝代，政治的变化与革新显而易见，易于感知、理解，也是能让我有所感悟的原因吧！

（2018 年 2 月 19 日，高二第一学期）

理性的思考

羁绊中孕育着前进

"他最后一次把眼睛掉头向后面看，他轻轻说了一声再见，仍旧回过头去，看永远向前流去没有一刻停留的绿水了。"

看到《家》这书名，我脑中立刻闪现了一幅温馨和谐的画面，然而，巴金所描述的家，却并非如此，没有温暖，只有羁绊和封建的束缚。

整个高家大家族中，高老太爷可恨又可怜，专横粗暴又受打击而死。五房儿孙的大家族中长房有觉新、觉民、觉慧三兄弟，老大觉新性格软弱，接受新思想却仍不敢摆脱家庭束缚追求自己的所爱之人，只得遵循长辈之命，以致终于与妻子相敬如宾，又因之前所爱的她突然出现而置身两难境地，左右都不是，三人的命运就是一场悲剧。觉民与觉慧因在外参加新文化运动和学生运动被爷爷训斥，囚禁家中。如此一来，高老太爷那完完全全的封建家长形象就展现眼前，让人无奈和叹息。

书中串连着三兄弟并不顺意的感情世界，最具反抗精神的是觉慧，他打破等级观念，爱上一个丫头鸣凤，敢于顶撞长辈的旧思想和丑态。然而，他最终也没与鸣凤在一起，毕竟，大背景的压制下，想自由、想反抗、想叛逆的"五四"精神显得如此无力。虽然无力，但在反抗。

这个在封建捆绑下的家，处处有着矛盾，更有着新青年等反抗者的不幸遭遇，还有似鸣凤这样女子被等级观念所压，最终走向自杀的道路。不过，在看似这一家庭因封建旧制所害的著作中，也有着对新文化的开拓。在批判口吻下，抽打出了一个反抗陈旧道德的崭新思想。是的，觉慧登上驶离的航船，终脱离家庭的牵绊，作者以此形象巧妙地映射出一个信息：像觉慧一样的大批青年，在羁绊中孕育着前进，他们正向新的时代进发！正如文首所引，"他最后一次把眼睛掉头向后面看，他轻轻说了一声再见……"

因为，哪里有压迫，哪里就有反抗。放弃、离开，也是一种反抗的行动。你说是吗？

（2016年8月7日，高一第一学期）

论表达

之前，在读一篇文章时，曾看到一个观点认为："表达思想的方式同思想的真实性有关。"对此，我却有不同看法。

——题记

表达思想的方式主要有两种，一是书面文字，二是口头说明，当然，也有眼神、手势、表情等身体语言的表达方式。思想的真实性是内心真实的、不加任何掩饰和修饰的一种原本的状态。思想要通过表达来反映、展现和传递。有两种不同观点：往往脱口而出的观点是最真实的，即"口头表达"；经过修饰、改动的想法呈现在纸面上，或多或少不能完全真实的表达内心想法，即"文字表达"。可有人认为，在学术界、出版的文字被赋予的权威性和真实性远远超过口头语言。即表达思想的方式中，更倾向于书面。

书面文字是作者深思熟虑的结果，而口头表达是第一手资料，不考虑反复修改、去其糟粕的因素，二者谁的思想真实性更强显而易见。但应明确的一点是，不论谁更真实，它们仅仅是两种表达方式。表达是门艺术，不能说书面表达反映的是"事实"，也不能说口头表达反映的是"传言"。

书面，代表着理性琢磨；口头，代表着即性发言。不能否认书面的表述有时存在伪造和篡改性，也不能认为口头的，都是"信口雌黄""胡言乱语""口无遮拦"。毕竟表达方式只是在传递一个信息，传递思想所表达的意思而已，辨别真假，不是以表达方式来衡量的。

但至于思想的表达是不是真理，那就另当别论了。

（2017 年 1 月 9 日，高一第一学期）

老师点评：这个论述思路很清晰！

谁来保护开发石佛沟

五一放假，爸爸妈妈带我去石佛沟风景区一日游。石佛沟风景区为甘肃省级国家森林公园，位于兰州市七里河区兰阿公路旁的岘口子山中，因有汉白玉石佛雕像而得名。这里原来是佛教圣地，现在变成了城郊公园。

进山沿着山路而上，走过曲道，路过牌坊，来到了观涛亭，能够听到松涛阵阵。亭子沟底下有个七星泉，泉水清澈，再经过蛤蟆泉盘小道而上，山势有些险峻，但草木葱郁。半山腰的平台处就到了石佛洞，因洞而建灵岩寺。再往高处行进，远眺关山，一眼望去，郁郁葱葱一片，无边无际，远山如黛，近岭似碧，林木错落有致，令人心旷神怡。

这里，除了美丽的自然风光，最主要的是，具有历史渊源的人文景观石佛洞灵岩寺，这里香火旺盛，是信教群众举行宗教活动的场所，也是石佛沟森林公园最核心的景观。据史书记载，西晋永嘉年间，公元 310 年左右，发生八王之乱，鲜卑族大单于与他的堂兄吐谷浑发生矛盾，吐谷浑遂率部从辽东向南、向西发展，并且建立吐谷浑国，统治了今天的兰州地区很多年。他们笃信佛教，白兰王幕容贵在石佛沟修建庙宇，开凿洞窟刻造佛像。后来毁于战乱，但是石佛洞幸存，未被毁坏。明清时期有一姓李的僧人在这里化缘修建禅院，取名石佛寺，文革时期毁坏了，1986 年恢复建设，更名为灵岩寺。

在参观的过程中，我发现这块旅游胜地没有真正地保护修缮好，也没有开发利用好。灵岩寺大殿及僧房受地基深陷影响已经存在严重问题，屋面裂缝，大殿西侧基础下沉，僧房墙体开裂，屋面漏雨；大殿的木桩因屋面漏雨所致出现烂朽，其向西的两根较严重，其中一根下沉致使梁柱的连接处感觉随时松动，很不安全。这座具有悠久历史的文化遗产年久失修、破损严重，急需维修保护。

爸爸在天水秦州分管文化旅游时，对这方面有研究，他给我介绍了很多历史文化遗址保护和修缮的常识，我很受启发。石佛沟灵岩寺是中国南北朝时期，西秦佛教文化的一个遗存古迹，历经 1500 多年，理应得到维修和保护，只有这样才能体现对文化和历史的重视。石佛沟又地处兰州城区和农村的结合部，离城区仅有 16 公里，且道路通畅，交通方便。沟内环境幽静、风光优美，又具有历史文化底蕴的灵岩寺做衬托，因此更能吸引旅游者来此观光度假，不仅可以提升石佛沟景区的知名度，还能带动周边相关旅游产业的发展。保护开发风景区，首先政府部门要做好规划设计，把自然资源和人文资源结合起来，把眼界放得开阔些，要有打造大景区的气度，如果政府缺钱，可以按照规划，把一部分交给民间有钱的企业家来投资经营。分年度投资保护和开发，要让这个地方成为知名的旅游风景区。

我真心希望兰州市政府能够重视石佛沟旅游资源保护开发。我期待有一天，在兰州市内繁花落尽的时候，石佛沟有"人间四月芳菲尽，山寺桃花始盛开"的山花烂漫。我们看到的石佛沟是悬泉飞瀑，溪水潺潺，山花丛中狐走兔奔，在层林尽染、山鸡游鸣的氛围中，莺歌燕舞，人头攒动。饮山泉，赏野花，看兽走禽飞；探古洞，寻历史，任游客畅快。

（作于 2017 年 5 月 2 日，高一第二学期）

关于抽象艺术

美术作品可以什么都不像吗？上周美术课上，我们进行了对抽象艺术的学习。在此之前，我对于"抽象"一词毫无了解，只有一种想象：不就是"四不像"吗？"四不像"怎么能和艺术沾边儿，然而在课上，我领悟到了抽象的艺术风采。

最先和"抽象艺术"产生关联的，应是世界闻名的艺术理论家康定斯基。有一天黄昏，他从外面疲惫地回到画室，忽然眼前一亮——墙角处立着一副难以形容的炽热美妙的图画，它不表现任何东西，而只是由纯粹的形式点、线、面和色彩组成。然而，当他走近一看，原来是他自己的一副作品倒置。从那以后，这种新的艺术形式诞生了。

之后各国发起对于它的深入研究。这就又有两位优秀的艺术家浮出水面：荷兰的蒙德里安和美国的克林。他们二人虽都有对于抽象的理解，但确实是不同的。荷兰的蒙德里安崇尚的，是一种不赋个人情感的"冷抽象"，其实我并不是很喜欢这种画风。在欣赏了书上的几幅画之后，我才理解了他这种类似于"物质构成世界""永恒的真理"等等说法。也许这是一种不让每个人都能看懂的"美"吧。相对地，美国的克林就属于"热抽象"这一派。在他的画作中，我能完完全全体会到当时他胸中是何情感。说"热抽象"真的挺形象，是温度，是暖意。与"冷"的艺术相比，我认为"热"的艺术似乎传播情感更好一些。

我们的艺术，为何会从具体表现为抽象？是艺术家不好好做精致的画吗？是人们欣赏艺术的审美观念变态吗？都不是，刚才已经说了，这是另一种美。我想，也许是因为画家的情感过于丰富，想要全部释放表达，却不甘局限于一张有边有沿的画纸上。可作为画家也只能作画，该如何呢？只有以另外的形式呈现于人前了。当然，这种艺术的表达，很少有人理解，否则就不叫"抽象"了。目的是，激发任何一个人的想象空间，放大美术的边界和美术的意义。同一个作品，不同人，不同的心境，可能会领略到不同的意境。

现在，连数学中也引入了"抽象函数"的概念。自从学了那一章节，我似乎渐渐明白"抽象"是什么了，就是让你的大脑不要偷懒、让你的眼睛不要简单，让你的心灵不要直接。我的天，真抽象啊！

说到这里，我想起了我曾在一篇作文中批判过"丑书"。丑书不仅谈不上艺术，说它是一堆垃圾都高抬它了。我曾经亲眼看到过几幅"丑书"，大抓笔在八尺大宣纸上毫无章法地乱涂一顿，在我们的国粹宣纸上糟蹋人类文明的汉字，写的字如同拖把拖厕所的痕迹，像拉肚子的病人收不住到处乱泄一通，玷污了本来的墨香！切记：丑书可不是"抽象艺术"！

（2017 年 6 月 9 日，高一第二学期）

老师点评：抽象的美在于言有尽而意无穷吧！

平静与平和

生活，并不总是惊涛骇浪，也不是处处都要正襟危坐，更不是静如死水。很多时候，我们大多数人都处于一种平常、甚至平淡的生活状态中，感受体味平常生活的快乐、悲苦、平淡及诗意。像流水一样，让时间在一分一秒中过去，再迎接下一个一分一秒。

年轻的我们也常能体会到平淡、简约之中的炽热与激情，也常常渴望命运的波澜与壮阔。但，有时我觉得：遥望夜空中安静的繁星、明媚的月光，胜过混迹在灯光璀璨的都市"霓裳"夜晚；静坐在图书馆最安静的角落，胜过歌舞升平的快乐；闭着眼睛的思考和回味，胜过谁是孰非的辩驳与争吵。不论什么，有一颗自由闪烁、节律跳动的心就好，即使你的心里有一阵阵涟漪、一波波浪花、一场场波澜，你都显得那么平静。在此时此刻，想想过去的日子、现在和未来，想想有些著作中的不忘本真、静接地气，都有一种舒心的感觉。有了这种感觉，才有沈从文笔下那个天真、活泼、安静的少女翠翠，才有了丰子恺先生安静祥和、轻松自如的散文，才有了汪曾祺《端午的鸭蛋》，带领我走进高邮，吃一个鸭蛋便恋上一座城市。

即便多么伟大的人物，都是宇宙间的一粒尘埃，不一样的是，他们比平凡人多挤些时间和空间去静思，他们心平气和地行走，像游走在精神世界里，拥有恬静而充实的生活，这是他们生活的平和情绪和无杂念的思想所决定的。文人雅士的思想是透明的，执笔挥就向世人倾诉着最真实的声音，尽管有人文字是十分激进的，但也有理性的。田园采菊后，手中的一支笔，开垦的是一片广阔无边的"悠然"，这与有无理想和抱负无关，陶渊明的身边不是风光无限好吗？李白"且放白鹿青崖间"，不论是无奈，是被动，还是其他什么，但都是他内心世界的平静与平和，即使"抽刀断水水更流"，那也是平静中的涟漪而已。徐志摩"悄悄的我走了，正如我悄悄的来；我挥一挥衣袖，不带走一片云彩"。不也是一种平静和平和吗？"静以修身""宁静致远"是世界上最美丽的诗境，"和为贵""和而不同"，是世界上最好的处事状态。

那些使劲踩踏摩托油门、激烈轰鸣、急速飞奔的轻狂少年，命运给他们的只是短暂；那些破口大骂、指指戳戳、撒泼装疯的大妈，命运给她们的只是别人对她们的嫌弃和疏远；那些吆三喝四、飞扬跋扈、架势吓人的官员，命运给他们的只是遭人唾弃和被贬……没有听说过，有人赞美雷电交加、狂风大作、波涛汹涌……包括高尔基，《海燕》"让暴风雨来得更猛烈些吧"更是对暴风雨的极端蔑视。没有听说过，不知道天高地厚、为非作歹、肆意妄为、咋咋呼呼的人，能够最终获得平安和幸福。也没有听说过，清风明月和安静的葡萄架下，其乐融融的和谐中会有争吵和邪恶……

（2017 年 6 月 22 日，高一第二学期）

老师点评：文字深情，文思流畅，让我们认清这个世界，然后爱上她，用平静与平和拥抱生活吧。

判还是不判

最近看杂志，看到一篇被议论得沸沸扬扬的新闻。四川一男子在住户家没有盗窃到钱的情况下，偷了一只香蕉，被判拘役两个月，缓刑六个月，处罚金一千元。此事一出便在网上引起轩然大波，有人表示双手赞同，有人认为只是根香蕉而已，判了刑是否太过了？当然也有人打趣说，贼太不专业，偷了根香蕉后竟然在住户家的沙发上睡着了，被当场抓获。

判还是不判？当然判！

首先，整个案件得从盗窃本身的目的和动机出发评判，至于结果如何，是另一回事。小偷潜入住户家中行窃，香蕉当然不是其盗窃目的，是什么？是现金。入户盗窃与携凶器扒窃的性质一样恶劣，因为这不仅危及公民的财产安全，还危机公民的生命安全，从这一层面来说，判拘役当然是合适的。

其次，从法律出发，法律是公正公平正义的彰显，绝不是摆设。人一旦触犯了法律，就必须受到严惩。那个小偷不是不太专业而是太没有法律常识，人人都应该明白法律这条高压线碰不得，非触及不可的人，在法律面前必受严惩是合乎法理的。仅就未经允许潜入民居家中，就十分恶劣。难道一个手持凶器入户准备杀人，主人不在，杀死了狗，只是赔偿一条"狗命"这么简单的事吗？

再说，法律的目的从来不只是通过惩处让人受折磨，通过关押夺其自由，

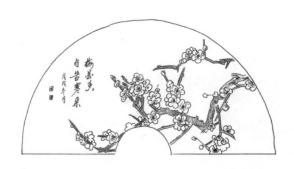

而是时刻提醒和教育人们：法律有高悬于顶的尊严。对法生畏，对事理智，明白该做与不该做的事，这是执法的教育和警戒作用。如果法律只是单纯地以盗窃的数量和物种，来决定判还是不判，那么就是放任犯罪行为的存在和危险的存在。如果不判，起不到对众警示作用。

现如今社会之中急需正法清流。一个有是非观的国家和民族才是有希望的。小时候，爸爸就给我讲过一个原理，一根筷子弯曲了，要想校正，就得超过正常的直线，向相反的方向使劲扳折，恢复后才是直的，这叫"矫枉过正"。我觉得有一定道理。如果由于同情他只是"一根香蕉"的错误，放纵了他，他必然还会在今后制造出更大的危害，实际上也是害了他。"敢抢银行的凶手最先都是从小偷小摸开始的。"因此，惩罚是必须的，禁止是严明的，唯有此，不法分子伸出的罪恶之手才能被斩断，法律才能伸张正义，敬畏才能油然心生。

"偷香蕉事件"为人们敲响警钟。仅对我个人而言，我读完那些新闻的评论后，心中涌起一种对法律的肃然起敬！

（2017 年 9 月 10 日，高二第一学期）

老师点评：如果我们真的要实现法治，而非人治，判，一定要判！

由机器人想到的

刚才在看一篇英语作文，话题是"关于对未来机器人的幻想"。说白了就是——你希望机器人能为人类做些什么？

我看了这篇文章后，便有这样的疑问：科技进步固然重要，但是他进步的速度是否赶得上培养懒汉的速度呢？范文中提到"他可以帮我写作业，干任何我想让他干的事……"不得不说，这确实是人类真实的、原始的想法。但我不禁要问，可发展高科技难道是为了让人类自身退化、降低人类自身的生活能力吗？

然而事实并不能求得两全，只有在发展中克制，在克制中进步，才是最好的，最理想的结果。放在现实中考虑，人们发展就是为了更便捷的生活，提高效率、节约时间，让自己"懒"一点儿似乎也是合情合理的。这就很矛盾了，想一想我们的生活，科技带给我们的还少吗？用在国防、军事、生产、建设、保护人类、预防灾难等方面的"机器人"我觉得无可厚非，有些生活中给人类代来便利的科技产品也无可厚非。但"想让机器人干什么，机器人就会干什么"这就太可怕了，当人类控制不了机器人的时候，可能人类就灭亡了。因为，在世界上，并不是人人善良，一旦邪恶者掌握了机器人，难道不是毁灭？拿我们的学习来说，我们可以让机器给我们做作业、考试，给我们传输所有难题的答案，世界上没有一道题可以阻止我们人人考满分……据说有人设想，把一个包含着人类所有文化科技知识都集成在一个电子模块中，然后装入人的大脑，这样人脑就拥有了整个世界所有的知识，不用记忆，不用思考，不用劳动……坐享其成。

说到这，我真有一些恐慌——我的脑力会不会渐渐退化？会不会什么也不会思考？我会没有思想吗？如果这样，人类将是一个什么样的状态？虽然，如果我身边的人都是这样的，那么整个班、整个年级、整个学校，整个……世界，人们想做什么都有机器人给你做什么的境地，听起来是多么的美好啊！但是，我要问：你活着干什么？

简直不敢想象。我只想说，要把握好事情的两面性呀。

（2017 年 12 月 1 日，高二第一学期）

左手时间·右手心灵

脚踏纷繁复杂的世间，时感月色永恒，空旷持久。殊不知，一抹月色的时光，投射世间冷暖自知的滋味。常言道：时间，你慢慢走。殊不知，时间静动相持，在路上掌握快慢的，是我们自己。

漫步林荫街道，看树成行。俯身静看飘零无根的小花，手携一朵继续前行，其实心中已有一段为花儿开的时间。细数花瓣，兀然发现五瓣花、六瓣花生出的是不同的姿色。回想从前背着沉重的书包赶往学校，手握课本，惦记着早自习要检查背诵的苦恼，忽略了近处的美好，心不平静，烦恼易多。留一朵花开的时间给自己，品味生活本身滋味。

书桌前挠头，书房里随意走动。阎肃老先生正为《西游记》主题曲发愁。此时，窗外阳光正俏，紧致恰好，他推门而出，沿石路前行，他不是匆匆而过，而是一步一石，时而抬眼望天，时而紧盯脚下。有一阵清风吹来，在他心里敲入了一个小小的惊叹号，脑中旋律荡漾起来，敢问路在何方？不就在脚下吗？顿时灵感袭来，如泉涌出。留一段行走的时间给自己，体悟自然世界的平凡。

又见陶渊明采菊东篱下，将一个圣洁如菊、气节如兰的背影留给了千秋万人。他未尝不想出官入仕，获名得利？但事与愿违，然而松柏有本性，不屈不挠的性格终不适宜仕途闯荡。于是，他归去兮，不复返、不足惜。留一生隐逸的时间给自己的心灵，感受世间真情的自然流露，也岂不快乐？

时间不会停止向前，也不会眷顾任何一个人。我们赤条条地来到这个世界，终将赤条条地离去。在有限的时间里，不仅要感叹"江月年年望相似"，不仅要紧随时光的车轮，还需要守护自己的小天地，不是世界选择了我们，而是我们选择了世界。

你的心怎么样，这个世界就怎么样。客观存在的，不能改变，那就寄身于心灵世界，让时间承载着生活的平静或激情，平凡和特别，掌握好快慢。

世界是不是就是时间与心灵的结合呢？一路走走停停，这滋味要自己品味。投我以木瓜，报之以琼瑶；投心于时间，时间将还给你一个完整的心灵。时间在左，心灵在右，实质上心灵世界本就与时间相融相合。

就在你走过菜畦停留的一瞬里，在你停驻墙角一隅独赏爬山虎时，在你山野之间放声天地时，在你深思熟虑一道道理综难题时……你的左手就握住了时间，右手就触摸了心灵。

如此这般，是否正好？

（2018年3月12日，高二第二学期）

历史如流水

（一）雕刻历史

读史可知，中华文明的源头，源于黄河流域。我曾在先秦史和地理历史相关专题地图中，留意过中国原始社会遗址图，沿着甘肃的地理位置，看到以黄河流域是主体的中华文明发源地。在漫长的历史波澜中，各族部落独立发展，相对闭塞，但最终还是有一个脱颖而出的民族——华夏。

传说，也可能不是传说，首领黄帝打败了炎帝和蚩尤，成为了华夏文明的最早主宰。之后的夏商周三代，黄河文明都代表着中华古代文明的最高成就。到后来，秦王朝一统天下，作为黄河文明的一支被滚滚河水推向历史的前端。秦人南征北战，最终统一各部，也就是说黄河文明站在了胜利的巅峰。

　　驻足历史的边上，金戈铁马，气吞万里如虎的戍边豪情，随鎏金岁月染上心头。巴颜喀拉山的顶峰烟云缭绕，黄河两岸的千里沃土静静躺卧，曾孕育出生命的芒焰。在她的脚下，黄河之水熠熠生辉，黄河文化源远流长。那岸边的半地穴式建筑迎合风沙的肆意，泥墙板草，遮蔽风雨，留给半坡居民最早的原始部落之一，一个相对稳定安详的家园。

　　黄河啊，当真是中华儿女的母亲河。

（二）回望历史

　　生在兰州，这个离黄河源头很近的地方，本应对她再熟知不过，然而，小时候我心里并没有对黄河有什么不一样的印象，她只是一条宽大绵长的深沟里盛满了水而已。我曾幻想过美丽的甘南大草原的温柔和开阔，曾经渴望过在喜马拉雅山巅近距离地触摸阳光，曾经犹豫过是否要在高山族的歌舞声中吹着台北的风微笑着度过一个潮湿的夜晚……可对于黄河的幻想、期待，似乎从来没有过。直到——我在黄河的身边慢慢长大。

　　今天我趁着春阳微风沿岸漫步，河水东向，层层惊岸；涛声虽微，情怀依旧。踏石上行，不见水端；隔岸北塔，惊鸟春飞。这朴实的景致，平凡到不能称之为景致，而只能说是生活。人与自然的和谐相处，制约相持，共生共赏。我看风景多妩媚，风景也在欣赏我这么个普通的生灵。

　　回想少年时，与父母、同伴嬉戏岸旁，引水岸上，建堆泥塘。这里曾是我的儿童乐园，打水漂、垒城堡，那些珍贵的回忆渐渐浮出水面；这里也将是我回望历史的宝地，四十里黄河风情线显不尽她的风情，阳光下的黄河母亲雕塑却刻出了她的沧桑。

　　黄河啊，当真是现代文明和生活的纽带。

（三）凝固历史

　　她将历史凝固在那眉眼间，那微翘的嘴角里，她怀中男婴的身上。

　　停步黄河母亲像前，我第一次仔细观看了她和他。她们母子立在黄河南岸，朝东观瞻着浩大的山川，犹如中华民族立在世界之林。

　　她是母亲，曾接受来自五湖四海的尊敬，将万年稳立，不曾可撼，她如此伟大，带给子孙安宁与平静，幸福和无忧。

　　她是母亲，曾遭受列强的百般凌辱，低声下气，毫无尊严和地位，她如此痛苦无力，眼睁睁看着恶魔侵略她的每一寸肌肤，吃掉她一个又一个孩子。

　　在哭泣中，在死亡的阴云之下，她仍未就此服输，一步一印，她摆脱了，解放了，重获自由和安宁。

他是孩子，曾在迂回曲折的原野上享受上天的恩赐，茁壮成长，无恙无虑。

他是孩子，曾藏在母亲背后看兄弟姐妹被尖刀刺穿身体。他恐惧、伤痛，愤恨而不敢言语，也无权言语。

在苦难中，在战火的硝烟之下，他汹涌着，迸发着，滚滚而来之势显示着一个民族仅剩的自尊。他努力克服恐惧，心中的怒火击败了原有的懦弱。

想到这里，顿感浑身沸腾，心中的澎湃驱走严冬的寒意。我该骄傲，我该庆幸。百年历史，千万年历史，伤痕累累，多灾多难。然而我们又深知，多难兴邦，未必坏事。黄河终究骄傲地奔腾万里，勇者无惧。

黄河啊，当真是民族历史的战士。

（四）铭记历史

先秦的战火纷飞，河岸边响起的号角都已离我们远去，在这片黄土上，更早的更早发生过什么我也无从得知。历史如流水一般流向未来，默默隐在时间的烟尘中，幸好有何鄂奶奶创意的这尊雕塑，替华夏儿女守望千年历史，万年辉煌。

听河流水声，悟道于此。黄河母亲慈祥的微笑，男婴顽皮地眯缝着眼，将最辽远的记忆和最现实的生活雕刻下来。她是多么无私，无条件地将历史呈现，无所求地给予华夏人生命之源；可是人是多么自私，黄河文明遭受着现代工业文明的冲击，我只能幻想着古人看波涛巨浪漫天，水花激起千层漪，也只能无奈叹息：黄河母亲的笑脸已经多了几分苦涩，少了一些甘甜。

现代人想创造更完美的物质生活，殊不知对于历史的回望和铭记，本是另一番广阔天地。踏寻历史的足迹，循着渐渐辽远、但还未消失的涛声，置身黄土原，嗅闻泥土味道，还黄河母亲一个和美自然的未来，这才是我们该做的。现代科技、工业器械、钢筋水泥能闻到最原始的泥土味和黄河味道吗？

黄河啊，当真是见证古今的时光老人。

愿你的广博与狂狷永驻，激情与包容共存。愿你穿越祖国万里河山，尽显赤诚与火热，与岁月共生长。

（2018年3月29日，高二第二学期）

爸爸评语：主题突出，语言精湛，表述流畅，沁人心脾！

归 根

　　华夏是一个柔和的民族，自古以来，喜欢讲归宿和根本。她妩媚的归根情思，最早躲藏在半坡居民的半地穴式房屋里。随这黄河水的波涛卷儿向前，又栖息在先秦诸子手持的书卷中。那时北方有《诗》，南方有《楚辞》。有"今我来思，雨雪霏霏"的戍人归乡时，在微风细雨中，寻找哪一颗落地水珠是自己的眼泪。行于河岸的屈子以荷芰为衣，以幽兰为裳，当血染江头，心中犹有一株清白的莲，但问其心，不问归期茫茫。归期？归根？

　　彼时的他，投江一瞬已然归根。根是什么？它是生命的本源，是龙之传人心灵栖息的地方，是漫漫人生的追求，不是一个结果，是一个过程。人，大抵都是要立一个根基的。归根，不是投江了之，即便人人都要死亡。那应该只能叫归宿，不能叫归根。人人都该追寻属于自己心灵的根本。落叶未落时，它的根就在树叶，而不是泥土，它的根是庇荫；落叶落地时，它该属于大地，它的根在土壤，根是沃壤。归根，也是一个挣扎和演变的过程。纳兰心中的根，不过是那俯身即拾的翠翅，奈何身为相国公子，冷落了心中的情怀；李煜的根，不过那一江春水化作的愁绪，本是诗才，奈何成了亡国后主；陆游的根，不过是铁马冰河入梦来，手持金戈为国杀敌的畅然淋漓，奈何将终之时只留了半句"家祭无忘告乃翁"。

　　这样看来，心存根基的人，始终拥怀着现实与未来，

作者手迹

都在努力想从现实中实现梦想，归于自己最向往的彼岸。追寻不同时期的根，总有些失意因落寞引起。但是，不圆满的结局并不代表一切皆过往，万事俱无意。纳兰绣口吐露芬芳和凄凉，守住了不羁的根；李煜身为亡国昏君却不忘携着诗心走完余生，守住了文采的根。

一切终归于死亡，于是，有了"寿终正寝""涅槃""空"的概念。但前方的路还长，处境如何，终挡不住心中的根深深扎在最现实的地方。而眼看今人，有些错乱的归根，让人匪夷所思，什么因"抑郁症"自杀，为了追星自杀，因别人的一句批评或一点点委屈自杀……我不禁要问，这是归根吗？！屈子投江，至少守住了高洁不染的根，你这样的归根"死何足惜"？有的人不知道自己追寻什么、奋斗什么、努力什么，有的人活在迷茫里边乱了阵脚，不去挣扎，而是"无所事事"的偷安，忘了"天生我材必有用"的归属，失了"直挂云帆济沧海"的根本。

今人的根从哪里去找？就在那里：或隐于"暗香浮动月黄昏"的清浅适宜中阅读，或藏于龟骨兽壳的图画文字中寻觅，或在奔涌向前的轨道上驰骋，或在安宁温柔的岸上反思，或在噼里啪啦计算机的敲打声中制作，或在实验室里瓶瓶罐罐中凝眸……太多太多啦！我们求学中的青年，我们的根就是"读书破万卷"的艰辛，就是"积细流成江海"的坚持，就是"少年强则国强"的训练。

民族的根从哪里去找？从民族文化中去找。文化是民族的根和魂。中华民族的血液里传承着民族文化的根基，是我们自信力的源泉，漂泊海外的游子为什么归国当海归？优秀的中华儿女为何认祖归宗？都是因为我们民族文化中渗透的"归根"意识，叫人怎能不有归根之心切？

寒来暑往，日月黄昏。任时光流逝抑或永驻，留住我们的根，找准我们的根，回归我们的根，与岁月共生长，与星宇同光辉。

（2018年5月22日，高二第二学期）

真理在问题的本质之中

"真理喜欢捉弄人，他总给你看虚幻的真相，然后自己藏在别处偷笑。"巴尔扎克如是说。

裹身于现实世界的洪流之中，事物的浅层化、表面化往往给真相蒙上一层神秘面纱，若不能深入探寻其本质，便不能实现追求真理时的目的。其实，并不是"真理掌握在少数人手中"，而是那一少部分人通过反复的认识和实践，经过对事物普遍性和特殊性的分析，找到了事物存在的本质，得到了真实的道理，这便是真理了。

"二战"期间，为了加强对战机防护，英美军方调查了作战后幸存飞机上的弹痕的分布，决定哪里弹痕多就加强哪里，然而统计学家沃德力排众议，指出更应该注意弹痕少的部位，因为这些部位受到重创的战机，很难有机会幸存而返回。而这部分数据被忽略了，事实证明，沃德是正确的。沃德力排众议，反其道而行之，否定其他人浮于表层的看似正常的思维，而是调动统计学知识理论，关注到了那批未飞回的飞机，一定是别的部位受到重创。实践检验了这一真理，经得起事实的推敲和验证，沃德因理智而看到本质，为实践服务。可见，认清事物的本质多么重要。

看清本质便是化繁为简。沃德看清了飞机加固部分的本质，仅仅是转化了思维方式这么简单。互联网也可算是内容纷繁复杂的"大千世界"了，然而编程者看清了这张大网的本质，将所有的内容归根为"0"和"1"两个数字，化无头绪的广泛网络世界为简；我们推敲历史资料，读透事件的历史意义和影响，精炼语句准确排序，呈现给阅卷老师精准的简短答案，化抄写题干材料为简……在这个人人与时间赛跑的时代中，时间既是金钱，若能一切化简，永怀简单之心看清世界之本质，必将先人一步。

看清本质需要确定正确的方向。我们常说，方向错了，成功几乎不可能。方向只是一个概念，它必然有正确和错误之分。在生活中，我们想要成功，必须要认识到事物的本质，而认清事物的本质，又要求我们的思维方向同客观事实同向。如此说来，"看清本质"等于"保持方向的正确性"，这是成功者迈出的第一步，至于个人之后的努力与对自己方向的坚持，又要涉及实践和耐心了，那是后话。可见，方向至关重要。方向对了，你就在探求真理的道路上少走弯路，方向错了，把你和继承你事业的人累死苦死，都只是在黑暗中摸索。

　　追求真理，人人所向，然而这不是一个一帆风顺的过程，不是所有人在探寻事物之初便能直寻要害、找准方向、抓住本质。也许要在不断的认识和反复的实践中，上升式地达到一定的高度，那时的你完全犹立山巅、拨云见日、豁然开朗。

　　因此，心寓根本、手握信心、探求本质，踏上追求真理之路，成功的曙光将会在不远处熠熠生辉。

（2018 年 6 月 10 日，高二第二学期）

老师点评：文章审题准确，用语丰富，结构清晰，希望再接再厉。

听耳畔的天下——寄2035

春听鸟声，夏听蝉鸣，秋听虫声，冬听雪吟，四时之景不同，乐意无穷；白昼听棋声，月下听箫声，良辰美景不同，感慨浓浓。从前我回忆成长历程，大抵只有家里亲情、校里聆听。不曾想过祖国乘着时代的列车正在驶向远方，亦是人间最美声色。2035 年的朋友，你可否愿与我一起听耳畔的天下，纵览世纪中华？

庚辰龙年，中国迈入新千年。世纪宝宝撕扯着第一声啼哭闯进了新的世纪，初来乍到的我们未曾想过，在这一年，中国政府首次派出民事警察执行联合国维和任务，中国身影以和平的模样活跃在世界的舞台上；也是在这一年，中国移动通信集团公司正式成立，千家万户的通信模式给国人打开了一扇又一扇门；还是在这一年，我国第一台交流传动高速电动车组在株洲竣工，这台外观如一颗"子弹头"的动力车名为"蓝箭"，完美地诠释了中国发展新方向。听，那是十八年前的中国，朋友，你是否明白其中意义？

戊子鼠年，亦悲亦喜两重天。一月冰雪铺天盖地，携卷寒风而来，房屋坍塌，人心惶恐；五月十二哪堪回首，奈何天公竟无眼；八月八日，喜迎奥运，三面五星红旗一起升起之场景轮番上演。这一载，我们在祖国的呐喊声中成长，也在祖国的哭泣声中挺直脊梁；在祖国的危难时刻紧绷着弦，更在祖国的辉煌时刻欢畅淋漓。千难万难都抵不过万众一心的坚定，举国同庆是一个民族凝聚力的昂扬！听，那是十年前的中国，朋友，你是否涌动澎湃热血？

戊戌狗年，身在其中笑开颜。通过这几年，我在成长中见证了祖国的飞速发展。今年改革开放四十年，作为世界第二大经济体的中国，经济增长确实称得上是世界的奇迹。随着以"共商共建共享"为特点的"一带一路"建设，沿线国家正在与我国进行着互利共赢的合作。在我国民生领域，精准扶贫的实施如火如荼，四十年解决了 7 亿人口的贫困问题，这是多么了不起啊！世界人民也叹为观止。我国互联网技术领域也开启了新的篇章，网民数量已过 7 亿，互联网普及率超过全球平均水平，互联网正在改变着我们的生活。保卫祖国的航母试水航行了，祖国可以在自己的领土、领海、领空行使主权啦……听，这是今天的中国，朋友，你是否注意到一个又一个崭新的数据和消息，一张张舒展愉悦的笑脸。这就是我们这一代 21 世纪出生的人眼中的祖国。

　　现在是仰望星空、憧憬未来的时代，也是脚踏实地、"撸起袖子加油干"的时代。相信再过两年，中国实现整体脱贫之后，一个簇拥着幸福感的小康时代，就会来到我们身边，近距离影响着中国大地上的每个角落，每个人，每个时刻。再往后啊，请容许我对 2035 年有个展望。在那时，上古时代的大同思想逐渐演化为适应时代的"人类命运共同体"，整个社会和谐安定，和平与发展仍是世界潮流。在那时，中国经济实现了高质量稳定增长，不仅较好地满足了国内消费者的需求，扩大了内需，还积极与国际进行合作，在世界范围内提升着自己的形象，并给世界做出更大贡献。在那时，我们青年一代沐浴春风细雨，用自己所学的知识和智慧装扮着祖国的每一个角落，也改变着世界，我们青年不负中华民族五千年来"礼仪之邦"之称，与祖国一起健康成长，在做好祖国参天大树的同时，与世界同呼吸、共命运。

　　我们坚信，那时，我们一起赞祖国，听耳畔的天下！

（2018 年 6 月 29 日，高二第二学期）

情与法碰撞，当以法至上

前段时间电影《我不是药神》的热映，在全社会范围内引起了广泛的议论和普遍的思考。主题深刻且层层递进的影片内容，逐渐将我们推向一个古已有之的问题：当情与法发生碰撞，人们该如何抉择？我想毫不犹豫地说：当以法至上！

在中国，情和法的矛盾问题，显得尤为难以把握和解决。因为中国是个偏感性的"人情社会"。原因是什么？从根本上说，是因为中国经历了太长久的"人治"时代，自禹建立夏朝到春秋战国，诸侯争霸，自秦始皇并六国齐天下，到明清之际腐朽落寞的封建制度。孔圣曾说："父为子隐，子为父隐，直在其中矣。"照理说，"正直"的品德要求举发一切不义之事，包括亲情。可是在春秋大义之中，父子相隐却成了至圣先师之所求。可见"情"的思想融在中国人血脉里。即使是以严刑峻法闻名的秦朝，也是将所谓的"法"套在了某种无形的观念里，受高高在上的君主把控，但"情"从来没有毁灭。由此便可知，国人重人情轻法律的源头了。

回归到《我不是药神》这部电影本身来说，主人公程勇的行为在中国人常说的"人情"方面来看确实做到了极致，他是在践行了中国的传统文化。他不顾被警方制裁的危险，违法渡禁药入境，为的只是让更多慢粒白血病人摆脱唯利是图的国际公司所生产的"天价药"，为自己的生命续航。我想，他的出发点人人都能理解，甚至赞同。

然而，过去缺失法治精神的中国人，今天是否应该继续以情为重呢？我认为，主要看情况来定。我们知道，现代社会是复杂的，大到国际活动、经济活动、政治活动，小到百姓的生活细节，都是需要规矩的。为了保证国家和人民的一切活动规矩运行，有安定、有秩序，保持社会和谐和稳定，都需要法治。改革开放至今四十年，通过法治建设，保证了社会稳定、和谐与发展，这足见法制建设的重要性。因此，我们更应该坚定法律至上的观点。但"以法为重"，并不意味着要排斥一切"情"的意义。据说，中国法律里不是有"自由裁量"吗？不是有考虑其"情节"吗？法律也应该有"道理"呀！

请大家更深入地想想：虽然所谓的"假药"暂时没有显示出副作用，还能减轻患者负担，但是毕竟该印度药未经国内允许出售，一定有它的道理，谁能保证用药的长久安全呢？再者，这不是长久之计，中国慢粒白血病人患者数量惊人，仅凭程勇一人之力难以回天，更可靠更可取的方法是引起社会的关注，引起相关部门的重视，制定一系列可实施的法律法规，制裁高价获利的公司以提供合理价位的药也好，设置患者福利帮扶补贴制度也罢，总归比违法做事更可取，而且可以覆盖全国的病人，帮助患者的效果会更好，这是更加尊重生命的表现，也是按照规矩和秩序办事的表现。

当然，不能否定程勇的善心。诗人辛波斯卡曾说过："人情是出生的附属品，也是易丢失的贵重品。"在程勇身上，可贵的是，没有丢失这样的"贵重品"，但是他忘了这同样是个"附属品"，人情是由人的好恶控制的。理性，说到底，还是法字至上。我们承认人心是火热的，法律是冰冷的。也许法律的在某些情况下显得过于残忍，但是它是公平的。因此，很多事并不是"情非得已"，危难时刻别忘了靠法律解决问题。拥有十三亿人口的大国，如果没有法制，那么国家就乱成"一锅粥"了，社会必然动荡不安。对于程勇，法律的责任还是要承担，但不要排斥他的"善"的情节，降低处罚不就行了？

我们要明白，面对中国公民的一切合理诉求，中国逐渐完善的法律系统，将会给每个人合理要求提供尽可能有效的法律帮助。所以，当情与法碰撞时，不必纠结，应以法律为上，这才是我们该树立的正确观念。对"情"的把握，是不是应该是一种参考，要根据具体情况确定。

请相信，合理完善的法律不会让你无助迷茫，强大的中国不会让你失望！

（2018 年 8 月 16 日，高二寒假）

爸爸评语：你的法治思维已经初具雏形。很棒啊！

我的大学规划

记得上初中前的那个暑假，父母带我第一次走进了北大的校园。那是因为，每一个中国学子都应该去北大看看，她代表的不仅是我国最高学府，更象征一种精神。今天依稀记得"北京大学"四个熠熠生辉的校门匾额、振兴中华碑、博雅塔、未名湖、蔡元培和李大钊先生像，还有古老的建筑群。

自那以后，我知道了北大，北大也成为我梦寐以求的天堂。自那以后，我一直为实现进入北大接受教育的梦想而不懈努力，我的学习成绩也逐年稳步提升。今天，我似乎感受到我离我的梦想越来越近，这让我反而更加安静，终于有时间静下心来憧憬自己的大学生涯。考北大只是我的一个奋斗目标，能否考取成功，是没有把握的，即使失败，也可去其他大学就读，如果规划好，一样可以取得成功。不妨，就给自己的大学学习做个规划，思考一下未来，提醒自己应该学什么、怎样学，学到怎样的境界，好让自己拥有一个明确的目标和行动。

首先，要一如既往地学习。进入大学，自己的身份是学生，自己的职责仍是学习。要明确地认识到学业是大学生立身之本。我应该在这样优质的教育氛围中集中精力掌握知识、挖掘潜力、提升素质，让自己具备和拥有良好的文化知识体系。珍重自己的学业，热爱自己的专业。曾听已经在上大学的师哥师姐讲，来到大学相对轻松了，但我觉得还是应该保留高中阶段的那种拼搏精神，毕竟大学是我们步入社会的最后一个阶段，在大学所学的不仅仅只是专业知识，还有我们的生活和生存的能力。应该说，大学的学习是更有深度的，需要学习的东西绝对不会比高中少。大学期间，专业知识、德性修养、实践能力都得学好，才不会辜负"大学生"的名誉。

其次，要制订明确的计划。大学是人生的关键时期，如果不想荒废珍贵的学习机会，就得有目标、有计划，还要有正确的方法。我的设想是：

大一打好基础。这是读好大学的根本。要对自己所学的专业知识体系有充分的认知，才能不遗余力地去逐项吸收消化。不仅要"细嚼慢咽"，还要"仔细品味"，不论是兴趣、快乐、易懂，还是枯燥、乏味、繁杂，都得学会完整并收，不能挑易弃难、支离破碎，否则功底就不扎实。要领悟好所学专业在国家政治、经济、文化建设等方面的现实意义和长远意义，珍惜课堂聆听、严格自我约束、督促自己奋读，比如充分利用图书馆、多向师长学长请教，多与同学沟通和交流都是打基础的好方法。同时，学有余力之时，充分发挥自己在声乐、诵读、组织协调等方面的特长，用心参加学校或院系组织的各类实践活动；参加组织各类志愿服务活动或各类社会公益活动，训练自己的综合素质。

大二广泛涉猎。这是丰富自己学识的重点。各方面的知识都懂一些，是学识渊博；各行各业都了解一些，是经验丰富。一个人固然要有一项或几项特长和本领，但如果对除自己专长以外的知识、信息、原理一概不知，那是一件非常遗憾的事情。广泛涉猎，在一定程度上决定了我们在社会适应方面比一般人有更多的优势。我的想法是，除了专业必须学好外，人文地理、语言表达、谈判博弈、艺术创作、情理法、科技前沿、军事国防、古往今来……与人们生活和生存密切相关的都应当知道最基本的常识和原理。这样，将来走向工作岗位和社会，就不会感到过分担心和恐慌。同时，发挥好自己在文学写作方面的特长，争取能够出版自己的文集或专著。

大三主攻专业。这是安身立命的法宝。一个简单的问题，就是大学毕业后我们靠什么吃饭？主要靠专业和专长。学好专业知识并且主动加深专业课程的学习，提高所学专业在工作实践中的应用能力。应该及早谋划和思考毕业论文的方向，最好能够确定主题，锲而不舍地钻研，把专业的精髓一定搞准确，努力为撰写有建树、有创新的高质量的毕业论文奠定基础。在以主攻专业为重点的同时，继续巩固其他学科的知识积累和增长。如果可能，谋划和争取"双学位"。

大四综合提升。这是适应社会或实现下一步跨越的起点。大学教育的目

标不仅仅是让我们学到专业知识和专业技能，更重要的是让我们学会如何适应新的环境并具备在新环境中不断学习、创新、自我发展的能力。这就需要我们具有较高的道德文化素质、较强的专业素质、健康的心理和强健的体魄。说话办事的能力、专业应用的水平、亲和感召的性情、沉着练达的个性、无私奉献的精神、客观理性的思维……都是非常必要的。至于就业，我看，不是大问题，也不一定着急，先找准自己的定位，规划好自己的一生大方向再做决定。或许更大程度上要考虑研究生、博士的深造和求学问题，暂不定夺，届时相时而动。

最后，要树立良好心态。良好的心态影响个人、家庭、团队、组织，最后影响社会。好的心态让我们成功，坏的心态让我们毁灭。欣喜若狂、因噎废食、浅尝辄止、遇挫不振，等等，都是心态出了问题。当我们成功的时候，我们要考虑危机与风险，当我们低迷的时候我们要心胸开阔，树立积极进取的人生态度。这些，可能比"博士""研究生""专家"这些名号更重要。我想用我曾经阅读过的一个小故事结束这个"规划"。石阶问石佛："我们都是同一座山里的石头，凭什么你受人膜拜我却遭人践踏？"石佛说："你只挨了六刀便成了石阶，我却挨了千刀万剐才有现今模样。"

我期待我的大学生涯和我的一生都会得到良好的教育和"雕琢"。

（2018 年 8 月 16 日，高二暑假）

爸爸评语：科学的规划是成功的基础！你的规划能够主抓关键、找准主要目标，也能够合理分配时间，这可以成为你将来成长进步的指南针！

品读中国

中国历来都在与世界进行着关联。在古老的中国，那条穿越黄沙、一路向西的丝绸之路，见证着中国人与外界最初的往来。近年来，国际友人和来华留学者对中国这个既神秘又开放的国度赞赏有加，但有的也颇有微词，主要根源是：缺少对中国的深度了解。今天我写点文字，让外来的朋友品读和了解中国。

在古代中国，漫长的封建统治造就了安于现状的保守思想理念，但也不乏与世界的融通和交流。近代思想的启蒙进一步催化了中国人开放的意识和探索的精神，不论是主动还是被动，中国没有停止地在和世界融合。中华民族是善于学习和不断探究的民族，今日中国的诸多成就，起源于百年以前，甚至千年以前与世界的学习和交流。公元前 138 年，张骞踏上了这征程，联系西北，沟通中亚，为大汉的繁盛锦上添花。唐代玄奘奉旨取经，历尽艰难险阻，汲取南亚印度佛教文化并发扬光大。作为世界四大文明古国的中国，在历史的河流中，把自己的发明也毫无保留地传给了世界。

历史的长河，锻造了中国人包容、开放、平等的心态，中国近代的屈辱，让中国认识到落后就要挨打的道理。中国首先要发展，中国发展不是为了称霸世界，而是让世界平等和平发展。新中国成立后，和平共处五项原则就是向世界宣告了对国际关系的根本理念。中国现在奉行的以包容、普惠、平等为原则、以"共商共建共享"为特点构建的"一带一路"，正在践行着这一理念。在这个国际区域发展平台上，快速发展多边贸易，实现互利合作，不仅给沿线国家带来各种技术红利，还大大促进了各国生产投资等多个领域的进步。中国延续着古人的心态，在对外开放交流这方面丝毫不驻足观望，而是大踏步向前。你们可曾知道，中国高铁交通体系的建立在逐步走向世界，值得国人骄傲。想当初，中国的第一条铁路并非出自国人之手，那时的中国是屈辱的土壤。当时的有志之士奋起而为。1909 年北京到张家口第一次出现了中国人自己设计的铁路。而至今年，中国高速铁路、高速公路总里程已达世界巅峰，习近平主席每次接见外国领导人总要提及中国高铁的快速发展。在体验高铁速度的过程中，大家一直都惊叹集速度与平稳度为一体的中国高铁。中国铁路、中国速度缩短了过程时间，提高了效率，扩大了交流空间。不得不说，中国正创造着一个又一个与世界深度连通的奇迹。

在世界大舞台上，中国发挥着日益重要的作用，是因为中国通过改革开放四十年，终于发展起来了，才与世界进行着平等的对话与合作。只有带着一定的速度发展，才能让世界的目光在中国聚焦，与中国共享发展成果，更好地加强世界的联系。在国内，人们正共享着越来越多的发展成果。然而，中国越是快速发展，中国越显得更加沉稳，因为中国人的哲学观念很强，"欲速则不达""道无术不立""人不犯我""我不犯人"等等，因此中国开始追求科学发展、和谐发展，禁止一切以牺牲生态环境为代价的发展、开始限制高铁的最高速度、开始让发展成果让人民共享。飞速的发展和国际地位的大提升反而让外界有的人抛出"中国威胁论"，这是极端错误的，中国历来重视"和为贵"，这个思想不仅在人民群众中，也在执政党的执政理念中。当今世界是各国经济文化涌动融合、交流借鉴的发展时代，也是各国不同领域的力量合作共赢的时代。中国发展并不是只追求速度的。自古以来，中国人都秉持着一种"稳中求进"的态度，虽然历史上曾有过冒进的时期，但是这样的错误在新时代已被完全纠正。新的经济发展理念已经出炉，追求质量和效益已成为高于速度的指标。科学理论的成熟必将推动实践的进步，中国将以稳健的脚步一步步踏上更高的目标。中国古人曾探求走与停的平衡点，这已然形成一种中国人的精神惯性。中国的一大特征就是延续传统精神、铭记历史脉搏，表现在当下就是不懈地追求速度与质量的统一。中国发展的目的，速度、质量、形式都是和世界联系在一起的，中国在发展，同时也在为世界做贡献。中国发展目的只有一个，那就是与世界人民共同追求人类命共同体，让世界人民永远和平、永远幸福。相信中国的开放心态、和平发展理念和构建人类命运共同体，会成为一颗新时代的"大力丸"，把中国和世界各国的紧密关联、共同美好发展。用中国民间最通俗的话来说："大家好才是真的好！"

（2018 年 9 月 22 日，高三第一学期）

第四篇

诗赋与家书

——欲把生活成诗，
荡起心中涟漪，
波纹推向更远的远方。
回眸路上，
不是简单的遐想，
是滴滴点点的时光。

诗赋八篇

因为爱

因为爱，爸爸的双手就像春风一样抚摸着我的头发。

因为爱，妈妈的眼睛就像清泉一样滋润着我的心田。

因为爱，老师的教棍就像一条长长的通道把知识传授给我。

因为爱，同伴脸上闪着欢乐的光，和我一起分享快乐。

因为爱……

因为爱，成就了我们动人的故事，铸就了我们一颗颗感恩的心。

因为爱，让我们拥有了善良，体味着真情，让我们清澈的眸子里洋溢的永远是温情。

因为爱，我们眼睛中闪烁的泪花变成了开心的玉珠。

因为爱，学校的操场上没有跌倒，人生的道路上没有失败。

因为爱……

爱，就是这一个小小的字，

却体现着亲情、真情、友情和很多美丽。

（作于 2009 年 12 月 9 日，三年级第一学期）

老师评语：今天的这篇文章使我们的小才女又变成了小诗人，对于文章的感悟，对于感情的体验，你总是能敏锐地把握，好！

春之歌

绿柳舞衣袖，山花当彩绸

蔚蓝的天衬出夕阳的红

夕阳的红是你温柔面容

迎着和煦的春风

走出寒冷的隆冬

因为春的到来

小草褪去紧裹的外衣

它任凭风的舞弄

只为在春的生命里

留下自己的影子

画上属于自己的色彩

因为春的到来

鸟儿放开紧绷的喉咙

它在春天任意吟唱

只为在春的生命里

留下自己的声音

唱响属于自己的赞歌

因为春的到来

我远望晴空

感受春的气息

因为

我心中有一曲永不消散的春之歌

（作于 2016 年 3 月 12 日，初三第二学期）

海，也不再有了

And I saw a new heaven
for the former world has passed
and there was no more sea.

——《Bible》

我以前去看了大海
她很蓝有涌起的心潮在浪中
她很阔有飞翔的海鸥停天际
她很温情有阳光的温度
她很易怒有雷电的光影

我以前去听了大海
她说愿化身孤岛
无人踏足无人欣赏
无人划开她的身体灼伤她的皮肤
她说愿化身清风
一阵一阵远去远去随处可栖随时可停
她说愿化身云朵
变幻形态来去无踪似少女心柔软轻盈
她还说并没有那么广阔的心胸
只希望保有自己的完整

我以前去唱了大海
她在唱歌不安静不喧闹
"我是一片海
不需要一直有人在
我是一片海
不想被伤害
我是一片海

你来
这是你的家
你走
我也要我的家"

我现在去看海
我现在去听海
我看到的听到的
都是歌中所唱的
我又看见一个新天新地新的样子
因为先前的旧梦依稀
不惊奇不迷离
过去的海
也不再有了

（作于 2017 年 9 月 9 日，高二第一学期）

我喜欢

我喜欢暖色的光芒
皎洁月色吐露阴凉
黑暗街角少年彷徨
涌动困倦的磁场

我喜欢楼下的匆忙
躲藏在天上的桂香
良辰美景意
环围我心房

我喜欢星际的辽远
打瞌睡的金色麦田
芬芳岁月过路饭香
萦绕新生的理想

我喜欢手抄的笔记
笔尖划过一封信
我喜欢遥远的书信
每次寄来一个你
我喜欢不一样的你
岁月丢失的绮丽
我喜欢光阴的意义
理直气壮的底气

我喜欢
那一盏青灯
忽明忽暗的生命
那一瞥目光

你眼角的呼应

我喜欢躲在角落里傻笑

也敢站在山头上喊叫

我喜欢卷在被窝里做梦

也常会在书桌前发愣

我喜欢风风光光走一遭

也明白平平淡淡才是真

我喜欢抛却忧虑提起裙边

也愿意抱着灰熊踮起脚尖

我喜欢

每一次低眉

每一次折腰

每一份狂狷

每一份安宁

还有啊

还有啊

秋雨出现在春天的梦里

青蛙跌倒在洁白的云里

我不小心撞进你的怀里

抬头望着你

我想你知道

是我喜欢你

你是否收到

（作于 2018 年 5 月 6 日，高二第二学期，

发表于《读者》校园版 2018 年 20 期）

青梅煮酒

家在金城朝紫薇，

户户醇酒满银杯。

骄矜妄言不可有，

陇上才俊煮青梅。

（作于 2017 年 4 月 6 日，高一第二学期）

绿　萝

白瓷盆中盛绿萝，

一芽丛内探头乐。

墨翠垂叶枝条傲。

风雅绝卓任评说。

（作于 2018 年 9 月 21 日，高三第一学期）

清风秋月传

　　有小女武姓，俊含笑笑，祖籍靖邑论古，字号全无。因喜清秋之静，风月之美，得一笔名，曰："清秋风月"。静怡少语、不拘小节。好读书，不计各类杂说，只品其味，不求甚解。刻苦钻研、逐字逐句。每遇欣悦之辞，辄喜出望外，欣然忘食。甚嗜文学，好赏古今诗词歌赋，乐而记之，以供自赏。故之虽愚，卒获有所闻。亲故知如此，常予其诗集书目，令其大喜而谢之，随后贪食。

　　常作小篇自娱，或摘精妙之作集一本，诵之习之。钟爱丝竹之响，百闻而不厌者，"高山流水"当属其一。请硕师授之，大有体悟。或哼小曲儿，以松其心智。

　　其貌不扬，身材不佳，琴棋书画，样样不精，晏如也。唯乐观自持，是非分明，善思善悟，爱亲重谊，优长也。

　　前人有言："养心莫若寡欲，至乐无如读书。"其言兹若人以俦乎？读书千卷，行路万里，以乐其志！寒窗苦读十余载，乐此不疲，冠亚无常，顺其自然，何论金榜题名时？

（作于 2016 年 3 月 31 日，初三第二学期）

河西行散记

河西曾两程，逐次铭于心。去岁暑期游，尝试载诗情。

行程七日，举家同行，悠然乘驾，快乐亲情。观陇原大地，山石地貌，风物人情，地大物博，增识见广。沿途尽赏美景，如沐春风，心境愉悦，收获颇丰。归程到期，记忆如新，忽生以赋叙闻之冲动，且称散记。

出发之时，细雨蒙蒙，金城翠绿，润泽气息，心旷神怡。出城域，入高速，永登西空，艳阳高照，晴空万里。经天祝，过武威，宿居金昌。荒山尽岭，镍钴钨钼，表象底下藏真金。晨起赴高台，西路红军，曾经阵亡，两万忠骨此安葬。午餐便饭，农家风味，洋芋蛋蛋碟中光，鱼虾剩盘，西餐难咽，不食土豆假崇洋。继续行车，河西走廊，沿途观赏，无暇睡眼，粮食产地，百姓富昌。盛世须忧患，粮仓是否满？大漠戈壁在绵延，突显别墅映眼帘，沿街餐铺显，酒馆可曾醉张骞？

戈壁新城，嘉峪雄关，绿洲大漠衬雄山。巍峨关隘，明代长城，奇异精致显威严。画境古拙，缤纷异彩，立壁千仞第一墩。魏晋墓底，驿使信差，邮政标志本无口。遥望祁连山段，七一冰川，气势恢宏韵深远。狂思想，倘若立山巅，朝天望，看锦绣河山，激情飞扬。城内花园隽秀，湖泊涟漪，游人啧叹。

离开俏丽城，驰入通西道。茫茫大地，砺石静卧，玉门关口，风力发电，风叶疾旋转，环保节能。地平面，夕阳斜，沙土成金，大漠黄昀。梦幻想，我下车，跨骏骥，追余阳。左手衔缰，右手举鞭高扬，面部欣悦，女儿亦能征四方！恰逢晚霞，偶遇奇观，观海市蜃楼，彩虹跨度接苍穹。大漠孤烟可曾直，长河落日永恒圆。唐僧玄奘，历艰险，成吉思汗，彪骑悍。

莫高窟，藏经洞，三危鸣沙两山间，宕泉河岸断崖岩。敦煌飞天，绝世壁画，精魂瑰宝藏外馆，甚是遗憾。长恨清国，夜郎大，闭锁国，不求进取，唯我独尊，联国肉食不余骨。四十公里鸣沙山，山形均设，山峰妙俏，遥望峰峦叠起伏。手捧细沙，五色砂米，温柔质嫩细腻滑。晶莹剔透，干爽绝尘，摩擦振动喜唰唰。

鸣沙山怀抱月牙泉，七星草借生玉泉旁，四面环沙竟成泉，沙泉共生，泉水不枯，沙不进泉，柔美和谐之表现。

几百里，晨曦初露，去雅丹。突然间，车右转，阳关在前，右侧驶入玉门关。地坦荡，心宽广，两千年前，车水马龙，东西集散交易昌。昔日驿站阁楼影，玉桥明月笙箫响。今日看，春风已度玉门关。恨不得，诗书万卷狂。随后至雅丹，国家地质博物馆。风蚀千万年，夕阳渡金面。心怡异境，鬼斧神工现，狮身人面呈天坛。孔雀傲立，万舰待发，英雄门关比萨塔。我赞叹，君非凡。漠静醉我放歌喉，响彻回声击心蔻。有心休憩在边关，遗憾归期限。次日飞行落中川，神往再观瞻。

（作于2018年7月，高二暑假）

妃嫔媵嫱，王子皇孙，辞楼下殿，辇来于秦，朝歌夜弦，为秦宫人。明星荧荧，开妆镜也；绿云扰扰，梳晓鬟也；渭流涨腻，弃脂水也；烟斜雾横，焚椒兰也；雷霆乍惊，宫车过也；辘辘远听，杳不知其所之也。一肌一容，尽态极妍，缦立远视，而望幸焉，有不见者三十六年。燕赵之收藏，韩魏之经营，齐楚之精英，几世几年，剽掠其人，倚叠如山。一旦不能有，输来其间。鼎铛玉石，金块珠砾，弃掷逦迤，秦人视之，亦不甚惜。

戊戌年正月廿四 俊舍书于金城

作者手迹

家书十八封

与妈妈的往来书信

（一）

亲爱的妈妈，您好！

　　我一直有很多话想和您说，但是总是觉得时间紧紧巴巴的，大部分时间都放在学习上了。今天，我想把心里话说给您听，就让我一吐为快吧。

　　我知道您和爸爸都非常疼爱我，把我视为掌上明珠，把我当成心肝宝贝。有时候我很享受这种爱的感觉，但是我渐渐觉得您和爸爸对我有时太宽容、太纵容了，有时我觉得快成为一种溺爱了。我已经快十一岁了，除了学习，您把我的一切都承包了。由于您每顿饭都给我夹菜，让我连筷子都用不好；由于您不让我拿刀具，让我连西瓜和水果都不敢切；由于您不让我帮你刷锅洗碗，让我连锅碗瓢盆都拿不稳……我觉得我只是个学习的机器，只会学文

化、学舞蹈、学声乐、学书法、学绘画……我想帮你们干点事，你总是怕耽误我学习，就连剥根葱、剥个蒜的小事儿，你都怕伤着我的手。妈妈您知道别人嘲笑我的事吗？由于我几乎没有做过家务，有好几次我被同学嘲笑。一次，同学过生日，我们几个女生去她家聚餐，她说先做个水果沙拉，叫我切水果，我不敢拿刀子，很害羞地说自己切不好。别的同学切好后，我一看，切得很规整，很漂亮，我脸上火辣辣的。切好后，同学让我帮着把沙拉酱挤到水果上，可是，我给挤到了盘子外面，收拾挤到外面的酱汁时，又弄到了我的衣服上，遭到了同学的冷嘲热讽说我这个大公主是个"天才"。我脸火辣辣变成全身火辣辣，当时恨不得找个地缝钻进去。还有一次，在老家和爷爷奶奶一起吃饭，你还是习惯性地为我夹菜，爸爸说让我自己夹，你却还是时不时地夹，像改不了的习惯和爱好一样。我自己一夹菜，菜就像一条滑溜溜的小泥鳅，怎么也弄不到我碗里。我心里想，爷爷本来就重男轻女，一看我连筷子都不会用，他心里肯定想这女娃就是没用，连菜都夹不到碗里去。我心里很不舒服，很自责自己。妈妈，当时你也在场，不知道您心里有什么感觉？

　　妈妈，您平时不让我做家务事，怕我累、怕我做不好、怕耽误我的学习时间，都是为了我，心疼我，但妈妈你可知道？我如果在家务方面什么都不会做，将来我还会被别人嘲笑的，还会让我没有面子的。妈妈，我没有责怪您，我是说你太溺爱我了，反而让我对自己有些担心。

　　亲爱的妈妈，您看了这封信，我希望您好好想一想，能让我自立一些吧。让我自己夹菜、让我自己收拾房子、让我帮您洗菜、做饭、洗衣服……

　　祝您身体健康！

爱您的女儿：笑笑

2011 年 12 月 1 日晚

（时于四年级第二学期）

（二）
妈妈的回信

亲爱的妮儿：

　　妈妈看了你的信，好感动啊。在我的眼里，你一下子成了"大人了"！妈妈没有想到在你的心里，一直"储藏"着这么多的心事儿。但我觉得你今天能够告诉妈妈，妈妈非常开心！

　　我和爸爸对你的爱，是天然的。我们首先关心的是你有一个健康的身体，其次就是良好的人格魅力，再就是学业上有大的进步。信中你说的问题，主要有两个方面。一方面是让你自立的问题。人的成长过程中必须学会自立，这是必然的，你已经能够自己处理一些自己能够做到的事情了，用筷子、拿刀具、洗衣物、刷锅洗碗、拖地、搞卫生等等，都是可以锻炼你自立能力的好途径，熟练程度是一个过程，你不必过于自责或惭愧，相信你会越做越好。我为你能够自立创造的条件确实不够，有大包大揽的情况，宝贝儿，以后我会注意哟……另一方面是关于面子问题。面子是每个人都有的，是希望得到别人认可、赞美的心理活动，也是自己的尊严得到肯定和维护的一种需求。你有这样的心理活动是很正常的，俗话说，"人活脸、树活皮"，说的就是面子问题。这体现了你能够自我认识和评价，也体现了你积极上进、争取最好的内心世界，这非常好。只不过，你没有必要认为爷爷因你是女孩子而看不起你，也没有必要认为同学因你那一次表现而看不起你，因为这根本不存在谁看不起你的问题，有时候不要过分在乎别人对你的看法和评价，做好自己就可以了！任何时候，只要你自己看得起自己就行，只要自己强大，任何人都会看得起你！

当然我也得反思，我是不是因为爱你而让你的自立能力和生活适应能力降低了。爱你，就要让你的翅膀一天天地硬起来，而不是把你含在嘴里、捧在手心。迟早你要离开我们上大学、出国留学、参加工作等等，都要独立地生活，也要与你周围的人打交道，这些都需要你独立完成。相信你一天比一天进步，一年比一年强大。

宝贝儿，妈妈爱你！为你和你的信点赞！

妈妈于 2011 年 12 月 2 日晚

（三）

亲爱的宝贝：

昨夜值班，想着你布置的作业——"一封家书"，竟失眠了。想着讨论什么主题，想着是否能出彩，想着能否给你一些启迪，思绪一下子就乱了，竟不知从何说起，谈些什么。今早起来，可能因昨夜下雪的缘故，一扫前两日雾霾阴沉、黄沙盖天。空气格外清新，乾坤甚是清明，让人心情舒畅不少，尽管有些寒意，多少也有了一些思绪。

想来想去，妈妈想静心和你聊聊我的小时候。很久不讲了，回想起来都有些陌生了。你的姥爷很早是从山东支边来到兰州的，从此，与姥姥扎根西北兰州，1974年妈妈在兰州出生，四岁多的时候随姥姥迁至景泰一条山农场。因为是建设初期，条件是相当艰苦的，物资匮乏。对于你而言，那个年代的情况，你是无法想象的。庆幸的是，农村的质朴、人们的善良、人性的温暖，意外地给了我一个纯净、明澈、坚韧的童年。可以说，妈妈现在所具备的乐观、向上、豁达的品质，应该都是那个时候奠定的。所以说，无论什么时候，我们都要感恩生活。

妈妈读的第一本名著《钢铁是怎样炼成的》，是当时从学校垃圾堆捡的，而且前半部分已被撕毁。但就是这样一本书，在当时给了我很大的触动，一种精神的力量、一种不怕困难经得起挫折的勇气，让我受益至今。所以说，多读书、读好书。书籍的滋养会给人以向上的力量、执着的信念，绝不要为了高考或是什么而读书，功利性越少，你越受益。

妈妈小时候的新年衣服都是巧手的姥姥想尽办法用剩下的布头拼接出来的，每次变魔法似的呈现在我的面前，总能让我欢喜不已。那个时候，生活是困顿的，但丝毫不妨碍我自在快活得像一只小鸟。那个时候，孩子容易知足，纯粹地被爱滋养，始终沉浸在这种幸福中。所以说，人间至味是清欢，越简单、越纯粹、越曼妙。

由于种种原因机缘巧合，十一岁的我就独自在兰州生活，直至高考。尽管这是个意外，无法预期的，也绝非是我的父母多么有远见刻意培养我，更多的应该是那个年代，普通百姓家的无奈吧。但这的确锻炼了我，提前给我接触社会的机会，感悟人情冷暖，人间百态。培养了我内心的强大、情绪淡定、处世的从容。所以说，社会是一所综合性大学，不仅包括人文数理，而且涵盖了生活中所需要的方方面面。千万不要为了学习而忽略了生活，本末倒置则得不偿失。

说这些，妈妈是想告诉你，要时刻感恩生活，不管遇到什么都当悦纳，

从容淡定跨越。生在这个时代的你，无疑是幸运的，你拥有父辈无法比拟的物质财富、亲情宠溺、信息资源。很多事，父母帮你扛；很多坎，亲人扶你迈。但这也恰恰是我们深深担忧的。因为终有一天我们必须放手，当你独立面对社会的时候，你会面临巨大的考验。妈妈希望你冷静、睿智、果敢、担当、友善，当然这很难很难。所以说，从现在开始，给自己时间，不要着急，一步一步来，一日一日过，在生活中充分汲取养分不断成长。困顿时，慢下来，让自己的灵魂跟上来。握一本好书、评品一盏香茶、悟一悟人生，拿出勇气，梳理好羽翼，随时准备再一次扬帆远航。请相信，生命的韧性是惊人的，跟自己向上的心去合作，永远不要放弃对自己的爱护。这一点是至关重要的。这不仅关乎你、更关乎我们的幸福，也是你们这一辈理应承担的一种沉甸甸的爱与责任。

回眸转瞬，一切皆过往，你终究会明白，现在的困顿与纠结都是不值一提的，因为你的人生才刚刚开始，今日的付出是为了明日无憾，出彩的青春是为了搏一个精彩的未来，愿你如杨绛先生一样，优雅无憾过一生。

爱你的妈妈

2018 年 4 月 6 日于兰州

（四）
给妈妈的回信

亲爱的妈妈：

与您落笔写信的心情一样，我握着笔也不知该从何说起，因为您的信给予了我一种难以言说的力量，我在想该怎样回复您毫无保留的爱。

我也想跟您说说我的小时候，有些是您知道的，有些是您即将知道的。写到这，才发现十七年了，第一次用"您"来称呼妈妈，更有一种不可言说的滋味。可能是姥姥身体状况日益欠佳，我最近也总是多愁善感，什么还没说呢，眼眶竟然湿了。

以前在写关于母爱的作文里，总这样开头："自打我记事起……"，现在我仔细想想，我到底是什么时候记事的呢？你和爸爸告诉我，我在你腹中发育时，你在七里河区西果园乡工作，经常走村入户，翻山越岭。我出生后，住在东岗五里铺那栋楼七楼单间宿舍，半年后到西固区的西柳沟，由姥爷和姥姥带我成长，据说我吸吮了你一年的乳汁……这些，我无法记得，是几年前翻看录影带才回味起一些我婴幼儿时那些稚嫩的瞬间。那时候您真年轻，在我眼里是一个干练的人。好像您喜欢穿小西装，长大之后我才知道这要用"知性"形容。可能还是不太准确，毕竟这是我潜下心来第一次如此认真地回忆过去，试图勾勒出您关爱我的每一幅画面。

可是它们都蜻蜓点水般在我额头心口处停留半秒便飞去。心里的滋味是自责？懊悔？遗憾？好像都不是，又好像都有。我轻轻地叹一口气。转而想写写开心的事。

那大概还是在上幼儿园的时候，不知是听老师讲的还是在童话书上看到的——给妈妈盖被子就是爱妈妈。当时多小啊，对爱的定义不是那么清晰，只觉得您会开心。当晚我恰好梦里醒了一次，您的被子盖得好好的，我愣是掀开又盖上，然后我赶紧又躺下，怕你醒了发现，我斜眼瞥着您好久之后才在兴奋中睡去。这件事我记了很久，很多第一次都忘了，第一次给您盖被子却永远留在一个角落，我随时都能拉它出来。

第二天，我试探地问你昨天是否感觉到我给您盖被子了，我忘了您当时如何回答，只记得您笑了。对于一个小孩子来说，妈妈的微笑确实能融化一切，从那时起我决定坚决不像其他不听话的小孩一样惹大人生气。

然而我有时确实很过分，还在婴儿车里时就伸手撕烂花瓣，刚会说话又老冲您和姥姥、姥爷发脾气，性子急，爱哭闹，让您操了不少心。您说您生活的年代，虽然物资匮乏，但您也比较容易满足，我想知道那是什么样的，为什么现在的条件还不能让我满足？看到别的小朋友有了新玩具、新发卡、新裙子，我就忍不住想拥有，自己已经拥有的，丝毫不想分享给别人。很多人以"孩子还小"来掩饰小孩的错误，让错误成为一种习惯，而您不这样。您也满足我的一些要求，不过大多数是有意义的，比如利于识字的玩具，会唱歌的洋娃娃、沙版画、八音盒等等，随着年龄的增长，我渐渐明白了是您给了我一个别样的童年，让我在无知的年龄隐约明白了一些做好孩子的基本道理。是从小的熏陶造就了今天还算知书达理的我，感谢您，妈妈。

孩子一大，学习就成了一件竞争性的事，我很反感家长在一起讨论成绩，况且我的数学成绩一直不出彩，这让小小年纪的我有了压力。我知道这样的心理状态不好，因此尽快调整。您上学那会儿学习就很好，每次听您开玩笑说"基因强大、一定能学好"的时候我就信心满满，到了后来发现还是要自己努力才有想要的结果。我有不会的题不敢问老师就等晚上你回家跟我讲，有时我一下子明白了，您夸我"一点就通"；有时我一时半会儿转不过弯儿来，您也会着急，但还是一遍遍重复。有您陪伴的日子每分每秒都觉得充实，但渐渐地我对您产生了依赖心理，您就像一个无所不能的战士，保护着幼小的我。在这种温室里，无忧无虑过了一年又一年。

当看到别的同学周末自己去上课外班不用接送时，我也不想让姥爷或您接送了，好像心里有股气儿：我长大了，别管我了。可是自己真正第一次去上舞蹈课时，我怕极了，心一直吊着，可表面上装得很自然，让公交车上的大人们认为我很独立，可我知道我自己不是。因为我瞥见了站在身后的您，我没有揭穿你温柔的爱和小心翼翼的守护。可怜天下父母心，家长第一次放手，往往都是放不开的。那天，我的眼眶湿润了好几次。

我上初中以后，因为学业紧张，你一直不怎么打扰我，守着那份小心翼翼的爱伴我成长三年。这三年之间你老得更快了，操的心不比从前少。到了四十出头的年纪，上有老下有小，都不省心。看你每天家里家外奔波，我却什么忙也帮不上，真是觉得您曾经还是对我太温柔，让我没有早当家的意识，更不会行动。现在我都快成人了，好像还只有一件事：学习。我平时住校，更没有时间替您陪陪老人，没有替你一丝一毫。

我真的认同您说您是一个明澈、坚韧的人，生活、工作的压力可能会让您偶尔喘不过气来，但您凭骨子里那股韧劲儿爬过了一重又一重山。您很乐观，也没少跟我灌鸡汤。细致的您真是神，从我的一举一动中您能发现我心里的微妙变化。最近我进入新的班级，老师同学都很亲切，但说完全适应了新环境是假的，再加上第一次月考退步了，我压力又多了一些。你说眼前的困顿不值一提，我也明白，但实践起来却不易，就让我循着您的教诲一点一点向前走吧。

谢谢您昨夜的失眠，今日的挥笔，此刻已快凌晨一点，今晚换作我失眠，再去您的梦里为您盖一次被子，如何？

女儿：笑笑

2018 年 4 月 7 日

（时于高二第二学期）

老师评语：母亲的睿智、坚韧、乐观，深深地影响了你。在我眼中，你何尝不是这样一个人。学习很苦，未来很美。愿你以此为契机，更加坚定地走下去，但问耕耘，莫问前程。

与爸爸的往来书信
（五）

亲爱的爸爸：

您离开家到天水工作一个多月了，一切都好吗？您这周能回来吗？我想您了，爸爸。

您从来没有离开我和妈妈这么长时间，虽然您时不时地来电话，但我放学回家，看到只有妈妈在，我还是感到家里空荡荡的。几次和您打电话，您说您吃的习惯，住的离单位很近，工作都很顺利，我心里多少也舒服一些了。

您电话上给我介绍说，天水那里气候条件比兰州好，空气湿润，风景也很迷人，藉河从市区中间穿过，有点儿像兰州的地势，"两山夹一河"。那您一定要早上起来多呼吸新鲜空气，晚上吃完饭散散步，锻炼锻炼身体，然后早点儿休息。您说天水是陇上小江南，不仅自然条件好，而且还有深厚的文化。八千年的大地湾遗址是个啥样子？麦积山上的石窟是啥时候的？离您工作的地方远不远？历史上有伏羲、女娲这两个人吗？您说还有玉泉观、南郭寺，里面供着神仙吗？诸葛军垒是三国诸葛亮指挥打仗的地方吗？您给我讲的这些，我很好奇，也特别向往。

爸爸，您说让我一放寒假就来住一段时间，我真的有点儿迫不及待了。我可以带上我的作业和妈妈一起来，白天您上班，我在您公寓学习，妈妈帮您搞卫生，给咱们做饭。您双休日可以带我们出去看看美丽的风景。想想这些都让我激动。

爸爸，天气渐渐变冷了，您在外地工作，要及时把衣服加上，不要感冒。听妈妈说您经常下乡，您让司机车开慢些，也不知道您那里的山陡不陡？您要不想在灶上吃，您就自己做一些你想吃的，您不是说您的宿舍有厨房吗？说到这里，我有点儿想吃您做的饭、炒的菜了。嘿嘿……

爸爸，我和妈妈都很好，姥爷和姥姥也都好，您不用挂念。我的学习也在不断进步，我有信心这学期期末考个好成绩。放心吧，爸爸。

祝您身体健康，工作顺利。

爱你的女儿：笑笑

2010 年 11 月 7 日晚

（时于四年级第二学期）

（六）
爸爸的回信

宝贝儿：

看到你给我的邮件，我非常高兴，也非常感动。我深深地感到，宝贝儿真的长大啦。

你对我的身体状况、生活状态和工作环境充满着挂念之情，你也对天水的名胜古迹、文化遗产充满着浓厚的兴趣，而且你还给我宽慰，让我放心，让我安心。每个文字里都饱含着最原始、最真实、最美好的爱。能够看得出，你已经成长为一位珍重真情、善于体贴、乐观自信的孩子。你在我的眼里，是最优秀的，最美丽的……爸爸好爱你！

我来天水一个多月，因工作刚开始，我需要尽快熟悉各方面的情况，这样就能为后面的工作打好基础。你知道，爸爸是一个对时间、计划、统筹都很重视的人，我会统筹安排好我的时间，做到劳逸结合。我的衣食冷暖、乘车安全等一些你关心的事项，我听你的，我都会做得很好。对此，你只管放心，不必挂念。你信中谈到，你对天水历史文化古迹及诸多景区很向往，可以看出你很热爱历史文化和秀美山川，这非常好！寒假一到，我就会接你来天水参观游玩，我亲自给你当导游，你一定会增长很多知识。

你说你期末考试有信心取得好成绩，这很好。做任何事情信心是关键，信心能激发你克服困难、勇往直前的热情和勇气，信心往往是成功的内在动力，你肯定能实现你心中预定的目标，因为我知道，你不但对任何事情有信心，而且学习时是非常专注的。至于你数学稍微弱一些，这没有关系，多用点时间补一补一定会有进步的。我觉得，主要把数学课本上的基础内容和练习题反复学习，掌握要领、要点和公式的运用，做到真正理解就简单了，"万变不离其宗"嘛！你妈妈数学有特长，多和她交流交流，可能对你有启发。另外，我感到你自上小学以来写的小文章很美，你把这些文章全都留下来，我回来抽时间帮你录成电子版。现在上四年级，正在学习各种文体的写作方法，你有很好的写作基础，这方面你再努力提升一下，你一定会成为"小才女"的！

另外，我觉得你应该在完成学习和作业的情况下，丢下课本，走出你的房间，抽出一定的时间休闲、放松、玩耍，丰富你的儿童生活，比如下棋、练字、看电影、听音乐、阅读课外书籍等等，也可以帮妈妈干些力所能及的家务……这样，你会在轻松愉快中学习，你在各方面都会有收获。

　　宝贝儿，以后你想爸爸了可以随时打电话、发邮件，晚上我到宿舍后还可以视频，你有什么疑问困惑、学习中遇到什么难题、你身边发生的什么事，都可以随时和我交流，你的开心和快乐可以随时告诉我，让我也和你一样开心快乐。

　　祝愿宝贝儿身体健康、开心快乐！

爸爸于秦州

2010 年 11 月 8 日夜

（七）

亲爱的爸爸：

　　昨晚，我听妈妈说你喝醉了，我当时就想给你打电话，好想狠狠地批评你一顿，因为我很生气！妈妈不让我打，说你嘴里说的都是醉话，东拉西扯的。我忍了一天了，还是想给你写信，表达我的生气和担忧！

　　你一个人在外地工作，这已经是我知道你第二次喝醉了。酒就那么好喝吗？喝醉了舒服开心吗？我曾经给你说过，不要喝酒，你肠胃不好，眼睛不好，你就是不听！你说没有办法，都是接待省里的市里的领导，接待外地客商什么的，难道接待必须喝酒？喝酒必须喝醉？接待、接待，老是接待，接待就那么重要吗？

　　你在外地工作，我和妈妈什么都不担心，因为你都做得很好，唯独担心的就是你喝酒。你把我们的担心根本没有放在心上。你说什么不喝、尽量少喝之类的话，你做到了吗？你不是经常教育我说话一定要算数吗？要讲诚信吗？我们理解你，让你完全不喝酒可能不现实，但少喝、不喝醉总能做到吧！难道只有醉了才能体现你对客人真诚？我真的恨透什么狗屁"酒文化"了！这纯粹是中国文化的糟粕！

　　爸爸，我说这么多，真的是心疼你！我知道你有时候很无奈，身不由己，我也知道你很痛恨喝酒，但只要你能掌握好量，少喝些，礼节到了不就行了？你总是对自己要求很高，总是把你的实诚和对别人的重视体现出来，这倒没有什么错，但不要以酒喝的多少来体现好吗？听妈妈说，一开饭还没有吃几口，酒就停不下来了，你敬他、他敬你，结果一两个小时过去了，竟然没有吃上几口，能不醉吗？有时候听你说，你接待完客人回宿舍还要泡方便面吃，何苦呢？唉……

　　爸爸，我说这么多，你不要生气，你真的要为你的身体重视这个事。你身体如果哪里不舒服，就要及时去让大夫检查检查。即使你不为你自己，你也要为我和妈妈想想，想想我们的不安和担忧。我相信你能够理解我说的这些话，也一定会在今后做得很好。

　　爸爸，时间不早了，你早点儿休息，你要照顾好你自己。我的学习你不用担心，我自认为我每天都在进步。家里的事儿你就不用操心了，我们都很好。

　　如果可以，这周双休日你回来在家休息两天吧。

担心你的女儿：笑笑
2012 年 3 月 29 日晚
（时于五年级第二学期）

（八）
爸爸的回信

宝贝儿：

　　首先说声对不起！我让你担心了，我很惭愧！

　　一遍又一遍地读你的信，四个字的感受："振聋发聩"，因为你从来没有对爸爸生过这么大的气，也从来没有这么对爸爸说过话，让我警醒，让我幸福。我觉得你的这封信太好了！是你用你全部的感情书写，对我太重要了！

　　你的每一句质问，每一段语言，都是你发自肺腑的声音，都是汩汩滔滔流淌着爱的声音，每一句话都让我感动不已！只有至亲至爱的人才会这样耐心地、真挚地告诫我。我完全接受你的批评，并向你道歉！

喝醉酒的难受我心知肚明，但怎么也比不过因你的担忧而让我痛苦。我这么大的人了，让女儿为我担心，我实在羞愧啊！因此，我给你保证并承诺：我在外地工作期间，不再喝过量的酒，绝不会再出现醉酒的情况，绝不让你再担忧！

昨晚虽然喝醉了，但今天也正常上班，身体没有什么特别明显的不适，你别担心。遗憾的是，这周周末我回不来，因为下周我们要组团去陕西西安参加第十六届中国东西部合作与投资洽谈会，要准备招商项目、投资优惠政策和投资环境说明等具体事项，还有我们的签约项目提前做好对接；另外还要专门研究和谋划秦州文化旅游产业的发展问题。我争取下周周末回来陪你。另外，告诉你一个好消息，天定高速公路很快就要通车了，估计五月底或六月初，这样我回兰州只需要三个小时，以后我尽可能要多回来。

希望宝贝儿放下担忧、专注学业，我们彼此祝福！

暂且搁笔，祝家中一切都好！

爱你的爸爸于秦州
2012 年 3 月 30 日夜

（九）

亲爱的爸爸：

你上次回来，说你可能要调回来或者调别的地方去了，定了吗？要是定了，别忘了第一时间给我和妈妈说一声哟。

你在秦州两年多了，我在网上看到有关你工作的报道，为你感到骄傲和自豪，只是你太辛苦了。我和妈妈也希望你能够调回来，不过，这只是我们的愿望，可能还得你自己拿主意，还得听上面的安排。

秦州是一个美丽的城市，我去过两次。一次是你刚到天水时间不长，我利用寒假和妈妈来看你，那里比兰州的气温要高一些，也不怎么冷。你利用休息时间带我们参观了市区周边很多地方，我也在你的公寓里读了很多书，我觉得收获不小。尤其是我看到你晚上阅读研究天水历史和文化遗产方面的书籍，说你准备出版文化方面的书，让我很羡慕。现在你的书快出版发行了，一定要给我送一本哟。去年暑假，我和咪咪姐姐两个人又到秦州玩了几天。那几天，我和姐姐都很开心。你早上早早地就起床了，给我们把"荷包蛋"煮好了，还有什么几种简单的小菜，用蛋汤泡着天水锅盔，味道好极了。有时候你的时间来不及，你就给我们把牛奶热好，早餐备好，等我们起床后自己吃。你去上班的时候，我就和姐姐自己学习，有些问题我还向姐姐请教，过得很充实，我们也成为最好的朋友了。你中午和晚上下班回来，就带我们去吃天水各种各样的小吃，天水呱呱、馓饭、赛西施包子和各种各样的炒菜。吃过晚饭你就带我们去美丽的藉河边散步，给我们讲天水的历史和文化。遇到双休日，你就可以带我们去北边的玉泉观景区和南边的南郭寺景区游玩。至今我还记得南郭寺那个八十岁的老爷爷给我们当导游，虽然他的天水口音比较浓，但还基本能听懂，尤其是他讲那棵与孔子、释迦摩尼同龄的古树时，讲得绘声绘色，讲"雷锋树"时，非常形象，我记忆犹新。

我现在在上六年级了，主要的时间就是学习，各门功课都可以，刚刚结束的期中考试，我感觉不错，考个好中学估计应该问题不大。当然我还得好好努力，我的目标是兰州树人中学。万一考不上，就上三十五中，这个学校听老师和同学说也很不错，而且离咱们家也近。

家里一切都好，勿念！

女儿：笑笑

2012 年 11 月 6 日

（时于六年级第一学期）

（十）
爸爸的回信

宝贝儿：

来信收悉，见信如面。

听到你期中考了好成绩，我很开心。考试，是学生时代永恒的话题。考试，也是检验学习效果和质量的重要途径。没有平常扎实的学习和积累，是考不出好成绩的，但没有考出好成绩，并不意味着就没有扎实学习。考试，最关键的是，把自己掌握的考题没有错误地作答出来就是胜利，最怕的是"把会做的题目答错了"。至于不会作答的题目没有作答出来，那不是考试的问题，而是学习的问题，这样也可以让你知道你的哪些知识还需加强，考后就要注意强化学习。因此，考试，可以增加你的信心，也可以给你指明你努力的方向。认真对待每一次考试，养成良好的应考习惯非常关键。

　　你为你确立了目标，我感到你有"向最好处努力，从最坏处着手"的理念，这非常好。不论是明年小学升初中，还是将来中考、高考，都要有这样良好的心态，到时候就不会过分的激动，也不会过分的失落，任何时候都能够坦然应对。不仅求学如此，人生很多事情都应该如此。至于明年能否考上树人，还是三十五中，我认为暂时不必过多考虑，到时根据你的成绩再做定夺。

　　你说到我出版的书，已经正在印刷。书名定为《天水秦州非物质文化遗产概编》，荣幸的是，咱们省分管文化的省长为这本书作了序。一旦我拿到这本书，第一个送给你。另外，你说到你和咪咪姐姐的友谊，这很珍贵，人的一生朋友不一定要多，但一定要有几个知心朋友的，"同乐则乐倍之、分忧则忧半之"嘛！你们好好珍惜，互相取长补短，互相帮助，共同进步。

　　关于我工作调动问题，基本上已经明确方向了，组织上正在按程序办理之中。调回兰州几乎没有可能了，可能会考虑我交流到天水其他县区任职。我的心态和考虑是：顺其自然。

　　我计划明天晚上回来，回兰详叙。

　　顺颂家中老小皆安！

爸爸于秦州
2012 年 11 月 8 日

（十一）

亲爱的爸爸：

你好！你还住在乡上吗？

从新闻上看，漳县岷县地震了，你们武山灾情也不轻，地震之后你们那里又是暴洪灾害，你最近一定特别操劳。听妈妈说你住在乡上好几天了，指挥那里的抢险救灾，救灾的干部出不了乡，乡政府灶上只剩下洋芋了，县上给你们送吃的了吗？有两个村不通路、不通电，也没有电话信号了，说你们派突击队冒着大雨爬山到那两个村，和村里的人联系上了吗？

我看到网上有一张你的照片，明显瘦了，你在黑夜里，你和你的同事穿着雨披和雨鞋，满身的泥巴，你拿着手电筒查看灾情，你一定要注意安全啊！爸爸，你一定要照顾好自己啊！一定啊！

祝爸爸平安、健康！

女儿：笑笑

2013 年 7 月 28 日

（时于小学毕业，暑假）

（十二）
爸爸的回信

宝贝儿：

爸爸看到你的邮件了。你的学习那么忙，还在不断地关心我，关注我这边的灾情，感动不已！

这边的灾情还是比较严重，通往南部山区几个乡镇的道路全部被洪水冲断了，我是先前天从县上绕道定西岷县的马坞镇，才到我们县的沿安乡。现在我这边情况在好转，雨停了，余震也没有了，那两个失联的村庄也联系上了，因为有灾害预防预案，没有人员伤亡。倒是别的村死了一个人，不是地震造

成的，也不是暴洪造成的，而是村上组织村民转移到安全地点后，他想起一件东西落在家里了，跑回去取东西的过程中，遭遇了山体滑坡。这可是一个惨痛的教训啊！关键时候，绝对不能因小失大啊！

抢险救灾暂告一段落，接下来，我们的主要工作是尽快组织抢修道路、电线，疏通河道积水，避免形成堰塞湖；同时立即组织灾情调查，提出灾后重建方案。

我这边的工作你就不要再担心了。我和我的战友们一定会注意安全，不会有任何问题的。你和妈妈放心！

祝安便好！

爸爸于武山
2013 年 8 月 2 日

（十三）

亲爱的爸爸：

你好吗？你这周忙吗？我上树人中学后，一下子感到有些压力了，班上的同学都是全省的佼佼者，我不能落后啊，所以我把时间都用在学习上了。

今天有点时间，想和你说说话。那天，我接到树人中学的录取通知书，我还没有怎么兴奋，你和妈妈就已经开心的不得了。我知道你和妈妈为我付出了很多，为了让我能够享受更优质教育资源，你们除了工作，就围着我转，我虽然没有表达，但我心里很感激。你们鼓励我、帮助我，尤其是妈妈，和我同步学习，我的学习成绩才会这样稳步提升。

初中的学习我感到和小学差别很大，初中的学习内容增加了很多，课程多、作业多，尤其是课外布置的拓展方面的作业多。我们班的代课老师都非常好，很敬业，就是要求很严格。学校的占地比较小，连个活动的标准操场都没有，但还觉得精致。甜甜爸爸每天都会按时按点地接送我和甜甜，从来没有耽误过我们的时间。小饭桌的午饭虽然简单，但还可口。

上小学时你和妈妈支持我学习舞蹈、声乐，我很喜欢。如今上了初中，我考虑放弃学习舞蹈，尽管十分不舍，但时间毕竟太紧张了，只能放弃。但对声乐，我还是想继续坚持，毕竟是我的挚爱，而且每周就一次课，占用的时间也不多。你的意见如何呢？

今年暑假，我和妈妈来武山陪了你几天，我很喜欢武山这座小城，渭河的水从县城中间流过，晚上楼宇和桥梁上的灯火熠熠生辉，很美丽安静。那天傍晚咱们去生态园，骑着三人共骑的自行车在人工湖边上转悠，好惬意！龙台的那个冷水鱼养殖场给我的印象很深，清澈的养殖区里，游动着很多种鱼，中华鲟、虹鳟鱼都有，烧烤、蒸煮的味道都非常鲜美。还有那个水帘洞景区的世界第一的摩崖大佛，记得你给我讲，还得"感谢"阿富汗的塔利班呢，他们把巴米扬大佛砸毁后，武山的大佛就成为世界第一摩崖大佛了。特别是去温泉和草原那天，我觉得这是武山的两个宝地。你说你想将来把整个温泉村进行规划，整村建设成一个西北最大的温泉度假村，就像几年前咱们去珠海的那个"御温泉"，室内户外都有各种形态的温泉浴池，还要建温泉瀑布、儿童游乐场，我觉得这个想法不错。还有，那个草原很美、很壮观，很多人都不知道，竟然是秦始皇先祖牧马的地方，是个旅游的好地方，但服务设施和游乐项目很少，是不是你可以考虑在不破坏草原的情况下改善一下呢？

我估计你们正忙灾后建设工作呢，注意劳逸结合哟！

再过几天就中秋节啦，我们等你回来团聚过节哟……

好了，今天就和你说这些吧，我要再学习一会儿了。

祝爸爸天天开心！

女儿：笑笑

2013 年 9 月 15 日

（时于初一第一学期）

（十四）
爸爸的回信

宝贝儿：

来信收悉，读信开心啊！

利用这个双休日，我和县上的七八个同志跑了两个乡镇四个贫困村，调查研究灾后恢复生产和灾后重建工作，同时，也对这几个村如何发展农业产业的问题进行调研。没有回来陪你过周末，抱歉啊……

你能够考到树人中学上初中，这是你个人努力的结果。正如你说，上中学和小学差别很大，你已经感受到了。从你的信中能感受到你很适应，这也是一种能力！为你加油！人总是从一个环境到另一个环境，学会适应，才能够应对自如、不会恐慌、不会排斥。新的环境压力肯定是有的，主要压力是和更多的优秀同学在一起，这对你来说，其实不应该成为压力，因为你本身很优秀。在这样的环境，你的潜能能够得到很好的挖掘。只要你注意学习方法，贵在积累，重在领悟，你一定会更优秀。有时候，要和别人比一比，因为不比不知道自己的长处和短处。但绝大部分时候，是不需要和别人比较的，只需要你和你自己的今天和昨天比较就可以了，自己每天进步一点点就非常好了。不要急功近利，不要一下子就想"学识八斗"，不要一下子就成为第一第二，默默无闻地进步迟早会让你自己满意的。

最让我吃惊的是，你对你喜爱的舞蹈不愿放弃但又不得不放弃的想法和做法，映射了你的成长和成熟。在这个事上，你有三个成功：一是你知道了什么是主要的、什么是次要的。你能够对一件事情开始有了客观理性的判断，这可是一个不小的进步啊！你简直已经初步具备了"哲学思想"。二是你知道了什么时候做什么事。人生历程中，善于安排和规划自己时间，至少具备了办成大事的基本条件。有些事，不能只考虑做还是不做，同时要考虑什么时候做什么时候不做，这才让你能够在任何时候游刃有余。你早不放弃、迟不放弃，在这个时候放弃舞蹈，是你经过思考后的判断和抉择，正当其时，毕竟你今后的奋斗方向不是搞舞蹈艺术。三是你知道了放弃。人生道路上，有很多不愿放弃的名、利、位、情，抉择也很艰难，但常常要不能不放弃、不得不放弃，轻装上阵要比负重累累更容易成功，该丢掉的一定要丢掉。今天你正在萌芽"舍"与"得"的道理。至于你想保留声乐的学习，我认为你的决定也是对的，不仅不会过多分散你学习的注意力，而且可以调节你学习的单调、枯燥，还给你多了一个释放压力时宣泄情绪的渠道。

最后，我还要代表武山人民感谢宝贝儿你啊，你在不知不觉中为武山旅游业发展谋划了一篇大文章，非常了不起啊！能看出你很有思想，对生活充满着热爱，对未来充满着憧憬！你现在学好知识，长大以后你一定能够为国家发展贡献你的智慧和力量的！到时候，我聘请你当爸爸的小秘书或者顾问吧！哈哈哈……

今天爸爸最开心了！等爸爸中秋节回来！爱你！宝贝儿！

爸爸于武山

2013 年 9 月 15 日

（十五）

亲爱的爸爸：

你好！你那里一切都好吗？好长时间也没给你写信了。

最近我的脾气有些问题，有些不开心。我时不时地顶撞妈妈，其实我也不想这么做，可当时就是控制不住。有时候我觉得妈妈太唠叨，有时候我正在学习，妈妈一会儿给我拿个吃的，一会儿给我拿个喝的，打扰了我的学习。有时候，看到堆积如山的书籍和作业，也有些烦乱。有的作业我扫一眼就知道答案，我认为根本没有必要做，可老师还是要让我们做，并且每天检查得很严格。我觉得我应该把时间多花在我不懂的方面，如果把时间用在做我懂的这些作业，纯粹是在"重复劳动"，简直是在浪费我的时间和生命……有时候，也生你的气，我觉得你也不顾家，经常回不来，一忙好多天连个电话都没有。明明知道你刚出院时间不久，还要卖命地工作，也不知道疼爱自己的身体！

你说我该怎么办呢？你有什么好办法能让我改变一下吗？再不改变我觉得我都快郁闷死了。我想一放假就上你那里去！

你如果有时间看到这份邮件，就抽时间给我回信吧。期待！

我得写作业了。

你按时把药吃上！祝你身体健康，工作顺利！

女儿：笑笑

2014 年 5 月 25 日夜

（时于初一第二学期）

（十六）
爸爸的回信

宝贝女儿：

　　来信已阅，近况已知。

　　近来你有些心烦，脾气表现得有些急躁，这是你这个年龄段的孩子们都有的心理活动，有些急躁、有些压抑、有些叛逆，这就是成长的滋味，这都很正常，并不是多么严重的问题。但当我知道你最近不开心，我还是有些心疼你。我有些想法和你交流交流。

　　关于你说的脾气问题。脾气是属于性格特征的外在表现，你的性格主要特征是活泼、直率、好强、理性，其中也有沉稳、谦和、内敛、用情。你的这些性格特征，都是优秀的人格所具备的基本特征，所以你不必为你的性格担忧，因为你的性格是最棒的。对不好的脾气而言，只是在特定时间、特定地点、特定环境下给外界的一种表达形式，比如生气、顶撞、拉脸、甩门、拍桌子等等，只是一种表现形式，是表面的东西，不是一直处于这样的表达状态，只是偶尔的、暂时的、瞬间的，这不能代表你的性格，也不能代表你当时真实的意图和内心世界。因此，你不必过分忧虑。但是，不好的脾气如果经常发作，那就会逐渐改变你的性格，性格一旦变得急躁、失控、易怒、不理智，那么就会出现大问题。人们常说"性格改变命运、细节决定成败"是有一定道理的。

　　你信中所说顶撞妈妈、生我的气之类的情况，这都不是大问题，因为我们也有做得不好的地方，你说出来，我们当然会不断修正自己的，毕竟人无完人哪。爸爸妈妈是你一生中最重要、最好的朋友，不会因你的顶撞、生气和发火而削弱一点点对你的爱。你学习生活中遇到的任何事情都可以随时和我们诉说，包括我们的不当和错误。但对别人，想顶撞和发火时，我建议你这么做：你在想顶撞别人的时候或想发火的时候，先保持沉默几十秒，什么也不要说、什么也不要做，努力让自己先冷静下来，然后看当时的环境是否方便，在合适的时间和地方与对方谈谈、聊聊，用友善的心态和语言，把心上的疙瘩和不愉快说出来，这样可以消除一些误会，化解一些矛盾。当然，有的时候有些惹你生气发脾气的情况，只要你"忍一忍"就过了，也没用必要和对方谈和聊，不一定什么事都要说个对与错，争个黑与白。记住，有时候"忍一忍"很重要，可以避免矛盾激化，尤其将来，在外面学习、生活和工作，"忍一忍"会成为你的"保护神"。

关于你说的有些作业没有必要做的问题。这个问题，我不同意你的观点，我赞同你们学校的要求。虽然有些作业内容，对你来说是小菜一碟，但再做一遍利大于弊！利在于，会让你的学习基础更加夯实，对你来说小菜一碟的作业往往都是课本上、教材上一些基本的基础知识，再做一遍，你就会加深记忆、进一步消化，达到巩固提高的功效，往往在再做一遍的过程中，让你更加熟练、更加快捷、更加规范了，有时候还会源于基础而超越基础，找到更多的窍门，"熟能生巧"嘛！弊在于，挤占了你做难度较大题目或课外拓展训练题目的时间，简单地看，似乎是"浪费了"些时间，但你一定要相信绝对没有浪费时间，因为你把时间花费在强化基础上，比你"刷难题"可能还要有收获。我建议你调整好你的情绪，不要排斥老师的安排，按照老师的要求去做，做完之后，如果你觉得还有时间，你可以再去做一些难度大些的题目或课外的拓展训练题目。

宝贝儿，不要郁闷，不要纠结，更不要自责，成长中的酸甜苦辣谁都会遇到，只盼你以乐观的心态坦然应对，你会消除一个又一个困惑，获得一个又一个惊喜。

我口服的药每天都在按时吃，面部神经明显感觉比前一段时间好多了，你不必担心。放暑假后，爸爸接你来武山住上一段时间，到时候你肯定会度过一个快乐的暑假。

宝贝儿，你的开心是爸爸最大的幸福！丢掉烦恼、放下包袱，让快乐充斥在你的学习、生活的每一个角落……

爱你！宝贝儿！

爸爸于武山

2014 年 5 月 26 日

（十七）

亲爱的爸爸：

　　我中考期间，你和妈妈陪伴了我几天，估计现在成绩快出来了，希望我没有让你们失望哟……不管成绩如何，反正已经这样考结束了，总的感觉还是不错的。能不能上师大附中就看命运啦……

　　今天有些放松，听了听音乐，自己录了几首歌，整理了自己的一些书籍，感觉略微有些轻松。哈哈，现在就上网来查查你的岗吧。从网上看到你前几天下乡搞扶贫呢，昨天又在会上讲话呢，照片上的你，挥洒自如、指点江山的样子很有气势嘛，你讲话时神采奕奕的、表情温和，很帅啊！

　　去年去甘谷，熟肉馅韭菜包子、王月亮油圈圈、甘谷辣椒很好吃。尤其是大像山上的大佛像，很雄伟很壮观，像是甘谷的守护神，分分秒秒都在目视着甘谷、保佑着甘谷。山下那个公园的夜景简直太美了，兰州也找不到这样一个美丽的公园，小桥流水、音乐喷泉、石雕、古建筑都很美丽，显示出很多文化气息和温馨。记得进大门正对的有一块石雕书卷，上面刻有一篇《赋》，谁写的我记得不太清楚了，你下次回来给我拍个照片，我再学习学习。公园对面的那一排高档商业区灯火辉煌，游客很多，商业味道很浓。

　　姥姥身体还是老样子，整天躺在床上，话越来越少，吃饭很困难。妈妈几乎每天都要去陪陪姥姥，大姨、二姨她们也常来轮换陪护。

　　听妈妈说，前些日子省委组织部找你谈话了，你在天水已经工作三个县区七个年头了，是不是也该调回来了呢？要是能调回来多好啊！这几年，妈妈为了这个家付出了太多，你知道吗？

　　爸爸，这个暑假我就不来甘谷陪你了，我要把我初中的学习笔记整理整理，为上高中做些准备，也可以提前预习预习高一的课程，还可以帮妈妈干些家务什么的。你就放心吧！

　　再见，爸爸。祝你身体健康、工作顺心。

女儿：笑笑

2016 年 7 月 6 日

（时于初中毕业，暑假）

（十八）
爸爸的回信

亲爱的宝贝儿：

见信如晤。甚念！

我常年在外工作，很少能够给你更多陪伴的时间，心中一直比较愧疚。前些日子你参加中考，爸爸请假来陪你、接送你，我觉得非常幸福。虽然中考成绩还没有公布，但我能够从你的轻松和自信中看出，八九不离十。我记得你六年级考初中那年，你给我说过争取考树人，万一考不上就上三十五中，我给你回信说你有了"向最好处努力，从最坏处着手"的思想。现在，我仍然要说的还是这句话，将来你高三时，我可能还要说这句话。成绩出来，自然就有结果了。当一件事做完以后，要进行一些必要的反思，反思成功的原因和失败的教训，但不要过分计较结果，因为，结果无法改变。从你的信中可以看出，你中考后没有过分纠结结果，我觉得你成熟了！值得表扬！等结果出来，被师大附中录取当然最好。任何好学校都有差学生，任何差学校都有好学生，有时候学生个人的成败不能单纯地看学校、看老师，主要的、关键的还是看自己。

你能忙里偷闲关注网站，关注我的工作，这是你近几年的习惯，这很好，这样能够让你了解一些课外的知识，了解一下社会，也可以了解一些经济社

会发展情况和繁杂的社会管理事务。这对你上高中后学习政治、学习时政都有一定的帮助。你夸赞我，我心里美滋滋的。只要女儿能肯定我，我干啥都更有信心啦……你对甘谷的记忆很深，以后找机会再来感受变化。甘谷大像山水上公园的那幅石雕书简上，刻制了一首《大像山赋》，是甘谷籍人、西北师范大学文学院范三畏教授所作，我把内容另外给你转发过来，你可以学习研读。另外，还有一篇《甘谷大像山水上公园赋》，是一个名为"一抹幽兰"发的博客作品，一并给你发来，供你鉴赏和阅读学习。

正像你所说，掐指一算，我外地工作七个年头了。我也非常想调回来，我也正在向组织上积极申请，结果如何，只有等待。你也暂时不必心急，估计最迟十月份就得有结果。因为十月份要进行县区换届，人事安排必须得定夺，是拖延不了的。有时候，"静候"也是一种心态，在自己无法决定自己命运的时候，不急切、不翘首、不消沉、不自责、不气馁，静下心来，读书、思考、养心、锻炼……等待命运的安排。我信仰一句话："一切都是最好的安排"。

说到这里，我突然想起了一个故事，给你讲讲：

有一个国王喜欢打猎。有一天在追逐一只花豹时，不小心被花豹咬断了手指。回宫以后，国王越想越不痛快，就找来宰相饮酒解愁。宰相说："少了一小块肉总比少了一条命好吧！一切都是最好的安排！"国王一听十分愤怒，说："如果我把你关进监狱，这也是最好的安排？"宰相微笑说："如果是这样，我也深信这是最好的安排。"于是安排侍卫将宰相关进了监狱。过了一个月，国王养好伤后要出游了，来到一处偏远的山林，忽然从山上冲下一队脸上涂着红黄油彩的蛮人，三两下就把他五花大绑，带回高山上。当他看见自己被带到一口比人还高的大锅炉旁时，柴火正熊熊燃烧，更是脸色惨白。原来，今天要祭祀满月女神，祭祀的牲品丑一点、黑一点、矮一点都没有关系，就是不能残缺。就在这时，大祭司突然发现国王的左手小指头少了小半截，他忍不住咬牙切齿咒骂了半天，下令释放了国王。国王回宫后，想起宰相的话，就把宰相释放了，在御花园设宴，为自己保住一命、为宰相重获自由而庆祝。国王向宰相说："你说的真是一点也不错，果然，一切都是最好的安排！如果不是被花豹咬一口，今天连命都没了。"过了一会儿，国王忽然问宰相："我侥幸逃回一命，固然是'一切都是最好的安排'，可是你无缘无故在监狱里蹲了一个月，这又怎么说呢？"宰相说："大王！您将我关在监狱里，确实也是最好的安排啊！您想想看，如果我不是在监狱里，那么陪伴您出游的人，不是我还会有谁呢？等到蛮人发现国王不适合拿来祭祀满月女神时，被丢进大锅炉中烹煮的必然是我啊！所以，我要为大王将我关进监狱而向您敬酒，您也救了我一命啊！"

"一切都是最好的安排"，是一种豁达的人生态度。这个故事，希望对你有所启发。当然，我很渴望我能很快调回来，在你上高中的三年时间里，能陪伴在你的身边。现在，我自己的驾驶技术也是非常不错的，如果我回兰州工作，你上学放学我就可以接送你啦。因为，和你在一起，是一种幸福、一种温暖、一种踏实、一种力量……

今天我就写到这里。明天你再阅读。

晚安，宝贝儿！

爸爸于甘谷

2016 年 7 月 7 日夜

后　记

——我一直稚嫩着

　　稚嫩，是人生来就带有的一种天性。我把这两个字当作描述自己的最好词语。我们在任何时候都不敢说自己真正成熟，从痴言呓语的童年走向下笔写作不算困难的今天，我依然稚嫩，并将一直稚嫩着。或许到某天，我大彻大悟了，更加理性了，也只能说自己在人生路上前行了一小步，仍然要面临另一种稚嫩的境界。不过，我倒不期待那种"完人"的境界，因为我自认为心灵的稚嫩是一种上佳的状态，正是这样的状态，让我能够时时提醒自己：我已经看到了初升的太阳，却仍要追寻明晚的月光。因为山还远，路还长，少年意气尚需在成长中昂扬。

　　稚嫩有何不好？它让我永葆一颗探究之心、求知之心，永远抱着学习的态度，永不放弃，永远向上，不断地自我斧正。它让我怀揣一颗敬畏之心、谦卑之心，洞察和感悟周边的一切人和事，低调地成长，不盲目自大、不好高骛远、不自作聪明。它让我铭存感恩之心、阳光之心，对那些即便只是一个鼓励的眼神，甚至点滴的雨露、丝抹的阳光都感动不已，在并不波澜壮阔的小世界里不失初心，不忘外界对我存在的意义。

今天，我笔下的文字汇成一页一页的过往，它不太像一本带着墨印味的书籍，而更像一张张单薄的旧报纸，就这样简单地却一字不落地见证着我的欢喜、我的忧愁和我的稚嫩。这些文字听着我躲在角落里浅吟低唱，看着我向未来不断进发。很多人把生命比作一条小河，行人在两岸匆忙来往，终究成为过客。而我是摆渡的云，一直飘荡在悠悠苍穹，只要低一低头就能捡拾一个难忘的瞬间，就这么简单，就这么单纯。只做简单的事，却在不经意间收获了最不简单的幸福，这就是稚嫩的好处。

谨以此书记录我来到这个世界的十七个年头，献给所有拥揽素心、怀揣稚嫩的人。

愿前进路上风雨无阻，与君共勉！

武俊含

2018 年 12 月